L'appel du tigre

Tome 4
Aloha Shifters : Les Joyaux du cœur

von Anna Lowe

Contents

Autres titres de la même série

Aloha Shifters : Les Joyaux du cœur

L'appel du dragon (Tome 1)

L'appel du loup (Tome 2)

L'appel de l'ours (Tome 3)

L'appel du tigre (Tome 4)

L'amour du dragon (Tome 5)

L'appel du renard (Tome 6)

www.annalowe.fr

Chapitre 1

Cruz reprit son souffle et plissa les yeux vers le paysage éclairé par la lune. La brise venue de la mer soufflait dans ses cheveux alors qu'il était accroupi, les yeux rivés sur sa cible. Le canon du fusil était froid dans sa main, tout comme le vent qui se faufilait sur son dos humide de sueur. Les palmiers qui le dissimulaient lui murmuraient un avertissement pressant, mais lui se concentrait sur la tâche à accomplir. Sa cible était quelque part par là... Une personne parmi la foule rassemblée au club de golf, à cinq cents mètres de là.

Quelque chose n'allait pas, malgré tout il repoussa ce sentiment. Avait-on jamais l'impression que tout allait bien quand on exécutait un contrat ?

La voix de son informateur retentit pour la millième fois dans son esprit.

« Coin nord-ouest de la terrasse. Cherchez un client en noir avec des lunettes à monture noire. Le serveur lui remettra un verre à cocktail décoré d'un parapluie rose et d'une olive piquée sur un cure-dent vert. Ce client est votre cible. »

Facile, s'était-il dit.

Mais merde, il avait dû perdre la main, car les doutes envahissaient son esprit. À une époque pas si lointaine, lorsqu'il avait été encore en service, il avait été le meilleur tireur de son unité d'élite des forces spéciales. Il n'avait jamais été du genre à hésiter quand il s'agissait de terminer un travail. Il n'aimait pas tuer, pourtant il avait fait ce qu'il avait à faire en temps de guerre. Cette fois-ci, c'était différent. C'était...

C'est la guerre aussi, insista son tigre intérieur. *Nous nous vengeons enfin du monstre qui a assassiné notre famille.*

Cruz cligna des yeux et ravala la boule dans sa gorge.

Reprends-toi, soldat.

Officiellement, il n'était plus un soldat, juste un civil comme les personnes qui faisaient la fête dans le club-house chic du complexe hôtelier de Kapa'akea. Cependant son statut de civil n'était que pure façade. Son identité de soldat resterait toujours dans son sang, de même que son côté tigre. Il était né pour se battre. Pour protéger. Pour défendre des causes justes dans un monde profondément troublé. Et la vengeance était une cause aussi juste qu'une autre, surtout quand il considérait la manière cruelle dont sa famille avait été anéantie. Ses parents. Sa jeune sœur. Son frère. Tous assassinés de sang-froid.

Un mouvement attira son attention sur la terrasse latérale, à l'écart de la foule. Il refit le point avec son viseur. Une femme dans une robe à paillettes franchit les portes-fenêtres en dansant en riant, suivie par un type dont les yeux étaient rivés sur ses fesses.

Cruz leva les yeux au ciel. Non, ce n'était définitivement pas sa cible.

Un instant plus tard, deux hommes d'affaires sortirent sur la terrasse et le couple amoureux se précipita dans les ombres du jardin. Les hommes d'affaires n'allèrent pas jusqu'au coin nord-ouest de la terrasse, toutefois ils s'arrêtèrent assez près pour que les épaules de Cruz se crispent. Lorsqu'un serveur apparut, il retint sa respiration et ajusta la mire pour avoir une meilleure vue des boissons sur son plateau. Du bourbon pur, d'après ce qu'il en voyait. Pas de parapluies miniatures. Pas de cure-dents ou d'olives.

Il relâcha son souffle. Ce n'était pas sa cible. Pourtant, il observa les hommes. Quelque chose dans leur costume sur mesure et leur attitude suffisante éveillait ses soupçons. Mais bon, les humains l'avaient toujours rendu méfiant.

Un nuage passa sur la lune. Quand une ombre bougea dans l'embrasure de la porte, sa pression artérielle s'emballa. Son nez frémit et toutes ses terminaisons nerveuses reçurent des chocs d'avertissement.

Son tigre grogna à l'intérieur, remuant violemment la queue.

Un avertissement de quoi ?

Jamais il n'avait ressenti une prémonition aussi forte. Ni le jour où sa famille avait été tuée ni durant la fraction de seconde avant que son convoi ne soit piégé dans une embuscade, trois ans plus tôt. Ni même le jour où il avait rencontré Silas, Kai, Boone et Hunter, les métamorphes qui allaient devenir ses frères d'armes. Le destin l'avait prévenu de chacun de ces événements, même si le signe avait été trop vague pour ne pas être frustrant... et seulement quelques secondes avant que les choses tournent mal.

Cette prémonition-ci, en revanche, manqua de le mettre à genoux. Elle était plus aiguë, plus forte, plus intense que tout ce qu'il avait connu auparavant. Quelque chose d'énorme était sur le point de se produire. Quelque chose qui changerait sa vie pour toujours.

Cruz se força à réguler sa respiration. Ce sentiment n'était pas surprenant le jour où il avait une occasion de venger sa famille, non ?

Les rideaux qui masquaient les portes de la terrasse remuèrent et les deux hommes se tournèrent pour voir qui arrivait. Cruz posa le doigt sur la gâchette et resta complètement immobile.

— Allez, chuchota-t-il en voyant la personne hésiter dans l'embrasure de la porte.

Ses lèvres frôlèrent le canon et le goût âcre du métal lui emplit la bouche.

Concentre-toi, merde. Concentre-toi.

Il pointa son viseur sur la silhouette. Était-ce sa cible ?

Les rideaux claquèrent et son pouls s'accéléra. Une jeune femme apparut. Fière. Gracieuse. Mais... triste, aussi. En proie à des émotions contradictoires, en quelque sorte.

À son grand désespoir, les rouages de son esprit tournaient au ralenti et aucun des messages qui percutaient ses terminaisons nerveuses n'avait de sens. Pourquoi était-elle triste ? Qu'est-ce qui la tourmentait ? Et pourquoi cela lui tenait-il tellement à cœur ?

Les lunettes à monture épaisse relevées sur ses cheveux blonds ne correspondaient pas à sa silhouette juvénile, pas plus que son expression morose ne collait avec son visage aux joyeuses taches de rousseur.

Un autre homme sortit, passant assez près d'elle pour faire virevolter sa longue robe noire. Cruz braqua le fusil vers lui : un grand gaillard dont les cheveux peignés en arrière ne cachaient pas les zones de calvitie. Son costume élégant ne masquait pas non plus la bedaine qui pendait par-dessus sa ceinture. Les deux hommes d'affaires rentrèrent tandis que le gros allumait une cigarette et engageait la conversation avec la femme. Malgré elle, car elle haussa les épaules en soupirant. Lorsqu'il s'approcha, trop près, et recracha un panache de fumée de cigarette, elle tressaillit et s'éloigna.

— Une ordure, murmura Cruz.

Une ordure, approuva son tigre.

Un type qu'il serait très, très facile de tuer. Arrogant, manipulateur et sûr de lui. Cruz décelait toutes ces caractéristiques dans ses yeux de vipère.

Cruz pinça les lèvres. Était-ce lui, sa cible ?

Son instinct lui souffla de s'intéresser à la femme, si bien qu'il eut du mal à se concentrer sur le type qu'elle rejetait de manière aussi évidente. Lorsque M. Ordure se rapprocha de son corps de nymphe, elle passa nerveusement les mains sur ses bras croisés.

Cruz était tellement hypnotisé qu'il remarqua à peine l'arrivée d'une troisième personne auprès de la paire. Une manche blanche entra soudain dans son champ de vision : un serveur offrant une boisson à la jeune femme.

Son cœur s'arrêta de battre.

« Un client en noir avec des lunettes à monture noire. Le serveur lui remettra un verre à cocktail décoré d'un parapluie rose et d'une olive piquée sur un cure-dent vert. Ce client est votre cible. »

Cruz posa les yeux sur le verre. Parapluie rose. Cure-dents vert. Robe noire.

Putain de merde ! Cette femme était responsable de la mort des gens qu'il aimait ?

Les nuages s'éloignèrent de la lune et des ordres contradictoires éclatèrent dans son esprit,.

Tire-lui dessus !

Épargne-la !

Appuie sur la gâchette !

Ne fais pas ça ! Non !

Il serra les dents. Peut-être que quelque chose avait mal tourné. Peut-être que son informateur avait commis une terrible erreur. Mais merde, McGraugh avait toujours été fiable, alors comment cela était-il possible ?

Si c'était M. Ordure qui avait tenu ce cocktail, Cruz aurait tiré et se serait éclipsé dans la nuit sans y réfléchir à deux fois. Mais la femme...

Les articulations de ses doigts se coincèrent, refusant d'appuyer sur la gâchette.

Putain ! Elle était peut-être une tueuse. Les humains étaient capables de ce genre de sournoiserie. Et même si elle n'était pas la tueuse, qu'en avait-il à faire ? Les humains étaient responsables de la plupart des problèmes du monde.

Soudain, il se reprit. Merde, qu'il était blasé. Était-il vraiment prêt à tuer une femme qui pourrait être innocente ?

Non. Absolument pas.

Il l'étudia de la tête aux pieds. Elle n'avait ni le look ni l'attitude d'une tueuse. Cruz le savait : il avait croisé le chemin d'un assez grand nombre d'entre eux, hommes comme femmes, pour être en mesure de le déterminer. Or, celle-ci ne collait pas au tableau. Il renifla l'air. Elle n'avait pas non plus l'odeur d'une tueuse. Au contraire, elle sentait bon.

Son tigre ronronnait, capturant son parfum parmi tous ceux qui se mêlaient dans l'air doux de la nuit.

Comme une brise marine. Comme les roses sauvages qui poussent au bord de la plage.

Cruz fronça les sourcils. Habituellement, il pouvait réguler la vitesse de son pouls par sa seule force mentale. Pourtant, rien qu'à regarder cette femme, son cœur s'emballait. Qu'est-ce qui n'allait pas chez lui ?

La destinée, gronda une voix dans les tréfonds de son esprit.

Il frissonna malgré lui. Quoi, la destinée ?

Pourtant, c'était bien ça. Un murmure cryptique provenant d'un coin sombre de l'univers et rien de plus.

— La destinée.

Il marmonna quelques jurons. Certains métamorphes vénéraient une forme bienveillante de la destinée, jurant qu'elle apportait bonté, espoir et amour. Mais lui connaissait la vérité : la destinée était une puissance capricieuse et manipulatrice, plus susceptible de foutre en l'air la vie d'un homme que de lui montrer le chemin de la félicité. La destinée prêtait rarement attention aux simples mortels, néanmoins quand elle le faisait, il était préférable de se tenir à l'écart. Dans un endroit comme la maison qu'il s'était construite au fond des bois de Koa Point, où personne ne pouvait le déranger. Pas même le Sort, qui avait empli sa vie de tant de regrets. Toutes les fois où quelque chose l'avait empêché de retourner chez lui. Toutes les fois où il aurait dû appeler pour passer le bonjour, mais ne l'avait pas fait parce qu'il avait eu une affaire plus urgente à régler. Des choses importantes, comme les missions de vie ou de mort assignées à son équipe des forces spéciales. De choses plus petites, comme les vols annulés et les lignes téléphoniques truffées de grésillements parasites...

N'y ajoute pas un regret supplémentaire, grogna son tigre.

Il retira son doigt de la gâchette et observa la femme plus attentivement. Elle fit le mouvement de hacher quelque chose et dit quelques mots qui poussèrent M. Ordure à protester. Soudain, elle se détourna, les épaules bien droites, si bien que son interlocuteur regagna le bâtiment et la laissa tranquille.

Le doigt de Cruz se posa de nouveau sur la détente. C'était sa chance, non ? Muni d'un silencieux, son fusil ne ferait pas beaucoup de bruit et personne ne remarquerait la chute de son corps sur le sol. Cela lui donnerait plus de temps pour couvrir ses traces. Il pourrait terminer cette mission, rentrer chez lui et peut-être même trouver un peu de paix en sachant qu'il avait enfin vengé sa famille.

Ce n'est pas la tueuse, grogna son tigre. *Ne la tue pas. Ne fais pas ça !*

Une seconde... Son animal était en général le plus désireux de se venger.

Les tueurs ne regardent pas les étoiles comme s'ils y cherchaient des réponses, insista-t-il.

Cruz vit la femme lever son verre et murmurer un toast aux étoiles.

Pas un toast. Une promesse, objecta son tigre. *Et les tueurs ne se dandinent pas d'un pied sur l'autre comme s'ils souhaitaient être ailleurs. Ils se concentrent, même quand ils ne sont pas sur un contrat.*

Pour le coup, Cruz devait bien en convenir. Si cette femme avait pu se téléporter ailleurs, il était prêt à parier qu'elle serait sortie de ce club prétentieux en un éclair. Et de cette robe en soie, aussi. Elle avait l'air plutôt du type jean coupé et tongs.

Son tigre sourit.

Elle me plaît.

Non, pas à lui. Il détestait tous les humains. Surtout ceux qui pourraient être son ennemi mortel.

Elle n'est pas notre ennemie mortelle. Elle est notre compagne...

Quelque chose attira son attention vers l'est et il tourna la tête, interrompant ses pensées. Pas tant un mouvement que le sentiment d'une présence. Après avoir cherché pendant quelques secondes, sa vue perçante lui permit de distinguer un homme. La silhouette disparut néanmoins bien vite, dissimulée par le feuillage. Soudain, elle réapparut, et nom d'un chien, l'homme vissait ensemble deux longues tiges métalliques et visait la terrasse. Ce M110 était un fusil de sniper du même modèle que celui de Cruz.

Sa première réaction fut l'indignation. La femme sur la terrasse était sa cible à lui. Personne n'allait avoir la satisfaction d'éliminer cette meurtrière, sauf lui. En un éclair, il fit pivoter son fusil vers elle et visa.

Ce n'est pas une meurtrière, insista une petite voix.

Elle regardait les étoiles et le courant électrique qui parcourait le corps de Cruz refusait de s'arrêter. Il grimaça. Allait-il vraiment laisser passer cette chance ?

Elle se retourna, prête à regagner l'intérieur. S'il voulait avoir une chance de la descendre, c'était maintenant ou jamais.

Maintenant, lança le côté sombre de son âme.

Jamais ! grogna son tigre.

Il jeta un coup d'œil à droite, où l'autre homme s'empressait de viser la femme.

Non, rugit son tigre. *Non !*

Un bruit sec retentit, suivi d'éclats de rire venus de la foule agglutinée sous le porche principal.

Non ! cria son tigre. *Non !*

Le cœur de Cruz battait la chamade alors qu'il examinait la scène. Un coup de feu tiré avec un silencieux ?

Non… Le *pop* d'une bouteille de champagne qui éclaboussait quelqu'un sous le porche. Cruz reporta son regard vers la terrasse latérale, là où le rideau avait claqué. La femme était partie.

Elle est à l'intérieur ! En sécurité ! s'exclama son tigre, aux anges.

Il se tourna vers le tueur à gages, qui avait été distrait par le bruit lui aussi.

La destinée sourit à cette femme, gronda son tigre.

Cruz n'en était pas aussi sûr, parce que le deuxième tireur gardait l'œil rivé à son viseur, bien déterminé à la retrouver et à ne plus laisser échapper sa chance. Cruz chercha à sentir l'odeur de l'homme, mais ce dernier était dans le sens du vent.

Je veux l'empêcher de la tuer ! cria son tigre.

Cruz n'arrivait pas à comprendre pourquoi il lui semblait si important de garder cette femme en sécurité, mais c'était comme ça, en l'espace de deux secondes, cette envie, qui n'était au départ qu'un vague sentiment, devint un besoin ardent.

Je dois veiller à sa sécurité. Je dois l'emmener loin de cet endroit ! cria son tigre.

Cruz jura, tout en démontant son fusil en quelques secondes à peine. Quel était le lien de cette femme avec l'autre tireur ? Il ouvrit la fermeture éclair du sac de transport de son arme et décampa, fonçant à travers les bois avec une agilité féline. En quelques minutes, il avait dissimulé le fusil, arraché une feuille volante de ses cheveux et grimpé l'escalier menant au club-house, non pas sans prendre soin de rajuster sa veste au passage. Il détestait les costumes et la foule, mais il avait mis son plus beau smoking ce soir pour pouvoir s'intégrer si nécessaire. Un bon soldat avait toujours un plan B, non ?

Il trouverait cette femme, la conduirait dans un endroit sûr et chercherait la vérité dans ses yeux. Ensuite, il déciderait qui tuer : elle ou l'homme armé dans les bois. Il sentit ses yeux de prédateur balayer la fête comme un projecteur dans la nuit.

Cette femme est à moi, se dit-il, essayant de masquer sa rage contre l'imposteur.

Cette femme est à moi, gronda son tigre sur un ton totalement différent.

Chapitre 2

Jody colla un sourire sur son visage avant de retourner à la fête. C'était peut-être le sourire le plus factice du monde, mais il semblait approprié étant donné la foule à laquelle elle devait se mêler. Vêtus de tenues impeccables, les invités adoptaient des postures variées, histoire de voir et d'être vus, bien qu'elle doute que quelqu'un ait vraiment vu la femme qu'elle était réellement.

Les hommes voyaient la robe en soie qu'on lui avait demandé de porter ce soir-là. Ou plutôt, ils faisaient de leur mieux pour voir à travers, la déshabillant du regard. Les femmes observaient sa coiffure exagérément bouffante ; on aurait dit Méduse avec ses serpents sur la tête alors qu'elle s'était soumise à deux heures de brushing pour cet événement collet monté.

« Tu es un mannequin maintenant », lui avait dit Richard. « Joue ton rôle, ma belle. »

Richard, son nouveau patron... Elle aurait donné cher pour lui envoyer un coup de poing. Elle n'était pas un mannequin, juste une femme qui avait besoin d'argent pour une bonne cause... et vite.

Elle avait mal à la mâchoire à force de sourire et ses pieds la faisaient souffrir. Que ses tongs lui manquaient ! Ou, mieux encore, de courir pieds nus dans l'herbe. C'était l'une de ces belles nuits de Maui, trop belle pour rester coincée dans une soirée mondaine. Les arbres bruissaient, lui soumettant l'idée tentante de s'enfuir. Les oiseaux semblaient inhabituellement calmes, comme si quelque chose rôdait alentour. Pas forcément une chose mauvaise ; une chose plutôt nouvelle et mystérieuse qui l'attirait comme un aimant. Ce qui était drôle, car c'était d'ordinaire l'océan qui lui procurait ce sentiment. Comme les déferlantes roulant sur le rivage non loin d'ici, aussi tentatrices que l'appel d'une sirène. C'était là qu'était sa place, à caresser les vagues ou à courir sur le sable. C'était son élément. Cependant, il y avait ce soir quelque chose dans les bois qui l'appelait.

Sauf que Richard était arrivé et l'avait ramenée au présent avec ses paroles tranchantes.

« Garde ton allure d'enfant sauvage pour les caméras, ma belle. Maintenant, ramène ton joli petit cul à la fête et fais ce que dit ton contrat. »

Elle se renfrogna. Oui, son contrat... Tout le monde lui avait toujours conseillé de bien lire les petits caractères des papiers qu'elle signait, mais bien sûr, elle ne l'avait pas fait. Elle avait supposé que la version écrite correspondait à l'accord verbal qu'elle avait conclu. Or, il y existait toutes sortes de clauses cachées, comme ses apparitions lors d'événements de ce genre.

Donc, une fois de plus, elle s'était montrée un peu trop confiante vis-à-vis de l'humanité. Mais merde, si on ne pouvait pas avoir la foi, qu'est-ce que cela faisait de nous ?

Une personne crédule ? chuchota une voix dégoulinante de sarcasme dans son esprit.

— Merci, murmura-t-elle en attrapant un verre d'eau sur le plateau d'un serveur qui passait par là.

Elle le vida d'un trait avant de se remettre au travail. Car oui, cette fête, c'était du travail. Un spectacle. Elle était un produit et ses employeurs voulaient qu'elle soit mise en avant. Jody Monroe, top-modèle de la nouvelle ligne de parfum *Éléments.*

Elle grimaça. Jusqu'à récemment, elle avait été Jody Monroe, la surfeuse, l'étoile montante de la scène professionnelle. Chez elle, elle était toujours Jody, fille de Ross Monroe de Wild Side Surfboards. Une fille qui vivait pleinement sa vie, comme ses parents l'avaient encouragée à le faire. Qui ne se vendait pas au courant dominant. Qui marchait à son propre rythme. Et remuait ses orteils dans le sable.

Avec une grimace, elle remua justement ses orteils, mais dans des chaussures trop serrées. Putain, à quoi avait-elle pensé ?

Soudain, elle redressa les épaules et reprit du poil de la bête. Elle avait pensé à ce qu'elle devait à sa famille et au fait que ce contrat pouvait résoudre tous leurs problèmes d'un coup. Elle avait réfléchi avec son cœur plutôt qu'avec sa tête. Alors, elle ferait ce qu'elle avait à faire, bordel. Et quand tout serait terminé, elle pourrait retourner à son ancienne vie avec un sentiment de fierté.

Elle traversa le couloir jusqu'à la terrasse principale où la plupart des invités de la fête s'étaient réunis, jetant au passage un coup d'œil dans un miroir. Ses cheveux blonds étaient de la bonne couleur, cependant ils avaient été arrangés et laqués en une coiffure relevée sur la tête pour mettre en valeur une paire de boucles d'oreilles pendantes. Ses yeux bleus ne brillaient pas comme d'habitude, quand son père disait qu'ils ressemblaient à ceux de sa mère. Ses épaules étaient en revanche rejetées en arrière dans leur pose défiante habituelle. Mais dans l'ensemble... Elle secoua la tête. Qui était cette femme maquillée qu'elle voyait dans le miroir ? Elle n'en avait aucune idée. Ce n'était pas elle, en tout cas.

— Ma belle, venez nous raconter ce que c'est que de travailler avec Richard, lui lança une femme depuis la terrasse principale.

Jody retint la réplique qu'elle avait déjà sur le bout de la langue. *Vous voulez parler de Richard, ce porc sournois et sexiste ?*

— Approchez ma beauté, je veux vous présenter à l'un de nos sponsors, dit un homme en claquant des doigts comme si elle était un animal de cirque.

— Ma chérie, que diriez-vous d'une photo par ici ?

Elle serra les dents. Personne ne connaissait donc son nom ? Malgré tout, elle se dirigea vers le grand escalier où les autres invités étaient rassemblés. Se mêler à la foule faisait partie des termes de son contrat, comme Richard ne manquait jamais de le lui rappeler. Et faute de mieux, elle se trouverait en extérieur, dans un endroit où elle pourrait au moins jeter un coup d'œil aux étoiles.

C'est pour la bonne cause, se rappela-t-elle en sortant. *Pour la bonne cause.*

— Attendez.

Un grondement bas et menaçant avait retenti derrière elle, la stoppant dans son élan.

C'était la voix la moins sonore de la foule, un croisement entre le ronronnement félin et le grognement impatient. Séduisant et effrayant à la fois. Une poigne ferme se referma sur ses doigts pour la tirer en arrière. Elle se retourna, retira sa main et serra le poing.

— Bas les pattes.

Son contrat ne stipulait certainement pas qu'on soit autorisé à la toucher.

Des yeux sombres la dévisagèrent avant de passer par-dessus son épaule pour scruter la foule.

Jody fixa l'homme du regard. Un nouveau venu à la fête, sans aucun doute. Elle l'aurait remarqué plus tôt, sinon. Son visage était tout en angles durs et en courbes nettes, là où la lumière dansait avec les ombres. Ses sourcils formaient une ligne sombre et ascendante, tout comme ses pommettes. Ses yeux, sombres et mystérieux, étincelèrent soudain d'un éclat vert-jaune.

— Éloignez-vous des escaliers.

D'un signe de tête, il lui indiqua de se placer à ses côtés. Et merde, il y avait une telle urgence, une telle autorité dans son murmure qu'elle obtempéra.

— C'est quoi, le problème des escaliers ?

Au lieu de répondre, il la fit passer derrière lui pour faire rempart avec son corps. Il n'était pas beaucoup plus grand qu'elle à côté de son mètre soixante-quinze, même si tous les muscles sculptés de son corps donnaient l'impression qu'il l'était deux fois plus. Il ne devait pas être beaucoup plus âgé que ses vingt-sept ans non plus, mais il dégageait l'aura d'un guerrier expérimenté. Une énergie brute, palpitante aussi, comme celle d'un animal puissant, libéré de sa cage.

Son côté défensif voulait exiger de savoir quel était son problème, cependant son âme aspirait à la voir tendre la main, toucher le bras de cet homme et l'aider à parler de ce qui le dérangeait tant.

Elle se contenta de croiser les bras. Bon sang, ce qu'il était intense !

— Quoi ? demanda-t-elle.

Il se rapprocha et le sentiment de nervosité qu'elle avait ressenti toute la soirée se renforça. Cet homme était une équipe des SWAT à lui tout seul, prêt à intervenir pour la protéger de ce qui allait se passer. Car quelque chose allait se passer, si elle déchiffrait correctement le message dans ses yeux. Ou alors il était une sorte de malade mental.

Il s'approcha si près qu'elle ferma les yeux et inspira. C'était le seul de la fête qui n'empestait pas les produits chimiques en bouteille. Il sentait la mer, l'herbe et l'air iodé. Et même un peu la sueur, une sueur fraîche qui scintillait sur son front comme s'il s'était précipité vers elle.

Les narines dilatées, il huma la brise avant de grogner une réponse :

— Venez avec moi.

— J'adorerais m'échapper de cette fête, mais ce n'est pas exactement ce que j'avais en tête, répliqua-t-elle en gardant la voix basse pour que personne ne puisse entendre.

— Vous... Quoi ?

L'éclair de surprise de ses yeux lui indiqua qu'il était habitué à ce qu'on lui obéisse. Or, elle avait l'habitude de prendre ses propres décisions, pour le meilleur comme pour le pire.

Elle le fixa du regard.

— Dites-moi pourquoi je devrais venir avec vous et je pourrai y réfléchir.

L'homme la scruta en retour. Ou plutôt, il la fusilla du regard, la piégeant dans le genre d'impasse qui devrait se terminer par un éclat de colère et le départ de l'un d'eux.

Ce n'est pas moi qui reculerai, laissa-t-elle entendre, le menton relevé.

Ce ne sera certainement pas moi, répliquèrent ses prunelles enflammées.

Ils luttèrent ainsi pendant plus d'une minute, mais plus elle soutenait son regard, plus son corps se réchauffait, et plus son cœur battait vite. Le bruit de la fête s'estompa et les mouvements du torse de l'homme l'hypnotisèrent. Son torse, son parfum et ses yeux sombres qui brillaient comme ceux d'un sorcier...

Aucun d'eux ne prononça un mot. Il semblait aussi peu loquace qu'elle, mais ses yeux orageux ne cessaient de danser avec les siens.

Soudain il cligna des paupières et son regard s'immobilisa sur un point derrière elle.

— Merde.

Une fraction de seconde plus tard, il se jeta sur elle et l'enfer se déchaîna.

Quelque chose frôla son bras et un verre se brisa. Une femme cria, bientôt imitée par d'autres.

— Il a une arme ! Un flingue !

— Oh, mon Dieu !

— Baissez-vous !

La rafale mortelle crachée par le fusil ébrécha la terrasse de pierre, venant ponctuer les cris. Les gens se précipitaient dans toutes les directions, se bousculant les uns les autres. En s'écroulant, un serveur lâcha son plateau et les verres éclatèrent, éclaboussant du champagne partout.

— Vite ! Suivez-moi !

L'homme aux yeux sombres lui prit la main.

Un autre coup de feu retentit, faisant exploser le lustre. Des éclats de verre plurent sur le dos de Jody alors qu'elle courait. Qui que soit cet inconnu, il avait raison de vouloir s'enfuir.

Il l'entraîna sur la terrasse en évitant les invités paniqués, puis la tira en bas d'une volée de marches jusqu'au jardin sur le côté, loin des bois. Jody trébucha, mais il la remit sur pied et la fit avancer comme si elle était un ballon de football américain et non une femme. Il la poussa ensuite derrière un angle du bâtiment et s'accroupit, la plaquant contre les fondations en pierre.

— Que se passe-t-il ?

— Chut, siffla-t-il.

Sa main se resserra autour de la sienne.

— Qui est le tireur ?

Elle se tordit le cou pour trouver un moyen de s'échapper, mais elle ne voyait rien, pas avec le corps de cet homme qui lui faisait office de bouclier.

— Enlevez vos chaussures, ordonna M. Regard Sombre.

— Pardon ?

— On va devoir courir. Enlevez vos chaussures.

Elle était tout à fait favorable à cette suggestion. Quand elle ôta ses escarpins et que ses orteils nus écrasèrent la terre humide, ses pieds soupirèrent de soulagement.

— Qu'est-ce qui se passe ?

— Vous êtes en danger, dit-il

Sans blague, Sherlock, faillit-elle répliquer.

— Vous êtes en danger vous aussi, rétorqua-t-elle finalement.

Il secoua la tête.

— Ah bon, vous êtes à l'épreuve des balles ? ironisa-t-elle. Vous avez des pouvoirs surnaturels ou quoi ?

Il inclina la tête vers elle et sa bouche s'ouvrit avant de se refermer promptement.

— C'est vous qui êtes en danger. Vous devez venir avec moi.

Bordel. S'enfuir était une chose. Le faire avec un parfait inconnu en était une autre.

— Pourquoi devrais-je vous faire confiance ?

Sa bouche se crispa pendant qu'il réfléchissait.

— Je ne suis pas sûr que vous devriez, lâcha-t-il enfin, si doucement qu'elle faillit ne pas l'entendre.

Jody resta bouche bée, tâchant de comprendre, mais elle se rendit compte que cela pourrait lui prendre une vie entière vu les lignes dures marquant le visage de ce type.

Il détourna le regard, puis le reposa sur elle. L'incertitude qu'elle y avait lue était redevenue un masque de guerrier résolu.

— Par là, lui indiqua-t-il. Restez baissée. Allez, avancez.

Il la poussa et Jody n'eut d'autre choix que d'obtempérer. Elle sprinta à travers la pelouse, loin de la confusion qui régnait dans le club. Peu importait ce qui se passait, elle n'allait pas rester dans les parages pour le découvrir.

Ses pieds martelaient la pelouse, gardant facilement son avance sur M. Regard Sombre jusqu'à ce que...

Un son siffla près de son oreille et elle plongea.

L'inconnu plongea également, la protégeant de son corps. Elle heurta le sol de plein fouet puis se releva, l'air paniqué, examinant les bois. Merde. Quelqu'un était vraiment en train de lui tirer dessus. Pourquoi ?

Un point rouge brillait au loin et elle sentit sa poitrine se réchauffer. Baissant les yeux, elle glapit quand elle comprit : le point rouge était apparu sur son corsage.

La Mort, réalisa-t-elle d'une manière étrangement détachée. La Mort l'avait dans sa ligne de mire.

Elle se figea, incapable de contracter un muscle ou de respirer. Terminé. Elle allait mourir.

Son sauveur écarquilla les yeux.

— Merde.

« Merde », c'était le mot. Elle ne voulait pas mourir. Mais elle était incapable de lever le petit doigt et encore moins de bondir.

L'instant d'après, tout autour d'elle passa du ralenti à l'ultrarapide.

Les lèvres de M. Regard Sombre formèrent le mot « Non ! » tandis qu'il se jetait vers elle, en plein dans la ligne de tir. Un instant plus tard, il grogna et la percuta de plein fouet. Tous deux basculèrent sur le côté avant de s'écraser au sol.

Jody gémit. M. Regard Sombre grogna. Tout à coup, un autre tir presque silencieux transperça le sol près de son bras.

Pendant un horrible instant, elle resta immobile, attendant que la douleur se manifeste, mais l'inconnu prit une inspiration rauque et elle réalisa qu'elle n'avait pas été touchée. C'était lui qui avait reçu l'impact.

Il n'en fallut pas plus pour qu'elle se remette en mouvement.

— Levez-vous. Levez-vous ! insista-t-elle, le traînant à l'abri derrière la fontaine de pierre qui gargouillait joyeusement.

En apparence, elle gardait le contrôle, alors qu'en elle, une voix criait.

Oh, mon Dieu ! Oh, merde ! Il est touché. Il s'est pris une balle pour toi !

L'homme martelait le sol du pied, ramenant ses jambes dans le petit espace abrité.

— Vous allez bien ?

Elle s'accroupit, son regard circulant entre son sauveur blessé et les bois.

S'il vous plaît, s'il vous plaît, faites qu'il aille bien.

En lui touchant le dos, elle sentit quelque chose de chaud et de collant. Du sang.

Des tas d'instructions relatives aux premiers secours affluèrent dans son esprit, toutes confondues.

Appelle à l'aide ! Vérifie ses voies respiratoires ! Contrôle son pouls !

Elle arracha le bas de sa robe, pressa le morceau de tissu contre le dos de l'homme et commença à lui susurrer des mensonges.

— Vous allez vous en sortir. On va vous trouver de l'aide. Ça va aller.

Elle s'attendait à ce qu'il gémisse ou s'évanouisse, mais il roula sous elle et parvint à se redresser à genoux en oscillant.

— Il faut ficher le camp d'ici, lâcha-t-il dans un râle.

Jody cilla.

— On vous a tiré dessus. Vous saignez.

— Je vais m'en sortir.

Les lignes de son visage se creusèrent.

Elle avait senti la balle propulser son corps contre le sien. Comment pouvait-il aller bien ?

— Il faut qu'on sorte d'ici, s'entêta-t-il en lui attrapant la main.

— On devrait attendre la police.

Et une ambulance, eut-elle envie d'ajouter, cependant elle ne voulait pas qu'il panique.

Il connaissait probablement une extraordinaire poussée d'adrénaline. À la seconde où la douleur s'installerait, il allait s'effondrer, pas vrai ?

— Ma voiture n'est pas loin, dit-il en la tirant à l'abri derrière un arbre.

Elle campa sur ses positions. Les coups de feu mis à part, elle serait folle de suivre un parfait inconnu dans une telle situation. Mais il y avait en lui quelque chose qui l'incitait étrangement à le croire, même si elle ne pouvait pas mettre le doigt sur ce que c'était. Son instinct la poussait à le suivre et à ne jamais regarder en arrière.

Rationnellement, elle savait que c'était fou de l'envisager. Mais émotionnellement...

Suis ton cœur, ne cessait de répéter son père.

Une seconde plus tard, elle courait dans le sillage de M. Regard Sombre, s'enfonçant dans la nuit après une autre décision spontanée qu'elle allait sûrement regretter. Elle avait pourtant l'impression que c'était la chose à faire, même si un homme aussi gravement blessé ne devrait pas se déplacer. Il n'aurait même pas dû être capable de se lever.

— Vous êtes sûr que vous allez bien ?

— La balle m'a juste effleuré, répliqua-t-il, les dents serrées.

Le tir dont Jody se souvenait n'avait rien effleuré du tout. Il l'avait frappé de plein fouet.

— Mais... mais...

— J'ai connu bien pire, croyez-moi, grogna-t-il tout en courant.

Quel genre d'homme pouvait avoir subi une blessure, ou plusieurs, pires qu'un coup de feu ? Malgré tout, il pouvait ne s'agir que d'une écorchure, parce qu'il se tenait plus droit à chaque respiration tandis qu'il lui faisait décrire un large cercle autour du parking. Baissé, il attrapa une sorte de sac, puis continua à marcher, l'attirant à travers un trou dans la clôture puis sur une route de gravier qui conduisait hors de l'enceinte du complexe.

— Par là, murmura-t-il en scrutant les bois derrière eux. Ma voiture est sur la droite.

Il regarda ensuite ses pieds nus et ajouta sur un ton plus doux :

— Vous y arriverez ?

Jody en resta bouche bée. Il venait de se faire tirer dessus et il s'inquiétait qu'elle ait du mal à marcher sur du gravier ?

Soit il était fou, soit un miracle avait eu lieu et elle l'avait manqué.

— Bien sûr, murmura-t-elle alors qu'une autre partie de ses défenses s'effondrait.

Peut-être que ce personnage de dur à cuire n'était qu'une façade. Peut-être que M. Regard Sombre n'était pas un homme aussi effrayant qu'elle l'avait imaginé.

Heureusement qu'elle passait beaucoup de temps pieds nus dans sa vie quotidienne, sa vie agréable, tranquille et sûre, qui ne lui avait jamais paru aussi précieuse qu'en cet instant, sinon elle aurait eu un mal fou à progresser sur le sentier caillouteux. Cela n'augurait rien de bon que cet homme la conduise hors du complexe, cependant vu les coups de feu qui crépitaient dans la nuit, elle ne semblait pas avoir de meilleure option.

— Par ici, dit-il en désignant les ombres.

Ce qui n'était qu'une forme indistincte devant les arbres finit par se matérialiser en une Lamborghini gris acier. Ce n'était pas du tout ce à quoi elle s'attendait, mais elle fonça tout de même vers la portière passager. Impossible de deviner quel plan avait pu se former dans la tête de l'homme mystère ; pour sa part, elle avait à présent effectué deux constats :

Primo, il avait pris une balle à sa place. Si ceci ne l'incitait pas à lui faire confiance, qu'est-ce qu'il lui fallait ?

Secundo, elle marchait avec lui.

Il sauta dans la décapotable, d'un seul bond, pendant qu'elle grimpait de l'autre côté. Dans un crissement de pneus sur le gravier, ils décampèrent, dérapant dans un virage serré avant de foncer sur la route. Jody s'empressa de boucler sa ceinture de sécurité, puis plaqua les deux mains contre le tableau de bord. M. Regard Sombre ne s'embêta pas avec sa ceinture. Son regard passait du rétroviseur au cône de lumière projeté par les phares. Quelques secondes plus tard, le crépitement du gravier sous les pneus fit place au ronronnement lisse de l'asphalte quand la voiture s'engagea dans un crissement sur la route principale.

— Vous allez vraiment bien ? se hasarda-t-elle.

Il hocha sèchement la tête et vérifia le rétroviseur ; il ne se tenait absolument plus voûté. Il ne gémissait plus non plus. C'était troublant.

— Ça va.

Elle jeta un coup d'œil à son dos, mais impossible de voir le moindre signe de sa blessure dans l'obscurité. Pendant la longue minute qui suivit, il n'y eut aucun autre son dans l'habitacle à part le vrombissement du moteur et le bourdonnement des pneus sur la route.

— Je suis d'accord pour m'enfuir, mais êtes-vous obligé de rouler à la vitesse de la lumière ? demanda-t-elle.

— Oui.

Il tendit le doigt devant lui. La route était éclairée par les gyrophares bleus et rouges d'une demi-douzaine de voitures de police qu'ils croisèrent en trombe : elles se dirigeaient vers le club. Le vent fouetta ses cheveux lorsqu'elle pivota pour les regarder passer, et quand elle se tourna à nouveau vers l'avant, il les lui rabattit sur le visage.

Jody éclata de rire si bien qu'il lui lança un regard en coin. Il semblait tout faire du coin de l'œil. Des regards de côté, des œillades noires qui fusaient ici et là.

— Qu'est-ce qu'il y a de si drôle ? aboya-t-il.

— Jeanette, la femme qui m'a coiffée, ferait une crise si elle me voyait maintenant.

Il la dévisagea comme si elle était folle. C'était lui qui s'était fait tirer dessus, bordel ! Bien qu'elle ait dû se tromper parce que... purée, il avait l'air d'aller bien. Mais comment était-ce possible ? Elle avait vu le point rouge du viseur du fusil sur sa poitrine et il s'était interposé.

Son cœur battit un peu plus vite. Pourquoi avait-il agi ainsi ? Pourquoi avait-il risqué sa vie pour sauver la sienne ?

— Vous êtes vraiment sûr que vous allez bien ?

Il jeta un regard agacé vers le ciel, comme si elle le harcelait depuis des jours.

Jody se tortilla dans son siège. Bon, donc il allait bien. Lentement, elle libéra ses cheveux de leur chignon serré et passa les doigts dans les longues mèches. Ce simple geste lui rendit un léger sentiment de liberté, l'impression d'avoir un tout petit peu plus de maîtrise dans une situation bizarre qui avait échappé à tout contrôle. Suffisamment pour qu'elle ose même formuler la question qui la taraudait depuis que les premiers coups de feu avaient éclaté :

— Je ne comprends pas. Pourquoi tirer sur des gens lors d'un événement publicitaire ?

L'homme la regarda fixement, et le phénomène se reproduisit : le conflit interne dans ses yeux. La question « je le fais ou non ? » qui semblait peser si lourdement sur lui. Pourquoi se méfiait-il autant d'elle ?

Il regarda la route, puis le rétroviseur, et enfin son visage.

— Il ne tirait pas sur les gens. Il vous tirait dessus. Sur vous.

Cet « il » avait l'air beaucoup plus précis que les mots qu'elle avait utilisés. M. Regard Sombre avait-il entrevu le tireur ?

— Sur moi ? Comment pouvez-vous en être sûr ?

— Parce que.

Elle secoua la tête.

— Qui voudrait me tuer ?

— Deux hommes voulaient vous tuer ce soir. J'en ai vu un dans les bois.

— Deux ? s'écria-t-elle. Qui était l'autre ?

Il détourna le regard de la route assez longtemps pour la dévisager durement.

— Moi. Je suis le deuxième homme qui voulait vous tuer ce soir.

Chapitre 3

Jody veilla à rester parfaitement immobile. Sans quoi, elle risquait de se mettre à trembler comme une feuille. Deux personnes différentes cherchaient à la tuer... et l'une d'entre elles était l'homme qui conduisait bien trop vite cette voiture.

Pourquoi ? Qu'avait-elle fait ?

— Vous voulez me tuer, répéta-t-elle en tâchant de garder un ton neutre.

Peut-être que M. Regard Sombre était cinglé, après tout. Elle s'agrippa à l'accoudoir alors qu'il prenait un nouveau virage sur les chapeaux de roues.

— Euh... en faisant un excès de vitesse ?

— Je ne vais pas vous tuer.

— Mais vous venez de dire...

Il quitta la route des yeux, suffisamment longtemps pour hausser un sourcil vers elle.

— Vous cherchez à me convaincre de le faire ?

La façon dont il avait formulé sa phrase lui donna la nette impression qu'il s'était dissuadé de la tuer. Ce qui était une bonne chose, mais quand même. Qu'est-ce qu'il avait, ce type ?

— Non. Je suis juste... Vous m'avez sauvée, mais vous vouliez me tuer. Pourquoi ? Je vous ai fait quelque chose ? Parce que si c'est le cas, je suis vraiment désolée, même si je n'ai aucune idée de ce dont il peut s'agir.

Les muscles de son visage tressaillirent comme pour énoncer des mots qui refusaient de prendre forme. Les arbustes au bord de la route s'estompèrent, et au-delà, la lune scintillait au-dessus du Pacifique, teintant tout de noir et blanc comme une scène de film noir. Ce qui était approprié étant donné les circonstances.

— Vous êtes déjà allée en Inde ? demanda-t-il enfin.

Elle marqua un temps d'arrêt. Qu'est-ce que l'Inde avait à voir avec son meurtre à Maui ?

— En Inde ? Non. Pas encore, en tout cas.

— Et à Détroit, alors ?

Elle lui jeta un regard en coin. Il était peut-être magnifique, digne d'un film de cape et d'épée, mais il était complètement frappé.

— Non. Vous êtes de Détroit ? tenta-t-elle.

Peut-être que le faire parler était le meilleur plan d'action pendant qu'elle réfléchissait à la suite des opérations. Sauter de ce véhicule lancé à toute vitesse semblait assez suicidaire, et dans sa précipitation à y monter, elle avait laissé tomber son petit sac à main avec son téléphone portable quelque part. Pourtant, malgré tout, elle se sentait remarquablement calme, comme dans les dents d'une vague de quinze mètres. Son esprit lui disait de paniquer, alors que son cœur insistait pour qu'elle donne une chance à cet homme.

Comme il ne répondait pas, elle réessaya :

— Euh… monsieur… ?

La route resta droite assez longtemps pour qu'il l'étudie avant de prononcer des mots qui n'avaient aucun sens :

— Khala. Cruz Khala. Mes parents étaient Armin et Noelle Khala de Détroit. Ils rendaient visite à la famille de mon père en Inde avec mon frère et ma sœur quand…

Jody s'écarta le plus loin possible de lui lorsqu'il s'interrompit. Quoi qu'il soit arrivé à ces gens, ça n'avait pas été agréable.

Il la regarda une seconde de plus, puis opina légèrement du chef.

— Ce n'est pas elle qui a fait ça, murmura-t-il, plus pour lui-même que pour elle.

C'était un peu effrayant comme formulation. Était-il un schizophrène qui tenait des conversations avec différentes personnalités dans sa tête ?

Le truc, c'était qu'il n'avait pas l'air fou. Amer, lassé du monde et pessimiste, ça, oui. Mais fou ? Pas tout à fait.

Je n'ai pas fait quoi ? voulut-elle demander. Cependant pour une fois, elle tint sa langue.

Elle l'étudia du coin de l'œil, essayant de rassembler les bribes d'informations dont elle disposait : l'Inde, Détroit, Maui. Il était possible que sa peau cuivrée ne soit pas entièrement bronzée. Mais même s'il avait un peu d'héritage indien, qu'est-ce que cela avait à voir avec elle ?

— Écoutez, je ne sais pas ce qui se passe...

— C'est assez clair, répliqua-t-il, très sec.

— Mais je n'ai jamais fait de mal à personne, et personne n'a jamais voulu me faire de mal.

— Jusqu'à maintenant, marmonna-t-il en secouant la tête. Ce putain de McGraugh avait tort.

Elle serra ses mains l'une contre l'autre, histoire que son tremblement intérieur ne se faufile pas à l'extérieur.

— C'est lui qui a tiré ?

M. Regard Sombre ricana.

— C'est mon informateur. Il m'a dit que vous aviez tué ma famille.

— Moi ?! glapit-elle en se rencognant sur un côté du siège. Pourquoi ferais-je une chose aussi terrible ? Je ne vous connais même pas. Et même si je vous connaissais... même si je vous détestais... je ne ferais jamais une chose pareille !

La voiture passa à toute allure sous un lampadaire avant de plonger à nouveau dans l'obscurité. Les ombres défilèrent sur le visage de l'homme. Une autre minute s'écoula avant qu'il ne secoue la tête.

— Je sais que vous n'y êtes pour rien. Je l'ai compris, maintenant.

Elle déglutit, la gorge nouée, pas tout à fait rassurée, alors que la voiture poursuivait sa course. Où l'emmenait-il ? Combien de temps avait-elle pour concocter un plan d'évasion ? Elle ôta les lunettes de son crâne et les replia entre ses mains. Pouvait-elle les utiliser comme arme ? Elles constituaient déjà une arme défensive, d'une certaine manière : elle avait pris l'habitude de les porter dernièrement, juste pour énerver

Richard. Parce que les mannequins, ne cessait-il de lui faire remarquer, ne portaient pas d'accessoires aussi imposants.

— Bon, je séjourne dans un appartement à Honokowai, lâcha-t-elle enfin. Vous pouvez me déposer là-bas et...

Il secoua la tête.

— Que se passera-t-il lorsque le tireur vous retrouvera ?

Jody le fixa du regard. Celui qui avait prévu de la tuer s'inquiétait soudain de son bien-être ? Soudain, elle se ressaisit. Il s'était aussi interposé entre elle et une balle. Alors peut-être que son sort comptait vraiment à ses yeux. Mais pourquoi ?

— Et si on allait voir la police ?

— C'est mieux ici, marmonna-t-il.

— Ici où ?

Elle sentit son inquiétude grandir quand il s'arrêta sur une route non balisée.

— Koa Point, murmura-t-il alors que la voiture s'engageait sur un chemin de terre.

Son ton s'était adouci, ses mots aussi. Il les avait presque prononcés avec affection.

— Koa Point ?

Il s'arrêta devant un portail massif en fer forgé en arabesque. Une forme de dragon ? Jody scruta l'obscurité, mais un nuage qui glissa devant la lune en masqua les détails. Quel que soit le motif, ce portail était du genre à protéger l'entrée d'une impressionnante propriété privée.

— Ma maison. Et non, je ne vais pas vous tuer.

Son grondement était devenu plus doux. Soit il avait lu dans ses pensées, soit ses phalanges blanchies l'avaient trahie.

— Vous me donnez votre parole ? demanda-t-elle, plaisantant à demi.

— Vous me croiriez ?

Elle croisa les bras.

— Non.

— Tant mieux, déclara-t-il en tapotant son volant. Mais pour ce que ça vaut, je vous le promets.

Sa voix avait baissé d'une octave et ses épaules s'étaient redressées.

Eh ben, merde ! Peut-être qu'il était vraiment sincère.

Soudain, elle se reprit. Elle n'allait pas refaire aveuglément confiance à quelqu'un. Elle avait retenu la leçon.

Elle se força à prendre quelques inspirations aussi longues que régulières, avant de murmurer :

— Génial.

Mais ce n'était pas « génial ». Elle était à la merci de cet inconnu, et seule, par-dessus le marché.

— Je continue de penser que nous devrions aller à la police, cela dit.

Il plissa les lèvres.

— Ceux qui étaient à vos trousses pourraient être assez déterminés pour vous suivre jusqu'au prochain endroit logique. Et imaginez qu'ils aient un homme infiltré là-bas ?

Il secoua la tête.

— Comme je vous l'ai dit, c'est mieux comme ça.

Il tapa un code sur un tableau de bord placé du côté du conducteur et l'énorme portail s'ouvrit dans un mouvement dont l'absence de bruit avait quelque chose d'inquiétant. Quelques secondes plus tard, Jody se recroquevillait sur son siège alors qu'il se refermait derrière eux, l'emprisonnant à l'intérieur.

— Vous serez en sécurité ici. Je vous promets de ne pas vous faire de mal, d'accord ?

La façon dont il passa une main dans ses cheveux indiquait que son invitation ne faisait pas partie d'un plan prémédité. Il improvisait, comme elle.

— Nous devons comprendre ce qu'il se passe, reprit-il. Et c'est le meilleur endroit pour y parvenir.

Jody déglutit et hocha la tête.

— OK.

L'allée se terminait par un garage de douze box où il se gara, avant de sortir du véhicule et de lui faire signe d'emprunter un chemin herbeux. Des torches tiki à hauteur de poitrine vacillaient et dansaient dans l'obscurité. Quand avaient-elles été allumées ? M. Regard Sombre était-il une sorte de magnat vivant en reclus ? Avait-il un personnel qui entretenait son foyer jusqu'à ce qu'il revienne avec des femmes qu'il avait décidé de sauver... ou de ne pas tuer ?

Putain, qu'il était déroutant ! Et un peu effrayant, aussi !
Assez pour qu'elle se remémore les avertissements de sa tante
foldingue sur toutes les créatures surnaturelles qui hantaient le
monde.

« Il y a toutes sortes d'esprits maléfiques là dehors », racon-
terait tante Tilda. « Des fantômes. Des démons. Des vampires... »

Mais elle parlait aussi de créatures plus aimables, comme
les sirènes et les fées.

Jody la jouait détendue en s'engageant pieds nus sur le
chemin. Mais à l'intérieur, ses émotions étaient en ébullition.
Elle se répétait que « bizarre » ne signifiait pas « terrifiant »
et que oui, tout allait bien se passer. Son père lui avait toujours conseillé de suivre son cœur et, d'une certaine manière, ce
dernier lui assurait qu'elle pouvait faire confiance à cet inconnu.
Qu'avec lui, tout irait bien. Elle s'en était presque convaincue,
elle aussi, jusqu'à ce qu'ils pénètrent dans une clairière qui en-
tourait un bâtiment au toit d'herbe où se tenait un homme
plus grand et encore plus menaçant.

— C'est notre *akule hale*, murmura M. Regard Sombre.
Notre lieu de rassemblement.

« Notre » ? Jody retint son souffle. L'adjectif possessif
désignait-il seulement M. Regard Sombre et M. Balèze, ou
partageaient-ils l'endroit avec tout un escadron d'hommes forts
et imposants ? Et... holà ! Un « rassemblement » ? Un
rassemblement de quoi ?

Elle scruta le feuillage autour de la clairière, prête à sprinter
pour sauver sa vie. Il semblait n'y avoir qu'un seul autre
homme, cependant il suffisait, vu la façon dont il se tenait en
bordure du bâtiment aux flancs ouverts. Il donnait l'impression
d'attendre son arrivée depuis longtemps. Pourtant, puisque
M. Regard Sombre n'avait pas utilisé son téléphone, comment
M. Balèze avait-il été au courant de leur arrivée ?

Il l'examina brièvement, de la tête aux pieds, avant de lui
tendre la main.

— Silas Llewellyn. Ravi de vous rencontrer, mademoiselle... ?

Il n'avait pas l'air « ravi » et son intonation le trahissait également, mais au moins il n'était pas franchement hostile.

— Monroe. Appelez-moi Jody.

Son regard disait qu'il ferait ce qu'il voudrait, et qu'en retour elle avait intérêt à l'appeler « Monsieur ». Il y avait chez lui quelque chose de légèrement formel, comme hérité de l'Ancien Monde et de l'aristocratie, même s'il parlait sans accent. Il donnait d'ailleurs l'impression d'être un homme âgé et sage, même s'il ne devait probablement avoir que la trentaine.

— Et tu as ramenée Mlle Monroe ici parce que... ?

Silas lança à son camarade un regard glacial.

Jody révisa ses hypothèses en toute hâte. M. Regard Sombre n'était pas le propriétaire de ce domaine : le propriétaire, c'était ce type, Silas.

Voyant que son... sauveur ? Assassin potentiel ? ne répondait que par un éclair au fond de ses yeux de minuit, Silas le secoua :

— Cruz ?

Les deux hommes échangèrent un regard long et dur. Assez dur pour que Jody comprenne qu'à un certain niveau, ils étaient égaux, du moins quand il s'agissait de puissance masculine pure. Mais Silas était définitivement plus haut placé que M. Regard Sombre, enfin, Cruz, à l'échelle de ce domaine.

Silas grimaça. De toute évidence, il n'approuvait pas qu'il ait introduit Jody dans leur tranquille retraite.

Cruz se déplaça alors et la lumière, en atteignant son dos, révéla une énorme tache de sang. Jody poussa un cri.

— Oh, mon Dieu ! Vous avez vraiment été touché !

— Effleuré.

— Mais vous avez dû perdre beaucoup de sang...

Voyant qu'elle s'approchait, il recula, ce qui la coupa dans son élan. Qu'est-ce qu'il clochait chez ce type ? Il avait admis avoir prévu de la tuer, pas l'inverse. Alors pourquoi était-il si nerveux avec elle ? Ses yeux étincelèrent et elle eut un autre aperçu de leur teinte jaune-vert saisissante qui lui rappelait ceux d'un chat.

— J'ai dit que j'allais bien, grommela Cruz.

— Qu'est-ce qu'il se passe exactement ? aboya Silas.

Jody se força à ravaler la boule dans sa gorge et tourna la tête vers l'endroit d'où montait la rumeur des vagues roulant sur une plage. Peut-être qu'elle pourrait s'y précipiter, plonger et nager jusqu'à ce que mort s'ensuive.

« Parfois, il vaut mieux ne pas réfléchir. » Elle venait de se remémorer ce que son père lui avait répété lorsqu'il lui avait appris à surfer, il y avait une éternité. « Contente-toi de faire. Écoute les éléments et laisse-toi aller. »

Elle prit une profonde inspiration. La brise marine et le murmure des palmiers lui soufflaient qu'elle pouvait se fier à ces hommes. L'air était lourd de promesses, comme s'il la mettait au défi d'être assez courageuse pour laisser les choses se dérouler. Elle repoussa donc l'idée de s'enfuir... pour le moment, du moins.

— On m'a tiré dessus et il...

Elle s'interrompit, bataillant pour achever sa phrase.

— Il m'a aidée à m'enfuir.

— C'est ce que j'avais compris, répliqua sèchement Silas en fixant Cruz.

Elle les regarda s'affronter, tous deux parfaitement silencieux, tandis que leurs yeux flamboyaient et que leurs muscles faciaux se contractaient dans une communication qui se passait de mots.

Une communication durant laquelle Silas reprochait à son camarade de l'avoir ramenée ici. Du moins c'était ainsi que Jody interpréta la question codée dans son regard noir.

Quant à l'air fatigué de Cruz, il donnait l'impression de ne pas avoir la moindre idée de ce qu'il faisait.

Elle n'avait jamais observé un tel phénomène, sauf peut-être avec ses grands-parents, qui avaient été en mesure d'exprimer des flots de paroles en quelques gestes et regards simples.

Jody remarqua encore quelque chose. Plus la confrontation étrangement silencieuse se prolongeait, plus Cruz se rapprochait d'elle, la protégeant peu à peu des regards désapprobateurs de Silas.

« Je vous promets de ne pas vous faire *de mal* », avait-il dit dans la voiture. Et plus que ses mots, ce furent ses actes qui l'avaient convaincue. Cet homme semblait déterminé à opérer sa métamorphose complète et à passer de tueur en puissance à protecteur. *Son* protecteur.

Elle prit une profonde inspiration et, couverte de chair de poule, se frictionna les bras. Cruz devait être l'homme le plus étrange qu'elle ait jamais rencontré, en dehors des créatures vraiment folles qu'elle avait repérées à la jetée de Santa Monica. Mais il était le plus fascinant, aussi.

Silas poussa un profond soupir et leur fit signe d'entrer.

— Venez et expliquez-moi ce dont il s'agit.

Le sol était recouvert de petits tapis en fibre végétale tissée et des poutres en bois formaient une arche au-dessus de leurs têtes. La brise marine traversait librement le bâtiment et le bourdonnement des vagues lui indiquait que le rivage n'était pas très loin. Silas s'empara d'une tablette qui reposait sur un comptoir tandis que Cruz se dirigeait vers un salon délimité par des canapés disposés en carré. Jody se planta à côté d'un des supports du toit, à mi-chemin entre les deux hommes, indécise quant à la conduite à tenir. Une horloge sur une table basse indiquait qu'il allait bientôt être minuit. Et merde ! La nuit serait longue, c'était une certitude.

Pendant que Cruz faisait les cent pas, elle se prépara à un interrogatoire conduit par ces deux espèces de soldats aguerris. Mais une petite chatte calico surgit alors de nulle part et s'enroula autour des jambes de Cruz.

— Keiki, murmura-t-il en la ramassant pour la blottir contre sa poitrine.

En fait, il la câlinait comme si la bestiole faisait partie de sa famille. Et l'espace d'un court instant, un voile se leva, effaçant le guerrier et révélant un homme capable d'amour, de joie et d'espoir. Si elle avait cligné des yeux, elle aurait pu manquer le bref relâchement de ses épaules et l'apaisement de sa mâchoire.

M. Dur-à-cuire avait donc un côté doux, après tout.

Une odeur de café l'amena à se retourner : Silas garnissait de riche poudre brune le réservoir d'une machine qui coûtait probablement plus cher que le loyer mensuel de son petit appartement. Il tapota ensuite la cuillère sur la table. Il aurait

tout aussi bien pu donner un coup de marteau et déclarer :
« Que l'interrogatoire commence ! »

— Dites-nous ce qu'il se passe. Pourquoi quelqu'un voudrait-il vous tuer ?

Jody laissa son regard glisser sur Cruz.

Il doit le savoir, faillit-elle répondre.

Mais ce dernier lui décocha un regard d'avertissement et elle se contenta d'une phrase vague :

— Je n'en ai aucune idée. Quelqu'un a juste commencé à tirer.

Tous les trois tournèrent la tête quand un flash de lumière colorée tourbillonna dans la nuit : des véhicules de police passant en trombe sur la route au loin. On les entendait plus qu'on ne les voyait, étant donné la distance de cette propriété privée.

— C'est une sorte de mannequin, lâcha Cruz en la désignant d'une main dédaigneuse.

Elle se redressa et lui adressa un regard méprisant.

— Je ne suis pas mannequin.

— Alors, qu'est-ce que vous faites dans la vie ?

— Je surfe.

— Je voulais parler de votre travail, insista Cruz en grimaçant.

Ses yeux jaune-vert étincelaient. Seigneur, ce qu'ils étaient beaux ! Fascinants. Hantés, aussi. Elle se souvint de ce qu'il lui avait révélé sur sa famille et ravala la boule dans sa gorge. De quoi serait-elle capable si elle avait subi une perte pareille ?

— Comme je l'ai dit, je fais du surf. Je gagne ma vie sur le Women's Pro Tour. Vous pouvez vous renseigner sur moi.

Apparemment, Silas l'avait déjà fait, car il leva les yeux de la tablette sur laquelle il tapotait et arqua un sourcil.

— Jody Monroe. Numéro onze dans le classement actuel ?

Jody haussa les épaules.

— Courtney Klein et moi oscillons sans cesse entre la onzième et la douzième place. Ni elle ni moi n'avons jamais intégré le top 10, en revanche.

— Elle pourrait vouloir vous tuer ?

Jody ricana.

— Pour la onzième place ? Croyez-moi, ce n'est pas une raison suffisante. Nous avons toutes l'esprit de compétition, mais pas à ce point.

Silas et Cruz échangèrent des regards peu convaincus.

— Quels autres ennemis avez-vous ? continua le premier comme si la pauvre Courtney figurait déjà en tête de sa liste.

— Des ennemis ?

Elle avait beau réfléchir, elle n'arrivait pas à imaginer quelqu'un qui puisse vouloir la tuer. Elle se mêlait de ses propres affaires, aidait son père à tenir sa boutique de surf et faisait de son mieux sur le tournoi.

— Je n'ai pas d'ennemis.

— Vous en avez maintenant, grogna Cruz.

Jody croisa les bras et lui lança un regard.

Comme vous, monsieur ?

À l'instant où cette pensée lui traversa l'esprit, elle en rejeta la possibilité. Cruz semblait être du genre à se nuire à lui-même, néanmoins l'instinct de Jody lui soufflait qu'il n'était pas son ennemi.

— Un ex-amant jaloux ? suggéra Silas.

Elle s'esclaffa. Si elle s'était autorisée une ou deux aventures avec les athlètes du circuit masculin, jamais elle ne se serait amusée avec l'homme d'une autre fille.

— J'aimerais que ma vie soit aussi excitante.

— Elle l'est maintenant.

— Je ne parlais pas de ce genre d'excitation, répliqua-t-elle avec une grimace.

— Alors, que faisiez-vous au club Kapa'akea ? demanda Silas.

Elle jeta un coup d'œil à Cruz, pour lui renvoyer la question. Mais il garda les lèvres scellées, indiquant ainsi que c'était à elle de témoigner pour le moment.

Jody prit une profonde inspiration et entama son explication :

— Depuis que je suis entrée dans le circuit pro, il y a trois ans, j'ai reçu des offres de parrainage. Cela fait partie du tableau. J'en ai refusé la plupart, mais cette année, une entreprise sortie de nulle part m'a fait une proposition trop belle pour que je puisse y résister.

Elle avait rechigné à répondre au début, se demandant si elle ne ferait pas mieux de refuser. Mais, non. Sa famille avait besoin d'argent, cela avait donc valu la peine d'accepter.

— Quel genre d'offre ? demanda Silas.

— Du mannequinat pour une nouvelle ligne de parfum. *Éléments* de « Brûlants Désirs ».

Elle mima des guillemets avec ses doigts et grimaça, montrant clairement qu'elle n'avait pas signé avec enthousiasme.

— Trois séances photo et je suis libre. Nous avons fait les deux premières en Californie et nous sommes venus à Maui pour la dernière. Après quoi, j'encaisse mon chèque, je dis au revoir aux appareils photo et je me concentre sur ma prochaine compétition.

Elle se frotta les mains l'une contre l'autre, anticipant le jour où elle pourrait prendre congé des abrutis comme Richard. L'espace d'une seconde, elle se redressa, imaginant la liberté qu'elle allait retrouver. Soudain, ses épaules s'affaissèrent. Merde. La séance photo restante promettait d'être la pire de toutes.

— Qui était l'ordure qui vous a parlé sur la terrasse ? demanda Cruz.

Jody n'eut pas besoin de réfléchir pour comprendre à qui il faisait allusion.

— Richard ? C'est le chef de produit pour la séance photo.

— Voudrait-il vous tuer ?

— Il m'a embauchée il y a trois semaines. Je doute qu'il souhaite ma mort.

— Peut-être que quelqu'un veut saboter la campagne, suggéra Cruz.

— Ça, ou se faire de la publicité gratuite, ajouta Silas.

— Tu veux dire, en tirant sur le modèle ? demanda Cruz, les sourcils froncés.

Jody les interrompit en levant les mains.

— Waouh ! En quoi me tirer dessus ferait-il une bonne publicité ?

— Toute publicité est une bonne publicité, répliqua Silas. C'est comme ça que le marketing fonctionne.

Un frisson glacé lui parcourut l'échine tandis qu'elle réfléchissait.

— Il semblait effectivement sous pression pour créer un buzz. Il a sorti quelque chose à propos d'obtenir plus de presse. Mais aller jusqu'à me tuer ?

Richard et d'autres membres de l'équipe lui avaient foutu les jetons à plusieurs reprises, malgré tout elle n'avait jamais envisagé la possibilité de devenir une cible.

— Qui était au courant que vous seriez au club, ce soir ? l'interrogea Silas.

Elle haussa les épaules.

— Il faudrait plutôt demander qui n'était pas au courant. Cela faisait partie de la campagne publicitaire. Comme indiqué dans les petits caractères du contrat, précisa-t-elle avec un soupir.

— Vous n'aviez pas lu les petits caractères ? s'étonna Cruz.

Elle le regarda fixement. Non, elle les avait ignorés. Oui, c'était stupide. Mais c'étaient ses affaires à elle et à personne d'autre.

Silas tapota le comptoir des doigts.

— Quelles sont les autres obligations de votre poste ?

— Rien. Juste les séances photo. La dernière aura lieu après-demain sur une plage ou sous une cascade ou quelque chose comme ça. Enfin, c'est censé être après-demain. Parce qu'apparemment, il y a eu un problème pour obtenir les accessoires.

— Quels accessoires ?

Elle se balança d'un pied sur l'autre. Être photographiée dans des bikinis quasi inexistants était déjà assez pénible, mais les accessoires, c'était le pire. Le photographe avait voulu qu'elle se frotte sensuellement contre une planche de surf, ce qu'elle avait refusé, et sur un autre cliché, il aurait aimé qu'elle souffle de manière suggestive dans une conque. Il avait également essayé de la faire poser seins nus, insistant sur le fait qu'un collier de fleurs était bien assez couvrant, toutefois il était hors de question de franchir cette limite. Chaque fois, elle avait envisagé de démissionner. C'était tellement dégradant, tellement en dessous de la fierté que lui avait inculquée son père. Pourtant, à chaque fois, elle s'était convaincue que la fin justifiait les moyens.

— Le thème de la ligne de parfums, et de la campagne publicitaire, ce sont les éléments, expliqua-t-elle. La terre, l'air, le feu, l'eau. Ils m'ont dit qu'ils recrutaient des visages nouveaux pour une énorme campagne. Ils ont une rousse quelque part sur un volcan, pour la série « feu ». La femme qui fait les photos « terre » ressemble à Machine, là, ce mannequin érythréen. Je ne sais pas qui fait les photos « air ». Je suis le modèle « eau ».

— Terre, air, feu, eau...

Le visage de Silas avait blêmi.

— Je sais, c'est ringard, admit-elle. Richard n'arrête pas d'inventer des choses pour que je sois photographiée avec. Il a même voulu que je nage avec des dauphins, mais le photographe a catégoriquement refusé.

— Bon alors, c'est quoi, cet accessoire en retard ? insista Cruz en agitant la main pour l'inciter à poursuivre.

Elle haussa les épaules.

— Une espèce de bijou.

Les deux hommes échangèrent des regards stupéfaits.

— Quel genre de bijou ? grogna Cruz.

— Un saphir.

Elle marqua une pause devant le silence qui s'était installé : pourquoi Cruz reculait-il d'un pas ?

— Bleu, comme l'eau. Vous saisissez ?

On n'entendait plus que le tic-tac bruyant de l'horloge. Une minute insupportablement silencieuse s'écoula.

— Euh, allô ? finit par lancer Jody. C'est quoi le problème ? C'est juste un bijou, non ?

Cruz la regarda comme s'il venait de lui pousser trois têtes.

— Peut-être, marmonna-t-il avant de se tourner vers Silas. Ou peut-être pas.

Chapitre 4

Putain de merde.

Cruz regarda Silas, lançant ses mots directement dans l'esprit de son camarade, comme les métamorphes fortement liés pouvaient le faire.

Dis-moi que ce n'est pas en train de se passer.

Silas ne répondit rien.

Jody inclina sa tête.

— Quelque chose ne va pas ?

Normalement, son ami était celui qui réfléchissait vite, mais comme il demeurait curieusement sous le choc, Cruz fit de son mieux pour le couvrir.

— Quelque chose d'autre que le fait que quelqu'un essaie de tuer une femme innocente, vous voulez dire ?

Une seconde plus tard, il se maudit lui-même. D'où venait l'adjectif « innocente » ?

Regarde comme ses yeux bleus sont clairs, intervint son tigre. *Elle est innocente, c'est aussi certain que nous sommes coupables de trop de péchés.*

Ce qui l'amena à se poser, une fois de plus, la question de l'homme qui voulait la mort de Jody... et de celui qui lui avait communiqué de fausses informations.

Qui que ce soit, nous le découvrirons et nous nous vengerons, grogna son tigre intérieur. *Juste après avoir installé Jody pour la nuit.*

Holà, une minute. Mais de quoi parlait sa bête ?

— Écoutez, vous avez vécu quelques heures difficiles, que diriez-vous d'aller vous coucher ? s'entendit-il proposer.

La femme croisa les bras, se campa plus solidement sur ses jambes et releva le menton.

— Aller me coucher ?

Merde, si elle pouvait arrêter de mêler la joyeuse Californienne et la farouche Amazone… Vulnérable, mais fougueuse. Incertaine, mais tenace. Chaque fois qu'elle posait ses yeux bleu ciel sur lui, de petits éclairs crépitaient dans ses veines et son tigre concevait toutes sortes d'idées folles.

Elle me plaît. Je la veux, murmura son tigre. *Elle est ma c…*

Il coupa la pensée interdite avant qu'elle n'aille plus loin et hocha la tête à l'attention de son interlocutrice.

— Vous êtes à l'abri ici.

Elle resserra les bras autour de sa poitrine.

— À l'abri de qui ? De vous ?

Cruz n'arrivait pas à voir comment répondre autrement que par : « J'espère que vous êtes à l'abri de moi, mais je n'en suis pas vraiment sûr, parce que mon tigre pense à toutes sortes de choses dingues. »

Silas se ressaisit finalement et répondit :

— À l'abri de tout le monde. Donnez-nous un jour ou deux pour enquêter et nous ferons toute la lumière sur cette affaire.

Elle les regarda l'un et l'autre.

— Vous êtes quoi ? Des détectives ou quelque chose comme ça ?

— Quelque chose comme ça, en effet, murmura-t-il.

Elle avait planté les mains sur ses hanches, une posture qui la rendait incroyablement séduisante.

— Et c'est qui, ce « nous » qui fera toute la lumière sur cette affaire ?

Elle ferait une tigresse géniale, gronda sa bête intérieure.

S'il avait pu taper sur la tête de l'animal, il l'aurait fait. Jody n'était pas une métamorphe. C'était une humaine, ce qui signifiait qu'il devait rester sur ses gardes. Les humains étaient irrationnels. Imprévisibles. En un mot, dangereux. Ils avaient bouleversé son monde en assassinant sa famille dans un massacre sanglant. Le voyage de toute une vie, pour lequel ses parents avaient été si enthousiastes ; rendre visite à de la famille éloignée en Inde et explorer les jungles reculées où les tigres du Bengale se promenaient encore en liberté. Les vacances s'étaient transformées en une embuscade mortelle qui n'avait jamais été complètement élucidée. Selon ses sources, les villageois vivant près de la scène du crime avaient nié avec véhémence tout méfait... Bien sûr ! En tant que ruraux superstitieux, ils avaient essayé de rejeter la faute sur toute une liste confuse de créatures surnaturelles. Selon certains d'entre eux, c'était à cause des vampires ; selon d'autres, le fait de métamorphes lions, ce qui était ridicule. Ces derniers ne se mêlaient pas aux tigres et vice versa, et aucun n'entrait en relation avec les vampires. Ces villageois étaient des lâches qui mentaient comme des arracheurs de dents. Des humains typiques, en d'autres termes.

Tous les humains ne sont pas des menteurs, grogna son tigre. *Regarde celle-ci. Elle a la trouille, mais elle est courageuse.*

De son côté, Silas avait lancé un regard perçant qui pouvait faire hésiter l'adversaire le plus coriace.

— Le « nous » qui fera toute la lumière sur cette affaire, c'est « Cruz et moi ».

Jody ne cilla pas. Ce qui ne faisait que prouver à quel point elle était folle, même pour une humaine.

— Nous irons tous les trois au bout de cette histoire.

Elle pointa du doigt chacun d'entre eux pour leur faire comprendre qu'il s'agissait d'une exigence et non d'une suggestion. Même Silas était interloqué.

Dommage que Tessa, Nina ou Dawn ne soient pas là. N'importe laquelle des femmes de Koa Point aurait pu aider à apaiser les craintes de Jody. Mais Tessa et Kai, les métamorphes dragons, étaient sur la Grande île et profitaient de la couverture des volcans actifs pour s'entraîner à cracher du feu. Boone et Nina, le couple de loups, étaient dans le New Jersey, en train de vider la modeste maison qu'elle venait de vendre. Pendant ce temps, Dawn et Hunter, les métamorphes ours, profitaient de leur lune de miel en Alaska. Ce qui signifiait qu'il ne restait que Cruz et Silas à la maison et, bordel, aucun d'eux n'était du genre doux et câlin.

Je peux être doux et câlin, insista son tigre.

Comme si ce n'était pas une coïncidence, Keiki vint se frotter contre sa jambe.

Cruz s'éclaircit la gorge.

— Que diriez-vous de régler les détails demain matin ?

Se basant sur un vague souvenir, il avait fait de son mieux pour parler d'une voix joyeuse. Mais merde, il n'avait pas manifesté la moindre gaieté depuis des années. Ni ressenti le besoin de s'en donner la peine, en fait.

Pourtant, il fut récompensé de ses efforts ; Jody leur lança un dernier regard qui disait qu'ils n'avaient pas intérêt à se payer sa tête, qu'elle finit par hocher.

— D'accord.

— Bien, répliqua Silas, même s'il n'avait pas du tout l'air ravi. Cruz va vous installer dans sa cabane dans les arbres.

Si les yeux de Jody s'écarquillèrent, ceux de Cruz lui sortirent de la tête.

— La cabane dans les arbres ? lâchèrent-ils tous les deux en même temps.

C'était son endroit à lui. Son refuge. Personne n'y séjournait, sauf lui. Personne !

Où veux-tu donc la loger, sinon ? demanda Silas.

Cruz jura. La dépendance, qui aurait été le choix évident, n'avait toujours pas été réparée après les dommages subis lors d'une récente tempête.

Elle peut rester ici, dans l'akule hale, suggéra-t-il.

Silas secoua sèchement la tête.

Sérieusement, tu veux la faire dormir dans le salon ?

Eh bien, en tout cas, Cruz n'avait pas envie qu'elle couche chez lui.

Et pourquoi dormirait-elle chez moi et pas chez toi ? rétorqua-t-il à Silas.

Les yeux du métamorphe dragon flamboyèrent.

Ce n'est pas moi qui l'ai ramenée ici. Et puis, toi et moi, on doit parler et passer quelques coups de fil. Alors, remue-toi.

— Je suis sûr que vous serez très bien installée dans la cabane, mademoiselle Monroe, lâcha Silas en les congédiant d'un geste vers les bois.

Il jouait rarement sa carte d'alpha de la meute, mais le cas échéant, personne n'osait le remettre en question. Pas même Cruz, qui n'eut d'autre choix que de conduire Jody de l'*akule hale* à son nid à lui.

Tu penses qu'elle va l'aimer ? demanda son tigre avec trop d'empressement.

Merde, il espérait que non.

Une nuit et elle dégage, prévint-il son tigre en accélérant le pas.

Bien sûr, il avait été à deux doigts de la tuer, un peu plus tôt dans la soirée. Alors, le moins qu'il pouvait faire, c'était de l'héberger pour une nuit.

— Donc, il s'agit d'une cabane dans les arbres ? dit-elle.

— Vous verrez, répliqua-t-il en haussant les épaules.

Il était difficile de décrire l'endroit, plein de coins et de recoins, niché au fond des bois les plus épais de Koa Point. Il marcha donc en silence, la laissant diriger la conversation. Ce qu'elle fit, en humaine typique.

— Quelle est la superficie de ce domaine ? Il y a, quoi ? Dix voitures de luxe ? Et un hélicoptère ?

Elle désigna les rotors qui dépassaient de derrière la cime des arbres, reflétant la lumière de la lune.

— Qui possède cette propriété ? Et waouh ! Vous vivez ici ?

Cruz regardait droit devant lui. En vérité, il n'avait aucune idée de l'identité du propriétaire de Koa Point. Tout ce qu'il savait, c'était que Silas avait négocié un contrat de gardiennage pour leur groupe de cinq métamorphes. L'occasion s'était présentée de façon fortuite : récemment démobilisés avec les honneurs, ils avaient besoin d'un endroit où s'installer pour faire la transition vers la vie civile, après des années dans l'armée. Seul Silas connaissait l'identité du propriétaire et il leur avait fait comprendre que ce dernier ne voulait pas qu'on l'interroge à ce sujet. Tant qu'il ne leur rendait pas visite, quelle importance ? Qui qu'il soit, il n'était jamais venu à Maui depuis que Cruz vivait à Koa Point, ce qui était une bonne chose. Avec ses copains, ils s'occupaient de la sécurité de ce domaine fort vaste et exerçaient en parallèle et occasionnellement des missions de détective privé et de garde du corps.

— Qui d'autre vit ici ? demanda Jody.

Que dirait-elle s'il lui révélait la vérité ?

Tout un groupe de métamorphes. Deux dragons, un loup, un ours et un tigre, pour être exact.

Il se corrigea ensuite, car le domaine n'était plus seulement habité par les hommes. Maintenant que Kai, Boone et Hunter étaient en couple, leur nombre était passé à huit.

Un changement pour le mieux, convint son tigre. *Avec Tessa, Nina et Dawn dans les parages, les choses sont… bien…*

Cruz batailla lui aussi pour trouver le mot. Les choses étaient… plus agréables ? Plus paisibles ? Mieux équilibrées ? C'était difficile à expliquer, mais les nouvelles venues avaient toutes contribué à rendre cet endroit plus semblable à un… un…

Foyer, compléta son tigre. *À une communauté.*

Ce qui était amusant, car il n'avait jamais vraiment pensé que Koa Point manquait de quelque chose avant que la destinée ne fasse surgir les compagnes de ses amis à leurs côtés.

La destinée, bourdonna son tigre.

Jody s'arrêta dans son élan dès qu'elle entrevit l'arche gracieuse d'une passerelle au-dessus du ruisseau.

— Merde ! Je veux dire… C'est magnifique.

Elle désigna les lanternes rouges et or suspendues au-dessus de sa tête qui éclairaient le chemin à travers la nuit noire.

La plupart des soirs, Cruz ne prenait pas la peine d'allumer, préférant régner sur les lieux sous sa forme de tigre. Mais ce soir-là, la lumière des lanternes semblait plus douce, plus chaleureuse que jamais. Une arme à double tranchant, réalisa-t-il, parce qu'il n'avait pas fait ça dans le but d'accueillir quelqu'un dans son espace personnel.

Sauf qu'une partie de lui voulait que Jody soit là. Il voulait qu'elle aime son refuge. Tenir les gens à distance signifiait qu'il ne pouvait jamais partager son endroit le plus spécial avec quelqu'un. Il était peut-être temps de remédier à son côté ermite.

— J'adore ! s'exclama-t-elle alors qu'un couple de mainates voltigeait au-dessus de sa tête.

Le commentaire de Jody aurait dû déclencher des sonnettes d'alarme dans son esprit, mais il ne ressentit qu'un élan de fierté. Les tigres étaient des accumulateurs dans l'âme, et bien qu'il ne collectionne pas les détritus, il avait pris beaucoup de plaisir à rassembler de petits trésors pour revendiquer cet endroit comme le sien. Remarquerait-elle les détails qu'il avait disposés dans les rambardes en bois du pont ? Repérerait-elle les décorations sur les lampes chinoises suspendues au-dessus de sa tête ?

Les bracelets de Jody cliquetaient, produisant le seul son d'origine humaine dans une nuit autrement paisible.

— Waouh, c'est tout sculpté ! murmura-t-elle en passant sa main sur les rampes. Et... oh ! C'est un tigre sur cette lampe ?

Le motif chinois tourbillonnant était tout en griffes et crocs. Un avertissement subtil aux intrus potentiels... Non pas que qui que ce soit ose explorer Koa Point.

— Oh, il y a un dragon, aussi. Et un ours...

Elle s'extasia sur chaque lanterne.

En vérité, les dessins étaient un hommage subtil de Cruz à ses frères métamorphes, ces hommes qui étaient devenus sa deuxième famille après tout ce qu'ils avaient enduré ensemble pendant leur service. Il lui avait semblé approprié de le reconnaître d'une certaine manière.

Des grillons chantaient tout autour. Les mainates jacassaient et l'eau gargouillait sous le pont. Dans l'ensemble, West Maui était plutôt sec, cependant les montagnes qui captaient les nuages de l'alizé permettaient au ruisseau de continuer à jaillir de leur flanc, si bien que son coin de paradis privé était vert et luxuriant. Sa propre jungle privée. Et merde, elle était à présent envahie par une humaine.

Elle ne nous envahit pas, fit remarquer son tigre. *C'est nous qui l'avons invitée.*

Bordel. Pourquoi avait-il fait ça ?

Parce qu'elle doit se sentir à l'aise et que nous devons la garder en sécurité.

Ce qui était un tas de conneries. Cruz le savait, y avait-il plus grand danger que lui ici ?

Les lèvres de Jody se mirent à trembler.

— Vous jurez que vous ne m'emmenez pas quelque part pour me tuer ?

Une pointe de regret le transperça. Comment avait-il pu envisager de tuer cette femme, qui n'avait pas une once de malveillance en elle ?

Il secoua la tête.

— Je jure que je ne vous ferai jamais de mal. Jamais.

Sa voix devint rauque quand il prononça ces mots, pendant qu'à l'intérieur, son tigre faisait un pas de plus.

Je jure que je te protégerai jusqu'à la fin de mes jours.

Les yeux de Jody cherchèrent les siens et elle se détendit légèrement. La plupart des humains se fiaient beaucoup trop à la parole, mais elle semblait jauger les indices physiques comme le ferait un métamorphe.

Elle leva une main vers la sienne, soudain silencieuse. L'espace entre eux crépita et il se pencha plus près. Voyant que l'éclat dans ses yeux se renforçait, Cruz sentit son pouls palpiter. Ses paumes étaient moites et son cœur battait la chamade. À l'intérieur, son tigre balançait sa queue d'un côté à l'autre, ronronnant joyeusement.

Merde, qu'est-ce qui n'allait pas chez lui ?

Jody détacha son regard du sien et continua sur le chemin.

— C'est si paisible, lâcha-t-elle d'une voix feutrée.

Son tigre hocha la tête avec satisfaction.

Tu vois ? Les humains ne sont pas tous bruyants et gênants.

Cruz décida de réserver son jugement pour quelque temps encore.

Fais ça si tu veux. Parce qu'elle est notre compagne destinée. La nôtre !

Quelqu'un aurait pu le frapper sur la tête avec une brique, il aurait été moins choqué. Il n'avait ni le désir ni le besoin d'une compagne.

Bien sûr que si. Le désir et le besoin, insista son tigre avec un grognement sourd et guttural.

Jody s'arrêta dans son élan, applaudit et s'étrangla :

— Oh, mon Dieu !

— Sympa, hein ? lui fit dire son tigre.

— « Sympa » ? C'est incroyable.

Elle leva les yeux et balaya les alentours du regard, lorsque sa maison au milieu des arbres commença à se dessiner dans la faible lumière.

Cruz fit ce qu'il faisait rarement, à savoir s'arrêter pour admirer l'œuvre créée de ses mains. Chaque membre de leur unité soudée s'était aménagé un petit coin de Koa Point et ils ne mettaient que rarement le pied sur les territoires personnels des autres, préférant se réunir en terrain neutre, dans l'*akule hale*. C'était un arrangement parfait pour un groupe de métamorphes au caractère bien trempé et qui s'était serré les coudes contre vents et marées. Maintenant, chacun occupait sa propre maison personnalisée et Cruz aimait la sienne.

C'était assez étonnant. Ce qui avait commencé comme une simple plate-forme où un tigre pouvait se prélasser à midi s'était progressivement développé en une large terrasse qui encerclait un arbre à pluie aussi haut qu'un immeuble de quatre étages. Un escalier en colimaçon montait à la terrasse depuis la zone de vie au niveau du sol, et des ponts de corde s'étendaient de chaque côté, menant à un certain nombre de plates-formes latérales, comme les pièces d'une maison, sans pour autant avoir quoi que ce soit de commun avec un foyer ordinaire. L'espace de vie spartiate comprenait un hamac et un futon. Une plate-forme était suspendue en haut de la canopée de la forêt, complètement ouverte aux éléments : l'endroit parfait pour que son tigre puisse balancer sa queue et monter la garde. Un autre pont de corde menait à la chambre couverte où il s'étendait sous sa forme humaine. Le matelas double avait été difficile à transporter et la commode était cabossée, néanmoins il était chez lui. Ajoutez à cela quelques petites touches ici et là, et il avait un vrai palais de tigre pour lui tout seul.

Chez moi, ronronnait son tigre, très satisfait.

Il n'avait jamais fait venir personne ici à part les autres gars, et encore, assez rarement.

J'aime avoir Jody ici, reconnut son tigre.

Cruz grimaça, mais oui, c'était plutôt agréable de la voir réagir à cet environnement.

— Qui a construit cet endroit ?

— Moi, répondit-il, le torse légèrement bombé.

— Vous ?

Elle paraissait moins incrédule qu'impressionnée, et Cruz ne put résister à l'envie de lui dévoiler toutes les petites caractéristiques de sa maison.

— Il y a une plaque chauffante ici, une salle de bains là-bas…

Jody hocha la tête et sourit.

— Mon père aimerait cet endroit. Il nous avait fabriqué une cabane dans un arbre, quand nous étions enfants, mais elle n'était pas aussi perfectionnée que celle-ci.

Le tigre de Cruz hocha la tête en signe de satisfaction.

Peut-être que certains humains ne sont pas fous, après tout.

Quand elle se hissa dans le hamac arc-en-ciel et se donna une petite poussée pour se balancer, Cruz dut combattre l'envie inexplicable de se glisser à côté d'elle.

— Waouh ! C'est bien mieux que mon appartement à Honokowai.

Il rit à gorge déployée, puis se reprit. Que faisait-il, à plaisanter avec une humaine avec laquelle il ne voulait rien avoir à faire, pour commencer ?

Tu t'amuses bien, lui glissa son tigre. *C'est si terrible que ça ?*

Il s'éclaircit la gorge et désigna le salon.

— Le futon est assez confortable, et il y a quelques serviettes supplémentaires dans la salle de bains.

Il montra du doigt le chemin éclairé par une lanterne.

— J'ai déjà dormi dans des endroits excentriques, mais celui-ci remporte la palme. Oh… attendez.

Elle se redressa dans le hamac.

— Où allez-vous dormir ?

D'habitude, il dormait dans la chambre ou sur l'une des autres plates-formes suspendues au-dessus de leurs têtes. Mais ce ne serait certainement pas le cas ce soir.

— Je m'installerai dans l'*akule hale*. Ça m'arrive souvent, mentit-il.

Elle s'empressa de sortir du hamac.

— Je ne peux pas vous évincer de votre propre maison.

Exactement. C'était hors de question. Il ne laisserait plus jamais les humains lui gâcher la vie.

Mais merde, son tigre avait des idées différentes et l'obligeait à les lui communiquer.

— Bien sûr que si. Tenez, vous pouvez m'emprunter ça.

Sans réfléchir, il s'empara d'un T-shirt propre dans un tiroir et le déposa sur la table afin qu'elle ait une tenue pour dormir.

Un peu qu'elle peut, gronda son tigre.

Même sa moitié humaine enfla un peu à l'idée de Jody enveloppée dans ses vêtements. D'elle, enveloppée de son odeur à lui.

Il serra les poings pour cogner plusieurs fois ses cuisses, essayant de chasser ce qui l'avait envahi.

— Mais..., commença-t-elle.

Il racla le sol avec sa chaussure. Elle ne comprenait pas. S'il ne s'éloignait pas assez et continuait à la sentir, à la voir et à l'entendre, qui sait quelle folie son tigre pourrait le pousser à commettre ?

— C'est bon, croyez-moi, marmonna-t-il.

Un ronronnement se fit entendre et la petite Keiki s'enroula entre ses jambes. Il prit la chatte calico et la caressa jusqu'à ce que les yeux de l'animal se ferment de plaisir. Baissant les paupières lui aussi, il s'imprégna de la chaleur et de la satisfaction qui émanaient de la petite boule de poils. Avec Keiki, il pouvait presque croire que le monde était plein de bonté et d'espoir.

Jody gloussa.

— Elle ronronne comme un tigre.

Cruz rouvrit brusquement les yeux. Soupçonnait-elle quelque chose ? Mais non. Elle continuait à examiner la petite chatte et son sourire était aussi innocent que celui de Keiki.

— Les tigres ne ronronnent pas, objecta-t-il.

— Ce sont de gros chats, non ?

— Vérifiez. Les tigres ne ronronnent pas.

— Eh bien, cette petite-là sait ronronner. C'est la vôtre ?

— La mienne ? Non. Les chats n'aiment pas être possédés.

Cruz savait qu'il pouvait se conduire comme un enfoiré bourru et cette attitude réussissait généralement à garder les gens à distance. Mais Jody ne semblait pas dérangée. Au contraire, elle tendit la main pour caresser Keiki, à croire qu'il l'avait invitée à le faire. Et le plus drôle, ce fut qu'il ne s'éloigna pas. Comme s'il voulait que cette femme s'approche.

Plus près...

Plus près...

Leurs mains se frôlèrent pendant qu'ils caressaient Keiki tous les deux, et Cruz se retrouva à refermer les paupières. Ce qui était stupide, tout simplement stupide, parce qu'une humaine était en train d'envahir son espace personnel. Il ne pouvait pas s'en empêcher, cependant. Caresser Keiki apaisait toujours son âme agitée et le faire avec Jody avait le même effet, mais décuplé. Ils étaient donc là, tel un couple de parents blottis fièrement au-dessus de leur nouveau-né, s'émerveillant de ses petites oreilles, de son petit nez et du miracle d'un petit battement de cœur sous leurs mains.

Cruz respira l'air doux de la nuit, où le parfum de Jody se faufilait comme celui d'une fleur exotique qui viendrait de s'épanouir au milieu des plantes familières de la maison. Ce parfum de rose sauvage qui lui chatouillait le nez... Il ferma les yeux et inhala un peu plus profondément.

— Gentil petit minou, murmura Jody.

Tu vois ? Je savais qu'elle m'aimait bien, roucoula son tigre.

Habituellement, il lui fallait passer une heure à arpenter les lieux et à se déplacer d'un perchoir à l'autre pour se calmer et se détendre. C'était d'ailleurs pour cela qu'il avait construit tant de plates-formes différentes, disposées en rayon autour de la cabane. Mais ce soir... Ce soir, il aurait pu fermer les yeux et s'endormir sur-le-champ, d'un sommeil paisible et sans rêve, du genre qu'il se refusait à lui depuis des années.

Soudain, une chauve-souris fila à toute allure au-dessus de sa tête, trop près à son goût, et il rouvrit les yeux.

Merde ! Silas attendait.

— Je dois y aller, lâcha-t-il d'un ton bourru avant de s'éloigner.

Pas trop loin cependant, car maintenant qu'il avait croisé les yeux incroyablement bleus de Jody, ils l'hypnotisaient.

— Vous êtes sûr que c'est bon ?

Non, absolument pas. Mais il hocha quand même la tête.

— Au poil.

Il lui passa Keiki et recula à contrecœur. Soudain, il feignit plusieurs accès de toux et se força à se diriger vers la passerelle. Son corps lui faisait mal, comme si la quitter était une erreur. Mais merde, il ne pouvait pas faire attendre Silas plus longtemps.

— Je dois y aller. Passez une bonne nuit.

Elle caressa Keiki du bout du menton, exactement comme sa mère le faisait autrefois avec sa petite sœur, dans les souvenirs qu'il en conservait. De la même façon qu'elle avait dû le faire avec lui, lorsqu'il était trop jeune pour le garder en mémoire.

Je me rappelle, murmura son tigre. *Dans mon cœur, je me rappelle.*

Et pendant les quelques secondes qui suivirent, des sentiments chaleureux emplirent l'espace habituellement occupé par la colère et la douleur.

Jody continuait à câliner Keiki en le regardant partir.

— Bonne nuit. Et merci. Pour tout.

Elle esquissa un sourire en coin.

— Je crois.

Chapitre 5

Cruz se maudit tout le long du chemin qui le ramenait à l'*akule hale*.

Premièrement, pour avoir emmené Jody chez lui.

Deuxièmement, pour l'avoir regardée dans les yeux pendant beaucoup trop longtemps. S'il n'avait pas été certain qu'elle était humaine, il aurait parié qu'elle était une sorcière, car elle l'avait ensorcelé. Il lui avait même confié Keiki au lieu d'emporter la petite chatte. Qu'est-ce qui lui prenait ?

Troisièmement, il se maudissait d'avoir autant lambiné, car il avait affaire à un dragon, or les dragons n'aimaient pas qu'on les fasse attendre. Et en effet...

— Qu'est-ce qui t'a pris si longtemps ? grogna Silas à la seconde où Cruz apparut.

Son haleine avait un petit relent de cendres, comme toujours quand sa patience était à bout. Cruz devina qu'il pourrait ne plus être très loin de cracher vraiment du feu.

— Je suis venu aussi vite que je le pouvais, mentit-il.

Il s'était arrêté à deux reprises sur la passerelle en rebroussant chemin pour se tourner vers son logis et humer l'air de la nuit, où il avait décelé un petit soupçon de Jody.

Merde, merde, merde ! Il ne voulait pas, ne pouvait pas tomber amoureux d'une humaine. Il le devait à la famille qu'il avait perdue.

Silas grogna et se passa une main dans les cheveux : un signe du calme avant la tempête, Cruz le savait. D'une minute à l'autre, le métamorphe dragon allait déchaîner sa colère. Il avait bien géré toutes les crises qu'ils avaient affrontées au cours des derniers mois, cependant Cruz l'avait rarement vu aussi énervé. Les yeux de Silas rougeoyaient et un tic tordait la commissure de ses lèvres. Qu'est-ce que Jody avait dit pour déclencher cette réaction chez lui ? Était-ce l'allusion au bijou ? Ou quelque chose qui n'avait aucun rapport, comme la rumeur qui courait sur les pressions exercées pour transformer le domaine en complexe hôtelier de luxe ? La dernière hypothèse était impensable. Qui voudrait raser les bois de Koa Point et encombrer tout cet espace ouvert de bungalows et d'un terrain de golf ? Qui pourrait envisager de détruire la paix et la magie de l'endroit ? Et puis merde, où Cruz et ses amis iraient-ils, dans ce cas ?

Comme cette pensée le rendait furieux, il la repoussa de son esprit... pour le moment. En attendant, Silas était dans un état inhabituel et Cruz regrettait que Nina ou Tessa ne soient pas là. Chacune d'elles savait comment calmer les gens avec un commentaire paisible ou une tasse de thé fumante. Cruz jeta un coup d'œil à la machine à café. Étrangement, il doutait que l'astuce fonctionne ce soir.

Sans surprise, Silas se retourna et montra les dents.

— Qu'est-ce que tu fichais au club Kapa'akea, de toute façon, bordel ?

Cruz se balança d'un pied sur l'autre. Bonne question. Qu'est-ce qui l'avait conduit là-bas, en fait ? Il suivit la ligne tordue de ses souvenirs, une ligne qui lui avait semblé très logique encore récemment. Maintenant, il n'en était plus aussi sûr. Tout avait commencé avec son informateur. Il se renfrogna profondément.

— Tu te souviens de McGraugh ?

Silas hocha la tête.

Cruz, Silas et les autres métamorphes de Koa Point avaient fait partie des forces spéciales ensemble. McGraugh était un métamorphe aigle travaillant pour les services de renseignement de la Navy avec qui ils avaient collaboré à quelques reprises. Il avait récemment quitté le service et s'était installé sur le continent pour se lancer dans les enquêtes privées, un peu comme Cruz et ses camarades.

— McGraugh m'a averti que la personne qui a tué ma famille serait là.

Silas haussa un sourcil.

— Tu as dit que tu avais fait la paix avec ça.

Cruz riva les yeux au sol. Il n'accepterait jamais le fait qu'il n'avait pas été là pour les siens, qu'il avait été incapable de leur offrir sa protection ou d'épingler leur tueur.

— Tu as affirmé que tu n'allais plus chasser les fantômes, poursuivit Silas.

Cruz serra les dents. Il avait promis de ne pas éliminer toute la race humaine, mais quand l'occasion de tuer le meurtrier qui s'était échappé se présentait, il ne pouvait pas résister.

Jody n'est pas le tueur, fit remarquer son tigre.

Il marmonna dans sa barbe :

— Les renseignements de McGraugh ont toujours été bons.

Pas cette fois, insista son tigre.

— Alors, que s'est-il passé ? demanda Silas.

Cruz prit une profonde inspiration et raconta les événements de la soirée. Comment il avait pris position et attendu les indices qu'on lui avait dit de repérer. Comment Jody était apparue sur la terrasse et comment il avait vu le serveur lui tendre la boisson. Et puis... il finit par s'arrêter à ce point de l'histoire, car il ne savait pas trop comment expliquer l'instinct qui avait pris le dessus à ce moment-là.

— Qu'est-ce qui t'a retenu ? demanda Silas en l'étudiant de près.

De trop près.

Qu'est-ce que Cruz en savait, bordel ? Son tigre avait juste refusé.

Comment pouvais-je te laisser tuer notre compagne ? grogna la bête.

Cruz fronça les sourcils, les yeux baissés sur ses pieds. En lui envoyant une humaine comme compagne, la destinée se fichait bien de sa gueule. Mais il ne se ferait pas avoir.

Il s'empressa de poursuivre son histoire : il avait repéré le deuxième tireur, regardé Jody se rabattre à l'intérieur et s'était précipité pour la mettre en sécurité avant que le sniper puisse l'avoir dans sa ligne de mire.

Silas grimaça quand il eut terminé.

— Je n'aime pas ça.

Cruz renifla. Qu'est-ce qu'il y avait à aimer là-dedans ?

Son ami continua avant qu'il puisse répondre :

— Cela dit, je pense que nous avons raison de la garder ici. Aussi longtemps qu'il le faudra, pour aller au fond de toute l'affaire.

Quelque chose bascula dans la poitrine de Cruz : une partie de lui sauta de joie tandis que l'autre sombrait dans le désespoir. Il avait besoin d'éloigner Jody, très loin, avant qu'elle ne courtise son tigre en lui bourrant le crâne de notions aussi folles que l'amour et les compagnons prédestinés.

— Je croyais que tu ne voulais pas t'impliquer, protesta-t-il. Elle est humaine, après tout.

— Nous avons besoin de Melle Monroe si nous souhaitons en savoir plus sur ce saphir. Si c'est une Pierre d'Esprit…

Cruz montra les dents.

— Tu parles d'utiliser une femme innocente comme appât ? Allez, mec. Ça pourrait la remettre pile dans la ligne de mire.

— Tu es celui qui l'avait dans son viseur, non ?

C'était un coup bas, néanmoins Cruz le méritait. Dieu merci, il n'avait pas appuyé sur la gâchette. Mais quand il trouverait le gars qui avait…

D'un geste vif, Silas attira à nouveau son regard.

— Tu dois rester concentré. Ce sniper était probablement un mercenaire… et pas très professionnel, en plus. On doit découvrir qui a organisé tout ça. En attendant, Melle Monroe est plus en sécurité avec nous que toute seule.

Cruz devait lui accorder ce point. Il s'arma de courage en essayant de tirer les choses au clair.

— La question est : qui voudrait la tuer ?

— Non, la question est : qui voudrait te piéger ?

— Moi ?

— Toute cette situation sent le coup monté.

Ses tripes se nouèrent.

— Tu insinues que McGraugh s'est retourné contre nous ?

Silas pinça les lèvres.

— Je préfère croire que quelqu'un lui a communiqué de fausses informations.

— Qui, alors ?

Ils restèrent tous les deux silencieux pendant un moment.

— On doit trouver le serveur qui lui a apporté la boisson, lâcha enfin Silas. Découvrir qui a posé l'appât.

Cruz sentit son visage s'échauffer.

— Tu veux dire que quelqu'un m'a appâté en m'offrant la possibilité de me venger ?

— Ce n'était pas le seul appât, ajouta Silas avec un regard sinistre.

Cruz inclina la tête, perplexe.

— Elle. Jody. Elle est un appât, elle aussi.

— Waouh ! Quoi ? s'exclama Cruz, submergé par une fureur surgie de nulle part. Pourquoi Jody ? Qui serait intéressé par elle ?

Silas fronça gravement les sourcils.

— Toi. Tu l'aimes bien.

Le cœur de Cruz se mit à battre à toute allure, l'empêchant de protester.

— Je... Je...

Non, il ne l'aimait pas. Il n'était certainement pas intéressé. Pas le moins du monde.

Silas leva un mince sourcil, perplexe.

À l'intérieur, son tigre ronronnait.

Je l'aime bien. Beaucoup même.

Cruz chercha une meilleure théorie qui ne les impliquerait ni lui ni une humaine qui ne l'attirait certainement pas.

— Ce sont des conneries. Il est plus probable que quelqu'un essaie de saboter la campagne de promotion que Jody a mentionnée. Comment elle l'a appelée, déjà ? *Éléments* ?

Le visage de Silas se vida de ses couleurs quand il regarda au loin.

Cruz inclina sa tête vers le métamorphe dragon.

— Quoi ? C'est juste une campagne de publicité.

Silas secoua la tête et murmura si bas que Cruz put à peine l'entendre :

— Moira.

Cruz se figea. Moira était la dragonne qui avait brisé le cœur de Silas, non ?

— Qu'est-ce qu'elle a à voir avec ça ?

Silas grimaça.

— Je ne suis pas sûr. Mais c'est l'une des idées qu'elle parlait d'essayer un jour. Une ligne de parfums basée sur un thème des éléments.

Son visage se creuse sous de profondes rides et un tic lui secoua la joue. Sa rencontre avec la dragonne s'était produite avant que Cruz ne fasse la connaissance de son ami. Tout ce qu'il en savait vraiment, c'était qu'il devait esquiver le sujet s'il voulait éviter des brûlures au troisième degré. Et il savait aussi que Moira avait pressé le cœur de Silas avant de le larguer pour un autre homme, de la manière la plus cruelle. Ces informations, il les tenait de Kai, bien que même lui n'en sache pas beaucoup plus que ça.

« Moira est superficielle, égocentrique et manipulatrice », *avait expliqué Kai.* « Cette femme est toxique. Silas est mieux sans elle. »

Cruz réfléchit à cette idée. La plupart des hommes étaient mieux sans les femmes qu'ils imaginaient être leurs compagnes.

Pas la plupart des hommes. Juste certains hommes. Regarde Boone. Nina est parfaite pour lui, fit remarquer son tigre. *De même que Dawn est parfaite pour Hunter et Tessa pour Kai. Ils n'ont jamais été aussi heureux et équilibrés.*

Heureux. Équilibrés. Cruz remâcha ces mots. Le simple fait qu'il existe quelques couples vraiment faits l'un pour l'autre ne signifiait pas que la destinée favorisait tout le monde. Ses amis étaient de loin les exceptions qui confirmaient la règle, merde. Pour sa part, il n'allait certainement pas faire les yeux doux à une femme.

Alors pourquoi as-tu été obligé de cligner autant quand nous avons quitté Jody ? demanda son tigre.

Le petit malin.

— Si Moira est impliquée dans tout ça..., murmura Silas, perdu dans ses propres pensées.

— Les éléments, c'est un thème assez commun, objecta Cruz.

Le regard de son camarade se fixa sur l'obscurité de la nuit.

— Elle avait l'habitude d'en parler exactement comme Jody l'a décrit. Elle voulait organiser des séances photo dans différents endroits. Dégoter des mannequins aux physiques différents pour représenter chaque élément.

Il semblait avoir vingt ans de plus alors qu'il déplaçait son poids d'un pied à l'autre.

— Et ce que Jody a raconté à propos de la campagne qui n'a pas eu assez de presse... ? Moira adore être le centre de l'attention. Elle ferait n'importe quoi pour obtenir ce résultat. Et par-dessus le marché, cette mention d'un saphir...

— Tu penses que ça pourrait être une Pierre d'Esprit ?

À l'évocation de ces pierres précieuses disparues depuis longtemps et dotées de pouvoirs magiques, les lèvres de Silas s'étirèrent en une ligne étroite.

— Ces pierres précieuses ne se présentent pas par hasard. Il se pourrait bien que les autres Pierres d'Esprit appellent le saphir.

Il leva les yeux vers la colline où se situait sa résidence. Quelque part dans la falaise rocheuse, derrière la maison, se trouvait l'emplacement de son magot de dragon, du moins c'était ce que Cruz supposait. Les dragons aimaient les trésors, et même si la plus grande partie de l'héritage de Silas avait été volée par un seigneur dragon nommé Drax, Cruz pensait que le métamorphe devait conserver ici ou là quelques coffres remplis d'or et de pierres précieuses scintillantes. Ainsi que les trois Pierres d'Esprit, sous clé, pour le compte des femmes de Koa Point. Tessa, Nina et Dawn avaient chacune mis leur vie en jeu pour obtenir ces pierres ; une émeraude, un rubis et une améthyste.

— La Pierre de Vie, la Pierre de Feu et la Pierre de Terre sont toutes en sécurité ici, poursuivit Silas. Il reste donc deux pierres sur cinq. La Pierre de Vent et la Pierre d'Eau, à savoir un saphir.

— La Pierre d'Eau ?

Cruz visualisa un bijou capable de conjurer des vagues monstrueuses ou des tempêtes meurtrières.

— Est-ce qu'on veut vraiment croiser la route d'une autre Pierre d'Esprit ?

— A-t-on le choix ? rétorqua Silas.

Cruz tint sa langue. Il ne connaissait son ancien commandant que comme quelqu'un de froid, posé et calculateur. Mais la mâchoire de Silas se contractait régulièrement tandis que ses doigts tapotaient un rythme nerveux sur la table. Le poids des responsabilités l'avait-il finalement épuisé? Cruz n'avait jamais envisagé cette éventualité auparavant. Maintenant que c'était le cas, il se rendit compte que leur petite communauté de Koa Point se développait rapidement. Hunter et Dawn y allaient doucement, mais tout le monde savait que ce n'était qu'une question de temps avant que Boone et Nina, ou même Kai et Tessa aient des enfants. Ce qui faisait peser de nouvelles responsabilités sur les épaules de Silas à un moment profondément troublant. Le monde était déjà bien mal en point, cependant la question des Pierres d'Esprit compliquait tout de façon exponentielle. Tous les métamorphes impitoyables et avides du monde seraient à l'affût de la prochaine pierre précieuse qui referait surface.

Malgré tout, il y avait plus que de l'inquiétude dans les yeux de Silas. Il y avait de la douleur aussi. Moira avait dû vraiment réussir à embobiner le métamorphe dragon pour qu'il soit secoué à ce point.

Cruz inclina la tête, voyant son ami sous un nouveau jour. C'était un homme mortel, pas une machine. Un homme tout aussi capable que lui de perdre la tête... et le cœur.

Raison de plus de rester sur ses gardes face à la notion insensée de compagne prédestinée.

Mais... mais..., protesta son tigre intérieur.

— Demain à la première heure, je traque ce serveur, décréta-t-il, dressant déjà une liste dans son esprit. Ensuite, j'irai renifler les bois où j'ai vu le deuxième tireur. Je pourrai peut-être retrouver une trace de son odeur.

Silas acquiesça.

— On va devoir faire une vérification des antécédents de Jody et creuser cette campagne *Éléments* aussi, ajouta-t-il d'une voix devenue rauque et amère.

— Tu penses vraiment que Moira pourrait être impliquée?

Son ami regarda les palmiers qui se balançaient doucement sous la brise nocturne.

— Je ne sais pas. Mais cette fois, je ne laisse rien au hasard.

Chapitre 6

Jody ne mentait pas quand elle avait parlé du fait d'avoir dormi dans des endroits excentriques, mais une nuit dans une cabane dans les arbres...

Au début, elle s'allongea sur le futon, les yeux grands ouverts. La moustiquaire drapée gracieusement autour du lit empêchait les insectes d'entrer, en revanche elle ne retenait pas les sons et les odeurs... et surtout pas les ombres dansantes de la nuit.

Son nez frétillait sous le parfum musqué de la forêt vierge et ses oreilles étaient à l'écoute du chœur polyphonique que formaient les insectes et les oiseaux. Ses yeux se portaient sur chaque feuille qui se froissait ou chaque branche qui se balançait. Toutefois, l'atmosphère l'apaisait plus qu'elle ne l'alarmait et elle ne tarda pas à s'endormir. Pour être assaillie par le fouillis de rêves les plus fous qu'elle ait jamais eu.

Il y en eut des effrayants, où des coups de feu retentissaient partout, et peu importait ses efforts, elle ne parvenait pas à remuer les jambes. Des exaltants, où une voiture de sport filait si vite sur une autoroute que les étoiles se brouillaient. Des déroutants, dans lesquels un inconnu semblait être l'ami le plus proche qu'elle ait jamais eu, alors qu'elle devait se méfier de certains qu'elle avait déjà. Des sensuels aussi... où elle se roulait dans le lit d'un homme aux cheveux noirs et aux yeux vert-jaune dont la douce caresse l'emportait vers des sommets plus élevés que tous ceux qu'elle avait jamais connus.

Elle s'éveilla brièvement puis se rendormit, s'immergeant dans une autre série de rêves. Au cours de l'un d'eux, elle surfa sur le barrel d'une vague aigue-marine parfaite. Dans un autre, elle balayait le sol de la boutique de son père d'un mouvement régulier. Et dans un autre...

Jody se réveilla en sursaut, haletante, après s'être retrouvée en rêve face à un énorme félin rayé. Un tigre.

Elle cligna des yeux dans l'obscurité. Putain de merde ! Où était-elle ? Et quel était ce ronronnement qui servait de basse à l'orchestre de la nuit ?

Quelque chose bougea sous sa main, ce qui la fit tressaillir. Mais ce n'était qu'une minuscule petite chatte qui bâilla, cligna des yeux et se rendormit.

— Keiki, murmura-t-elle en remettant ses idées en ordre.

C'était le nom de la petite chatte, et elle se trouvait à Maui. Pourtant... Eh bien, une créature si minuscule était-elle vraiment capable de produire un bruit aussi fort ? Ou avait-elle rêvé ce grondement continu comme elle avait rêvé du visage du tigre ?

Les arbres se rapprochèrent au-dessus et autour d'elle, et quelque chose se déplaça dans les sous-bois. Quelque chose de gros. Ou bien son imagination était-elle à nouveau au travail ? L'une des plates-formes suspendues au-dessus d'elle se balançait comme si elle avait été récemment libérée. Jody s'assit pour la fixer du regard, serrant le drap contre sa poitrine tandis que son cœur battait à tout rompre, en partie à cause de la peur, mais aussi de l'excitation. Quel effet cela ferait-il de s'approcher aussi près d'un animal sauvage dans la vraie vie ?

Ça devait ressembler au surf, supposa-t-elle. Ce sentiment d'euphorie qui ne se tarissait jamais, quel que soit le nombre de fois où elle avait dévalé la face d'une vague.

Elle resta encore un peu éveillée avant que ses paupières ne s'abaissent, et quand elle les releva la fois suivante, les oiseaux chantaient à tue-tête, signalant le lever du jour. Deux bonnes heures après l'aube, en fait, soit bien plus tard que son heure de réveil habituelle. Bien sûr, la nuit avait été sacrément agitée. Deux hommes avaient essayé de la tuer et l'un d'eux avait fini par la ramener chez elle.

Elle éclata de rire. Comment allait-elle présenter la chose pour qu'elle soit acceptable aux yeux de son père ?

— Papa ! glapit-elle, soudain anxieuse.

Avait-il entendu parler de la fusillade ? Était-il inquiet ? Elle se leva rapidement et regarda autour d'elle pour trouver un téléphone. Mais à part quelques luminaires, la cabane semblait entièrement déconnectée.

Une chaise avait été tirée jusqu'au lit, supportant une pile de vêtements et une serviette. Autrement dit, quelqu'un s'était vraiment approché, même si ce n'était pas un tigre. Elle s'empara des vêtements jusqu'alors pliés avec une netteté militaire et approcha un T-shirt bleu de son nez, espérant plus ou moins qu'il sente aussi bon que celui dans lequel elle avait dormi et que Cruz lui avait prêté. Il renvoyait de faibles et séduisants effluves masculins, et elle avait passé la nuit à le serrer contre elle. Ce tissu-ci en revanche avait une odeur fleurie, de lessive, tout comme le short de sport et la serviette. Dommage, vraiment.

Elle se saisit des trois et traversa la pièce. La salle de bains n'offrait que des toilettes et un lavabo, toutefois le ruissellement tranquille de l'eau l'attira vers un sentier dans la forêt, juste assez large et haut pour qu'elle puisse y avancer sans avoir à écraser les feuilles. Jody vagabonda d'un côté puis de l'autre, levant les yeux et regardant autour d'elle. L'endroit ressemblait à une volière luxuriante, verte et vivante, avec une cacophonie de cris d'oiseaux. Le chemin s'ouvrait ensuite sur une clairière et...

— Oh ! chuchota-t-elle avec ravissement.

Une rangée de pierres de lave retenait le gargouillement d'un ruisseau, créant un bassin peu profond, assez large pour qu'on y effectue une brasse ou deux.

— Non, mais je rêve, murmura-t-elle, repérant un pain de savon et une bouteille de shampoing à côté de la cascade qui alimentait la piscine naturelle.

C'était la douche de Cruz ? Elle tourna lentement sur elle-même, regardant en arrière vers la cabane avec sa toile d'araignée de plates-formes interconnectées.

— Incroyable.

L'endroit dans son ensemble donnait une impression de repaire de Robinson Crusoé, mais de luxe, comme si le naufragé avait eu des années pour se bâtir le parfait foyer loin de chez lui. Et c'était Cruz qui avait construit tout cela. Qui aurait pensé qu'un homme aussi brusque et sinistre était capable de se créer un jardin d'Éden ?

Peut-être y avait-il un peu d'espoir pour le mystérieux M. Khala, après tout. Peut-être même qu'il y avait une pointe d'optimisme chez un homme pourtant pas entièrement à l'aise dans sa propre peau. Un homme qui avait tenu une petite chatte avec une immense tendresse et fermé les yeux comme s'il faisait un vœu à l'adresse d'une étoile invisible.

— Cruz Khala, murmura-t-elle pour elle-même.

Assassin ? Sauveur ? Architecte ? Un peu des trois, décida-t-elle. Elle avait eu peur de lui au début, cependant tout ce qu'il avait fait depuis la nuit dernière l'avait amenée à se sentir protégée, pas menacée. Certes, elle avait été trop prompte à accorder sa confiance par le passé, toutefois son cœur et son âme insistaient : elle pouvait se fier à Cruz. Elle le devait si elle voulait survivre.

Elle regarda autour d'elle. L'endroit était aussi isolé qu'il pouvait l'être. Elle se déshabilla donc et poussa un cri au premier contact de l'eau froide. Lentement, elle entra dans le bain et fit la planche, les yeux levés vers le seul morceau de ciel bleu visible à travers la dense canopée au-dessus de sa tête. Mais peu importait ses efforts pour faire le vide dans son esprit, celui-ci continuait à ressasser les facettes contradictoires de Cruz.

Elle se savonna, se lava les cheveux avec le shampoing biodégradable qui prouvait que Cruz tenait à la nature autant qu'aux félins duveteux, puis s'immergea dans l'eau pour se rincer. Elle était fraîche, propre et plus douce que l'eau salée où elle passait le plus clair de son temps. Somme toute, il était facile, trop facile, de se prélasser dans cette piscine et de se rappeler les meilleures parties de ses rêves. Surtout les parties sensuelles. Elle passa les mains sur son corps, sous prétexte qu'il s'agissait d'une question d'hygiène et non d'un fantasme torride, celui de son hôte entrant silencieusement dans l'eau derrière elle et lui savonnant le dos. Glissant ses mains sur sa peau... Posant ses lèvres sur son épaule... Descendant plus bas...

Elle ferma les yeux et imagina le grondement sourd de son rêve. Il formait le bruit de fond parfait pour les images de plus en plus torrides qui fusaient dans son esprit.

Un oiseau voltigeant au-dessus de sa tête jacassa de surprise et elle se remit en position assise. Merde ! Qu'y avait-il dans cet endroit, et chez cet homme, qui excitait la femme des cavernes en elle ? Et pourquoi sentait-elle des yeux lui percer la peau d'un regard brûlant ?

— Bonjour, lui lança une voix grave depuis le sentier.

Jody croisa les bras sur sa poitrine et se retourna, incapable de décider si elle devait saluer la personne ou lui hurler dessus. C'était Cruz, planté sur le chemin. Merde ! Tant pis pour la confiance qu'elle était prête à lui accorder.

Mais il avait l'air de ne pas avoir fermé l'œil de la nuit et semblait sincèrement surpris de la trouver dans le bassin... et nue, par-dessus le marché.

— Bonjour, réussit-elle à lancer, déterminée à ne pas se laisser troubler.

Pas même par l'homme sur lequel elle venait juste de fantasmer.

— J'adore votre baignoire.

— Piscine naturelle, corrigea-t-il avec une petite grimace.

— Très paisible. Très privée, ajouta-t-elle en le frappant de son regard.

Un soupçon de sourire se dessina au coin des lèvres de Cruz avant qu'il ne le fasse à nouveau disparaître. Il savait bel et bien vraiment sourire. Pouvait-il aussi rire ?

Elle leva un bras, s'assurant de garder l'autre sur ses seins.

— Vous voulez bien tendre une serviette à une dame ? demanda-t-elle, avant de se rabrouer aussitôt.

Elle ne se trouvait pas dans un lieu public sans danger, à côté d'un type qui attendait une bonne série de vagues et avec qui elle pourrait plaisanter. C'était un parfait inconnu et elle était à sa merci.

Une réponse douce et rauque monta de la poitrine de Cruz.

— C'est une question piège ?

— Non ! s'esclaffa-t-elle.

Ses yeux étincelèrent et pendant une seconde, elle se demanda s'il pouvait lire dans ses pensées.

Elle se racla la gorge, histoire de se ressaisir.

— Je vais la chercher moi-même.

— Je vous en prie.

Il ouvrit largement les bras, comme s'il la défiait de sortir, ruisselante et nue.

Ben voyons ! Elle le pointa du doigt et lui fit signe de pivoter sur lui-même.

— Et puisque vous êtes un tel gentleman et un hôte aussi fabuleux...

Son visage semblait dire le contraire.

— Vous allez vous retourner. Et tout de suite.

Elle prit un ton autoritaire et fit de son mieux pour donner l'impression de pouvoir lui crever l'œil ou lui écraser les bourses à mains nues. En bref, une femme avec laquelle il ne fallait pas plaisanter, même si l'on était un dur à cuire comme lui. Elle était nue et sans défense, certes, mais tout était dans l'attitude.

Lentement, Cruz hocha la tête et lui tourna le dos.

Ouf !

— Un vrai gentleman, murmura-t-elle, comme si elle l'avait toujours su.

— Une vraie dame, marmonna-t-il dans sa barbe.

Touché, faillit-elle glousser. *Touché.*

C'était plutôt amusant, de le provoquer. Très, très dangereux aussi, mais d'une certaine façon, elle ne pouvait pas s'en empêcher.

Elle se leva, dégoulinante. Lors de la séance photo de la semaine précédente, elle s'était sentie gênée, même si le photographe lui avait demandé de se montrer sexy. Maintenant, elle se sentait féminine. Belle. Désirable, presque.

Elle se ressaisit. Putain. Toute femme raisonnable tiendrait compte des sonnettes d'alarme évidentes que déclenchait un homme comme Cruz. Pourtant son instinct l'attirait vers lui, comme... comme s'il était sa destinée.

Elle repoussa cette pensée et promit de garder la chaleur « sexy en diable » pour la prochaine fois qu'elle devrait poser devant une caméra. En attendant, elle allait s'habiller, et vite.

Elle s'enveloppa dans la serviette et lança :

— Je suppose que le service de chambre de « Chez Cruz » ne comprend pas une brosse à cheveux ?

Il se tourna, tapotant sa tignasse désordonnée qui lui descendait dans le cou, et ouvrit la bouche pour répondre. Mais aucun mot ne sortit. Il resta planté là, à la reluquer.

Jody prit une profonde inspiration et l'observa en retour. Un grand calme s'était abattu sur la forêt... à moins que ses oreilles n'aient cessé de fonctionner. Et sa voix aussi, car elle n'arrivait plus à prononcer un mot. Elle plongea ses yeux dans les siens, et tandis qu'elle soutenait son regard, tout le reste se réduisit à un flou lointain. Un son bas et ronronnant emplit de nouveau ses oreilles. Si bas qu'elle avait la sensation d'être appelée par la terre. Lui disant... quoi ? Elle s'efforça d'entendre le message.

Il... est... ton...

Il est quoi ? Mon quoi ?! voulut-elle crier.

Les yeux de Cruz prirent une lueur irréelle. Sa poitrine se soulevait et s'abaissait en respirations profondes et régulières. Jody resserra les doigts sur sa serviette. Avait-il entendu ce chuchotement, lui aussi ?

Quoi ?! Il est mon quoi ?!

Quoi qu'il s'agisse, la réponse titillait tous les coins de son esprit, se précipitant comme pour se révéler avant de refluer, telle une vague roulant sur la plage. Les battements de son cœur s'accélérèrent, son souffle se fit haletant. Un bourdonnement emplit les confins de sa conscience avant de devenir furieux, jusqu'à ce qu'elle détache le regard de Cruz et lève les yeux.

Un hélicoptère filait au-dessus de leurs têtes. Et, *pouf !* Le charme était rompu.

Cruz jura dans sa barbe.

— C'est le vôtre ? demanda-t-elle, regrettant de ne pouvoir remonter le temps afin de comprendre ce qui venait de se passer entre eux.

— Non. Il s'agit d'une visite touristique. Vous êtes bientôt prête ?

Il la regardait avec des yeux pleins de tristesse, à croire qu'il aurait voulu lui aussi prolonger l'instant.

Elle hocha la tête, remontant la serviette sur sa poitrine.

— Accordez-moi une minute et je serai habillée.

Il acquiesça et tourna le dos, ayant repris son masque froid et dur. Mais maintenant qu'elle avait entrevu son côté secret, plus doux, elle n'était pas dupe.

Elle enfila rapidement les vêtements, se peigna avec les doigts et laissa le bruissement de ses pieds dans les feuilles lui indiquer qu'elle avait terminé. Lorsqu'il se retourna, il parcourut son corps du regard. Elle lui avait délibérément exposé son côté droit afin de lui révéler la cicatrice hideuse de brûlure qui descendait le long de sa jambe, causée par un accident de cuisine, des années plus tôt. Ses amis surfeurs n'avaient jamais cillé devant sa marque, alors que Richard et le photographe d'*Éléments* avaient froncé les sourcils comme s'ils s'étaient trouvés devant un défaut rédhibitoire. Ils avaient fait en sorte qu'elle n'apparaisse jamais sur aucune photo. Cruz était-il juste un énième homme aimant courir après les femmes vraisemblablement parfaites au lieu de s'intéresser à celle qu'elle était réellement ?

Les yeux de son hôte se promenèrent sur son corps, ralentissant à peine sur la marque pour s'arrêter sur son visage. Il remua les lèvres, mais baissa ensuite le regard vers le sol, muet.

Une minute plus tard, il tapota la terre du pied.

— Prête ?

— Oui, murmura-t-elle.

Pourtant, elle n'en était pas aussi sûre.

Chapitre 7

Lorsque Cruz se mit en route, Jody lui emboîta le pas, redressant les épaules pour traverser la passerelle. Il était temps de sortir de sa petite retraite et d'affronter le monde réel. Elle jeta un coup d'œil furtif au visage de son accompagnateur, mais il était impénétrable.

Les chemins serpentaient de part et d'autre des parcelles de pelouse et des groupes d'arbres. La plupart semblaient converger vers une structure au toit de chaume, le point central du domaine où elle avait rencontré Silas la nuit précédente. Tout cela paraissait tellement surréaliste ! La veille au soir, elle avait échappé à des coups de feu. Ce matin, elle était pieds nus dans l'herbe d'un domaine luxueux.

— Donc on est à... Koa Point, c'est ça ? Qu'est-ce que ça veut dire, *koa* ?

Il répondit d'une voix si basse qu'elle fut presque impossible à entendre :

— C'est une classe de guerriers d'élite, baptisée ainsi en hommage à un type d'acacia au bois le plus résistant.

Les yeux de Jody se posèrent sur son corps tonique. Oui, *koa* lui allait bien.

— Silas est chez lui, en train de vérifier certains dossiers, murmura Cruz en réponse à sa question non exprimée.

Elle s'arrêta, plaquant les mains sur ses hanches.

— Quels dossiers vérifie-t-il ? Les miens ?

Cruz esquissa un geste vague puis grimaça de douleur, ce qui incita Jody à chercher dans son dos un signe de la blessure qu'il avait reçue. Tout ce qu'elle put distinguer, ce furent les renflements de ses muscles qui étiraient sa chemise.

— Vous allez vraiment bien ?

— Pourquoi il en irait autrement ?

— Eh bien, on vous a tiré dessus, tout de même.

Il haussa les épaules comme pour prouver son point de vue.

— Je vous l'ai dit, ça m'a à peine effleuré.

— Mais oui, bien sûr. À peine effleuré, marmonna-t-elle.

Mais Cruz venait de tourner sur un chemin différent, qui s'éloignait de l'*akule hale* et se rapprochait du garage.

— Donc, on va commencer par votre appart...

L'estomac de Jody gronda, ce qui lui fit piquer un fard.

Cruz inclina la tête.

— Merde. Je ne vous ai pas nourrie, c'est ça ?

Elle croisa les bras.

— Hé, je ne suis pas un animal de zoo. Mais ne vous inquiétez pas. Je vais m'en sortir.

Les yeux de Cruz s'assombrirent.

— Ne plaisantez pas avec les animaux de zoo.

D'un geste de sa grande main, il lui indiqua de retourner vers l'*akule hale*.

Jody n'aimait pas l'idée des animaux en cage elle non plus, mais bon sang, Cruz était vraiment susceptible sur le sujet. Bien sûr, il semblait sensible à beaucoup de choses. Elle le suivit à distance, juste au cas où.

— Vraiment, c'est bon. Je pense que j'ai de quoi manger chez moi...

Ce n'était pas vrai, cependant elle ne voulait pas en faire toute une histoire. Cruz entra dans la section cuisine rutilante de l'*akule hale*.

— Des flocons d'avoine, ça vous convient ?

Elle hocha la tête, s'attendant à le voir fourrer un sachet dans le micro-ondes. Cependant, elle fut bien vite sidérée de le voir sortir une demi-douzaine d'ingrédients frais et commencer à éplucher une mangue.

— Mangue et noix de coco, ça ira ? demanda-t-il.

— Bien sûr.

Elle s'efforça de ne pas le dévisager. Cet homme était une contradiction ambulante. Elle l'avait imaginé plutôt comme un homme pressé, qui se contentait de verser du lait dans ses céréales. En fait, tout ce qui se trouvait dans son champ de vision était une contradiction, même le réfrigérateur. Jusqu'à présent, elle n'avait vu que Silas et lui sur le domaine, deux grands gars, durs, qui ne dégageaient pas exactement des vibrations sentimentales et sociables. Pourtant, les portes en acier inoxydable étaient décorées d'aimants montrant des visages souriants, des fiches de recettes et des photos. Elle se pencha plus près pour observer le cliché d'un couple heureux assis côte à côte sur la plage. Un autre montrait un homme et une femme faisant un signe du pouce depuis le cockpit d'un hélicoptère, et un troisième mettait en scène une beauté saisissante en uniforme de la police flanquée d'un homme gigantesque. Jody était sûre de distinguer à l'arrière-plan le garage voûté où Cruz s'était garé la nuit précédente. Tous ces gens étaient-ils des visiteurs ou partageaient-ils le domaine avec Silas et lui ? Et si oui, l'un d'eux était-il le propriétaire des lieux ?

Il y avait aussi un article de journal découpé montrant les restes carbonisés d'un hélicoptère. Quelqu'un avait souligné deux lignes au stylo rouge : « Accident grave à Molokini — Un pilote incapable de reprendre le contrôle de son appareil ». À côté, quelques mots griffonnés : « Super vol, Kai ».

Une sorte de plaisanterie entre amis, devina-t-elle. Elle jeta un coup d'œil en arrière vers Cruz. Quelque chose lui disait qu'il ferait un ami génial… et un ennemi redoutable.

— Si vous voulez un smoothie, servez-vous, murmura-t-il en lui désignant d'un signe de tête le mixeur et un bol de fruits.

C'était étrange de voir cet homme agir comme s'il connaissait ses aliments préférés pour le petit-déjeuner.

C'est la destinée, chuchota une petite voix dans son esprit.

Elle secoua la tête et s'intima de ne pas interpréter le son des feuilles de palmier qui bruissaient dans le vent. Cruz posa une casserole sur la cuisinière pendant qu'elle s'attelait à la préparation d'un smoothie à partir du pamplemousse, des oranges sanguines et des fraises que Cruz lui avait montrées dans le réfrigérateur.

— Que dit la police à propos de la nuit dernière ? demanda-t-elle en coupant les fruits avant de les mettre dans le mixeur.

Merde, c'était trop facile de se sentir chez elle ici, comme si Cruz et elle se préparaient leur petit-déjeuner côte à côte tous les matins.

— Ils gardent ça secret, du moins pour le moment. Ils ont arrêté quelqu'un, cela dit.

— Super ! s'exclama-t-elle, ravie. Donc tout va bien pour moi, non ?

Cruz secoua la tête dans une brusque dénégation, tout en réglant la flamme de la cuisinière.

— J'en doute. Ils ont arrêté l'un des employés du complexe hôtelier.

— Et ?

Le visage de Cruz se crispa.

— Il s'agit de l'un des voituriers, Toby. Ce type ne ferait pas de mal à une mouche.

Elle ajouta du jus et appuya sur le bouton de mise en marche, emplissant l'espace du ronronnement du mixeur. Quand le moteur se calma, elle l'éteignit, ouvrit le couvercle et lécha une goutte du mélange au bout de son doigt.

— J'ai l'impression d'être un vampire, plaisanta-t-elle en léchant le jus rouge vif sur ses lèvres. Vous en voulez ?

Cruz la dévisagea avant de reporter son regard sur le récipient.

Quoi ? voulut-elle demander. *Qu'est-ce que j'ai dit ?*

Mais il n'était pas homme à être poussé dans ses retranchements. Aussi but-elle rapidement et revint-elle au sujet de l'enquête de police :

— Pourquoi arrêtent-ils le voiturier s'il est innocent ?

Cruz haussa les épaules.

— Soit ils sont idiots, soit Toby a été piégé.

— Piégé ? s'étrangla-t-elle. Qui ferait une chose pareille ?

Il leva un regard réprobateur vers elle.

— Pourquoi pas ces mêmes personnes qui voulaient vous tuer ? Ces personnes qui ont fait en sorte que je reçoive de fausses informations ? Qui sait jusqu'où elles sont prêtes à aller...

Cette simple question lui fit perdre tout appétit, avant que l'odeur des flocons d'avoine ne ravive aussitôt sa faim. Elle demeura silencieuse, sirotant son smoothie pendant que Cruz finissait de préparer les céréales et la surprenait, encore une fois, en mettant le tout dans un bol en plastique.

— Pouvez-vous manger en chemin ? Nous devons aller jeter un coup d'œil dans votre appartement avant que quelqu'un d'autre ne s'en charge.

— Bien sûr, répondit-elle, de nouveau inquiète.

Cet homme était vraiment un mystère, tantôt bourru, tantôt prévenant dans la seconde qui suivait. Elle s'empressa de lui emboîter le pas jusqu'au garage, avalant une cuillerée de flocons d'avoine en chemin. Le porridge était chaud, sucré et consistant. Juste ce qu'il fallait pour commencer ce qui n'allait pas manquer d'être une journée difficile.

Cruz la conduisit au box le plus à gauche du long garage en forme d'arche et lui fit signe de monter dans la voiture, une Ferrari rouge décapotable cette fois. La Lamborghini occupait la place suivante et une Jaguar de collection celle d'après. Combien de voitures cet homme possédait-il ? Ou alors elles appartenaient peut-être à Silas... ou encore au propriétaire du domaine, quel qu'il soit.

— Je fais ça, moi aussi, plaisanta-t-elle.

Cruz lui lança un regard perplexe.

— Moi aussi, je conduis une voiture différente chaque jour. Mais le mardi, c'est Rolls-Royce. Je garde ma Ferrari rose pour le vendredi.

En vérité, elle avait à peine fini de rembourser la moitié d'une Chevrolet vieille de dix ans, mais c'était amusant de faire semblant.

Cruz l'observa pendant une seconde.

— Le jour de la Rolls-Royce, c'est le mercredi.

Elle le regarda fixement puis craqua :

— Vous plaisantez.

Il lui adressa un petit sourire.

— Oui. Mais sérieusement, il nous faut une autre voiture, au cas où quelqu'un aurait repéré la Lamborghini hier soir.

Peut-être qu'il était vraiment un policier, un détective privé ou quelque chose du genre.

Elle s'avança du côté passager, essayant de la jouer cool, et s'assit les genoux serrés l'un contre l'autre. Si elle laissait tomber un peu de flocons d'avoine, ils atterriraient sur elle, pas sur le siège en cuir.

— Pourquoi la police passe-t-elle les événements sous silence? demanda-t-elle lorsque Cruz se glissa avec adresse dans le véhicule malgré son assise basse.

Il lui tendit le sac à main qu'elle avait laissé tomber dans l'autre voiture, la nuit précédente. Elle ne put s'empêcher de rougir.

— Je ne pense pas que ce soit la police, mais plutôt le club Kapa'akea, répondit-il. Ils semblent faire de leur mieux pour que tout soit étouffé.

— Ils cherchent à étouffer une tentative de meurtre? Les invités ne risquent-ils pas de poster des photos sur les réseaux sociaux et d'en parler à tous leurs amis?

Cruz démarra la voiture et sortit en reculant du garage dans un crissement de pneus. Jody se cramponna à ses flocons d'avoine alors qu'il accélérait dans l'allée menant au portail.

— Les membres de ce club ne sont pas du genre à répandre la nouvelle autour d'eux, croyez-moi. Avec un événement de golf professionnel prévu là-bas le mois prochain, ils redoutent probablement de faire fuir le public.

Il secoua la tête, dégoûté.

— Ils adorent interdire l'accès de leur club aux autres, mais en même temps, ils adorent le montrer.

— Sérieusement?

— Sérieusement.

Le portail du domaine se referma derrière eux dans un claquement. Une seconde plus tard, Cruz filait à toute allure sur la route.

— Oh! s'écria-t-elle entre deux cuillerées de flocons d'avoine. Mon père! Je devrais l'appeler au cas où il serait inquiet.

— Je doute qu'il ait entendu parler de quoi que ce soit, mais vous pouvez lui téléphoner.

Elle sortit son portable alors qu'il enclenchait les vitesses de plus en plus rapidement sur la route principale. Ignorant la liste des appels manqués, elle composa le numéro et attendit, plissant les yeux dans la lumière vive du soleil qui se reflétait sur l'océan.

— *Wild Side Surf, bonjour ?*

Jody ne put retenir un sourire.

— Salut, papa. Je voulais juste prendre de tes nouvelles.

Elle attendait qu'il se mette à parler comme un père inquiet, cependant Cruz avait eu apparemment raison. Pas un mot n'avait filtré à propos de la fusillade.

— *Salut, ma chérie. Comment vas-tu ? Tu survis à ce job de mannequin ?*

Jody prit une profonde inspiration. Si elle avait parlé à son père du contrat de mannequinat, c'était uniquement parce qu'elle ne supportait pas de lui cacher des choses, et il avait assez bien masqué sa déception. Il l'avait constamment mise en garde contre le fait de se vendre au plus offrant, position avec laquelle elle avait toujours été d'accord. Mais quand elle imaginait la tête qu'il ferait, le jour où elle partagerait son salaire avec lui, son humeur s'éclaircissait de nouveau.

— J'ai presque fini, là.

— *Tu as eu l'occasion de surfer ?*

Pas assez. Elle tourna son visage vers la mer pour humer l'odeur de l'océan. Elle sentait presque la houle se former.

— J'espère pouvoir faire une sortie aujourd'hui.

— Eh bien, prends-nous de bonnes photos tant que tu y es. Le magasin a besoin de nouvelles prises de vue inspirantes pour ses vitrines.

Le Wild Side Surf avait besoin de bien plus que de quelques nouvelles photos pour demeurer en vie, elle le savait. Les clients étaient fidèles et les affaires allaient bon train, toutefois son emplacement de choix sur ce qui était devenu une section très prisée de la plage rendait la boutique vulnérable à un rachat par de plus grosses entreprises.

— Promis, affirma-t-elle en faisant de son côté plusieurs promesses silencieuses supplémentaires

Avec l'argent qu'elle gagnerait...

— *Des clichés décents,* plaisanta son père. *Pas de ceux qui mettent l'accent sur tes... Comment on appelle ça, maintenant ? Tes attributs. Pas d'attributs en évidence, tu m'entends ? Je veux des photos qui montrent que ma puce sait surfer.*

Jody s'esclaffa.

— Je vais m'assurer de garder mes attributs couverts.

Cruz lui jeta un coup d'œil, sourcil arqué. Elle lui fit signe de regarder devant lui et marmonna :

— Suivez la route.

— Oui, m'dame, répliqua-t-il avec l'esquisse d'un sourire.

— Tu es avec quelqu'un ? demanda son père.

Elle grimaça. Comment allait-elle expliquer la situation ? « Pour tout te dire, je suis dans une Ferrari avec un parfait inconnu. En fait, j'ai dormi dans sa cabane dans les arbres, la nuit dernière. Non pas qu'il ait posé la main sur moi. Il m'a simplement fait fantasmer toute la nuit. Il m'a aussi préparé des flocons d'avoine pour le petit-déjeuner, et son porridge est aussi bon que celui de maman... »

Elle pinça les lèvres et décida d'éluder le sujet :

— Un ami. Comment va Eileen ?

Le ton de son père se fit moins enjoué.

— *Ta sœur va bien, vu les circonstances.*

Les circonstances, c'est l'échec de son dernier traitement de fertilité, ajouta mentalement Jody. *Encore quelques milliers de dollars qu'elle ne pourra pas se permettre de dépenser.*

— Mais tu la connais. C'est une Monroe, elle n'abandonne jamais. Ils étudient d'autres options.

Des options qu'Eileen et son mari ne pouvaient pas se payer. Jody hocha la tête et serra les doigts. Eh bien, elle était une Monroe elle aussi, et elle n'abandonnerait pas non plus. Mais elle n'allait pas entrer dans les détails, pas avec Cruz qui entendrait chacun de ses mots.

— Bon, je ferais mieux de raccrocher. Je voulais juste te faire un petit coucou, lâcha-t-elle alors qu'il fonçait vers un autre virage de l'autoroute. On se reparle bientôt ?

— *Tout à fait, ma chérie. Passe une excellente journée. Oh, et n'oublie pas de chercher Teddy.*

Oups. Elle avait oublié. Dès qu'elle aurait un peu de temps libre et qu'elle serait sûre que plus personne n'essayait de la tuer, elle se mettrait en quête de la légende vivante du façonnage des planches de surf, comme elle l'avait promis.

— Je n'y manquerai pas. Je t'aime. Au revoir.

Elle ressentit un vif pincement au cœur dès qu'elle mit fin à l'appel. Bon sang, ce serait si facile de sauter dans un avion, de rentrer chez elle et de faire ce qu'elle aimait le plus, à savoir aider son père au magasin et surfer pendant son temps libre. Pas de séances photo, pas de fous qui essayaient de la tuer, pas de compétitions. Elle adorait le surf, mais après trois ans sur le circuit professionnel, elle en avait presque assez de son emploi du temps frénétique et de ses longs vols. Il était peut-être temps de s'installer et de vivre une vie plus tranquille, en concevant ses propres planches.

Bien sûr, Seal Beach n'était plus l'endroit qu'il avait été et une partie d'elle-même aspirait à un refuge plus calme. Un rythme plus lent.

Elle renversa la tête en arrière pour l'exposer au soleil. Un endroit comme Maui serait agréable. Peut-être même avec un homme à ses côtés. Peut-être qu'elle pourrait obtenir un emploi auprès de Teddy Akoa, concevoir des planches et apprendre à connaître Cruz. La Californie, c'était bien, cependant Maui semblait paradisiaque.

Elle arrêta là ses pensées vagabondes. Personne ne lui avait jamais tiré dessus en Californie, ce qui n'était déjà pas si mal.

— Connaissez-vous Teddy Akoa ? demanda-t-elle sur une autre bouchée de porridge.

— Vous voulez parler de l'usine Akoa's Surf ? dit-il en hochant la tête. Un drôle de vieux grincheux, ce gars.

Elle sourit, parce que son père avait utilisé presque les mêmes termes. Le mot « usine » devait être une exagération, car Teddy Akoa ne produisait qu'une planche ou deux par mois. Malgré tout, son travail était connu des initiés du monde entier.

— Je suis allée quatre fois à Maui, mais je n'ai jamais réussi à le trouver. Est-ce qu'il façonne vraiment des planches personnalisées dans une cabane au bord de la plage ?

Cruz haussa les épaules.

— Cela ne me surprendrait pas. Il est très renfermé. L'endroit est plus loin sur la côte.

Jody aurait bien aimé qu'il fasse demi-tour et l'emmène là-bas pour qu'elle puisse rencontrer le grand homme en personne. Elle poussa un soupir silencieux et regarda devant elle, se résignant à sa réalité. Elle n'avait pas le temps pour des voyages d'agrément, du moins pas tant qu'elle avait une cible peinte dans le dos.

— Quand irons-nous au complexe hôtelier ? demanda-t-elle.

Cruz secoua la tête.

— Je m'y suis déjà rendu.

— Quoi ?

Elle jeta un coup d'œil à l'horloge sur le tableau de bord. Quand avait-il trouvé le temps ?

Il poursuivit sans ciller :

— Ils ne parlent pas. Et le serveur qui vous a servi votre boisson, ce qui était le signal pour vous désigner comme cible, affirme qu'il a reçu le message d'un autre gars. Et cet autre gars dit qu'il a reçu la commande d'une autre personne, qui ne se souvient pas de qui a commandé la boisson pour vous en premier lieu.

Jody le fixa du regard.

— À quelle heure vous êtes-vous levé ce matin ?

À en juger par les cernes sombres sous les yeux de Cruz, elle aurait mieux fait de demander à quelle heure il était sorti la nuit précédente. Il ne répondit rien, cependant.

— Hé, chuchota-t-elle. Merci. Pour tout.

De toute évidence, cet homme n'avait pas l'habitude de s'occuper de quelqu'un d'autre que lui-même. Pourtant, il s'efforçait sincèrement de l'aider. Il l'avait sauvée d'un tireur, lui avait offert le gîte pour la nuit, lui avait préparé le petit-déjeuner...

Sans réfléchir, elle posa la main sur son bras. En l'espace de deux battements de cœur, les rides de son front s'atténuèrent. Il cessa de grincer des dents. Quant à Jody, eh bien... elle ressentit, elle aussi, une sensation chaleureuse de connexion et de confort qu'elle aurait été bien en peine d'expliquer. Fermant les yeux, elle inspira profondément, comme elle le faisait pour accueillir la paix par une matinée tranquille sur une plage isolée.

Bordel, Cruz produisait vraiment un effet sur elle. Et vice versa.

« Ta mère et moi... on a su, c'est tout. » Des mots que son père avait prononcés, les yeux embrumés.

Jody prit une profonde inspiration. Il croyait aux âmes sœurs, et sa grand-tante Tilda allait encore plus loin en parlant de destinée. Mais cette dernière croyait en beaucoup de choses, dont les vampires, les fantômes et les sirènes, ce qui prouvait seulement à quel point elle était azimutée.

Jody n'avait donc pas vraiment cru à ses bavardages sur la destinée, pourtant, merde, elle était tentée de changer d'avis, maintenant.

Quelqu'un klaxonna et elle rouvrit les yeux à temps pour voir Cruz se rabattre sur la droite après avoir empiété sur la voie d'en face. Avait-il lui aussi perdu la vue pendant une seconde ou deux ?

Ou trois... ou quatre... Parce que quand il lui jeta un coup d'œil et que leurs regards se rencontrèrent, le monde ralentit à nouveau.

Bip ! Bip !

Il reporta son attention sur l'asphalte et la concentra sur les quelques sinuosités suivantes de la route côtière, jusqu'à ce que les petits immeubles de Honokowai soient en vue.

— Celui-là ? demanda-t-il d'une voix bourrue en désignant le quatrième bâtiment.

Sa voix était saccadée.

Jody hocha la tête et sortit de la voiture. Elle se frictionna les bras tout en regardant autour d'elle, avant de se diriger vers son entrée avec Cruz. Les mots qu'il avait prononcés la nuit précédente affluèrent dans son esprit. « Que se passera-t-il lorsque le tireur vous retrouvera ? »

Il se tordit le cou, scrutant les balcons et les fenêtres d'un œil perçant de professionnel.

C'est un sniper. Un tueur à gages, hurla une petite voix au fond de son esprit.

Il t'a sauvée. Tu peux lui faire confiance, s'interposa une deuxième.

— Merde.

Elle tapa le code pour la seconde fois et se précipita dans le hall frais et moquetté. Elle pressa plusieurs fois sur le bouton de l'ascenseur en trépignant.

— Prenez ce dont vous avez besoin et nous retournerons à Koa Point, murmura Cruz lorsque la cabine se rouvrit.

Devant son appartement au cinquième étage, il lui fit signe de s'écarter. Il se plaqua contre le mur jouxtant la porte et, dès qu'elle eut composé le code sur le clavier, donna un coup de pied énergique dans la porte.

— Waouh ! Vous êtes flic ou quoi ?

— Forces spéciales, grogna-t-il en regardant attentivement à l'intérieur.

Forces spéciales ? Cela expliquait les yeux d'aigle et les muscles saillants, mais pas la Ferrari, la Lamborghini, ni ce qu'il fabriquait à Maui.

— Mauvaise nouvelle, lâcha-t-il.

Elle se figea aussitôt.

— L'endroit a été saccagé.

Son sang se glaça tandis qu'elle regardait par-dessus son épaule.

— Où ?

— Regardez. C'est le bazar.

Pinçant les lèvres, elle l'écarta.

— Ce n'est pas si terrible.

Il la dévisagea pendant qu'elle entrait et ramassait un short et une serviette sur le sol. Elle était partie en vitesse pour la fête, et alors ?

— Vous voulez dire que c'est son état normal ?

Il avait l'air horrifié. Elle le dévisagea et il fit de même. Normalement, elle était capable de tenir tête à n'importe quel gars. Mais bordel ! Cet homme était aussi facile à faire plier du regard qu'un chat. Un très gros chat, potentiellement dangereux.

Une bonne minute plus tard, elle sortit de l'impasse dans laquelle elle se trouvait en faisant une grimace.

— On dirait mon père.

En revanche, il n'éclata pas de rire comme celui-ci l'aurait fait. Il se contenta de rôder dans le petit appartement, poussant les portes et vérifiant les placards pendant qu'elle rassemblait ses vêtements. Elle était juste en train de retirer sa combinaison de plongée d'une chaise sur le balcon que la porte d'entrée grinça. Ils se figèrent aussitôt.

Cruz l'observa avec un regard qui demandait : « Vous attendiez quelqu'un ? »

Elle s'écarta de l'entrée. Non, elle n'attendait personne.

Il s'avança, l'air plus menaçant que jamais.

— M. Forces Spéciales, chuchota-t-elle. Ne tuez pas le personnel d'entretien, d'accord ?

Il grimaça, sans pour autant se détendre le moins du monde. Et Jody non plus d'ailleurs, quand la poignée de la porte grinça une deuxième fois.

Une femme de ménage aurait frappé et se serait annoncée, réalisa-t-elle. L'individu qui se trouvait de l'autre côté de la porte cherchait à se faufiler à l'intérieur en douce.

Cruz lui fit signe de se mettre à l'abri pendant qu'il se préparait à ouvrir. Jody se précipita vers un mur, serrant son sac de voyage contre elle. Merde, on lui avait déjà tiré dessus et elle s'était laissée volontairement kidnapper. Qu'allait-il lui arriver maintenant ?

Chapitre 8

Cruz banda tous ses muscles et se prépara à bondir. La rage coulait dans ses veines et son cœur battait à tout rompre. Qui essayait de s'introduire chez Jody ?

C'était exaltant, aussi exaltant que ce qu'il avait vécu pendant son service dans les forces spéciales. Ce qui était étrange, car il ne se battait pas pour son pays en ce moment. Il protégeait juste une femme qu'il connaissait à peine.

« Juste une femme » ? grogna son tigre intérieur. *Qu'entends-tu par « juste une femme » ?*

Ce sentiment de rage était inhabituel, lui aussi. Il opérait à l'accoutumée de manière calme et professionnelle. La dernière fois qu'il s'était énervé de la sorte, c'était...

Il déglutit. C'était quand sa famille avait été tuée.

Surgissant de nulle part, un souvenir traversa son esprit : Jody léchant le smoothie rouge sang sur ses lèvres. « J'ai l'impression d'être un vampire. »

Elle avait plaisanté, cependant cela avait fait resurgir toutes sortes de doutes. Comme le fait que des villageois proches de la scène du crime avaient accusé des vampires et des métamorphes de ce crime odieux. Bien sûr, ils auraient raconté n'importe quoi pour s'absoudre, mais...

Cruz replia les doigts tout en regardant la poignée de la porte s'agiter. S'il ne faisait pas attention, ses ongles allaient se transformer en griffes. Il avait bel et bien Jody dans la peau. Son instinct le poussait tout autant à la protéger qu'à venger sa famille.

Nous l'avons dans la peau au sens positif, murmura son tigre.

Chaque mouvement qu'elle faisait, chaque mot qu'elle prononçait envoyait des picotements dans ses os fatigués et repoussait les ténèbres qui enveloppaient son âme. Rien que la façon dont elle secouait ses cheveux et regardait le ciel lui donnait envie de lever les yeux, lui aussi, et de chercher des formes dans les nuages.

« Regarde, c'est une fusée ! »

Il se souvenait des paroles de son père, un jour d'été paisible, longtemps auparavant, alors qu'ils s'étaient allongés côte à côte.

« Je vois un éléphant », avait-il répondu.

Sa sœur, elle, avait identifié un serpent, tandis que son frère n'avait vu que des moutons. Mais cela ne semblait pas avoir d'importance, car il s'agissait juste d'un jeu. Agréable, comme Jody.

Décidément, oui, il l'avait dans la peau, si elle lui rappelait de bons souvenirs pour contrebalancer l'effet des mauvais, le faisant même sourire de temps en temps. Il avait déjà pris l'habitude d'écouter le cliquetis silencieux de ses bracelets et le son doux de son pas.

« Accordez-nous quelques jours », lui avait dit Silas.

Cruz prit une profonde inspiration. Dans quelques jours, il serait bien trop entiché de cette femme. Même maintenant, son parfum de rose sauvage le titillait et le narguait, le timbre doux de sa voix lui émoustillait l'âme de mille façons différentes.

Pourquoi serait-ce mal ? demanda son tigre.

Parce que ça ne marcherait jamais. Parce qu'il détestait les humains. Parce qu'il vivait dans un monde de ténèbres alors qu'elle habitait un univers ensoleillé d'espoir et de lumière.

Il fit travailler sa mâchoire. Pour commencer, il allait tuer la personne qui se trouvait derrière la porte, à moins, bien sûr, qu'il ne s'agisse d'une femme de ménage, même s'il en doutait fortement. Ensuite, il trouverait un moyen de s'immuniser contre les charmes de Jody.

Avec de la haine ? De la peur ? grogna son tigre.

Cruz ricana. Il n'avait peur de rien.

Pas même de tomber amoureux ?

Quelqu'un chuchotait derrière la porte, ce qui ramena son attention sur l'intrusion en cours. Il y eut une succession de petits cliquetis, comme un code qu'on tapait, puis un homme poussa la porte. En un éclair, Cruz lui saisit le poignet et l'envoya par terre. Alors que Jody s'était mise à glapir et le gars sur le sol à gémir, il projeta le deuxième homme, plus grand, face contre le mur.

— Hé ! protesta ce dernier, même si ses mots étaient indistincts avec ses lèvres écrasées contre le mur.

— Richard ?! s'écria Jody en regardant celui à terre.

Cruz les observa tour à tour. Qui était donc ce Richard ? Il jeta un coup d'œil à l'endroit où gisait le premier intrus. Un gars trapu vêtu d'une chemise hawaïenne en polyester et qui sentait la fumée de cigarette éventée. Un gars qu'il avait déjà vu quelque part.

C'est M. Ordure, gronda son tigre.

— Tu connais ce type ? grogna-t-il.

Bien sûr que Jody le connaissait. Il les avait vus discuter au complexe de Kapa'akea.

La grimace qu'elle fit était manifestement plus inspirée par M. Ordure que par lui.

— C'est le chef de produit en charge de la séance photo.

— Appelle la police, Jody. Vite, la pressa ce dernier en s'éloignant de Cruz.

Elle planta les mains sur ses hanches.

— Bien sûr. Je vais appeler les flics et leur dire qu'un voyou et toi êtes entrés par effraction dans mon appartement.

— On n'est pas entrés par effraction. On avait le code.

— Et comment vous vous l'êtes procuré, exactement ?

Cette femme était encore plus belle quand elle était en colère. Cruz sourit malgré lui.

— On venait vérifier que tu allais bien ! protesta Richard.

Il se releva lentement, gardant ses mains en l'air.

— Et c'est qui cet autre gars qui est venu vérifier comment j'allais ? rétorqua-t-elle en fusillant le deuxième type du regard, pas le moins du monde intimidée par sa corpulence.

Les muscles du concerné se contractèrent et Cruz resserra sa prise, histoire qu'il comprenne bien qu'il ferait mieux de ne pas bouger.

— Mon garde du corps, répondit Richard.

Cruz faillit éclater de rire. Le gars qu'il plaquait contre le mur avait beau avoir de gros muscles, il manquait de réflexes et de l'entraînement le plus élémentaire.

— Ton quoi ?! s'écria Jody.

— Mon garde du corps. J'ai failli me faire tirer dessus la nuit dernière.

— Attends une minute. C'est moi qui ai failli me faire descendre hier soir.

Elle s'interrompit avant de conclure sa réplique par un « trou du cul ». Il pouvait lire les mots sur ses lèvres, brûlant de s'échapper.

M. Ordure essuya son front transpirant.

— Je ne veux courir aucun risque.

Le sang de Cruz bouillonnait.

— Et Jody, alors ?

— Quoi, Jody ? bredouilla-t-il en cherchant autour de lui, confus.

Si elle n'avait pas lancé un regard d'avertissement à Cruz, il l'aurait frappé sur-le-champ.

— Qu'en est-il de la sécurité de Jody ? répéta-t-il en martelant les mots.

Ses yeux commencèrent à le brûler, premiers signes qu'ils prenaient la couleur typique des métamorphes. Il cligna des paupières, essayant de lutter contre la rage. La bataille lui parut perdue d'avance jusqu'à ce que Jody touche son bras, car ses émotions bouillonnantes revinrent alors au calme. Il cligna des yeux tandis qu'une nouvelle image surgissait dans son esprit. Au lieu de voir le carnage qu'il aimerait provoquer, il vit des rayons de soleil percer à travers les arbres lors d'un de ces après-midi parfaits dans son coin de jungle sur le domaine. Le martèlement sauvage de son cœur ralentit légèrement et il desserra les poings.

Après deux respirations supplémentaires, il ouvrit les yeux... sur Jody.

Waouh ! Ses prunelles sont d'un bleu ! roucoula son tigre. *Comme le ciel en été.*

Cruz avait presque oublié où il était jusqu'à ce que M. Ordure ouvre la bouche, rompant le charme :

— Je jure que j'allais trouver aussi un garde du corps pour Jody, bégaya-t-il.

Ben voyons, pensa Cruz.

— Je n'en ai pas besoin, rétorqua-t-elle.

Richard se renfrogna et désigna Cruz du pouce.

— Non ? Et ce type, c'est qui, alors ?

Un sourire sournois traversa le visage de Jody qui croisa les bras.

— Peut-être que c'est mon garde du corps à moi.

La façon dont elle avait prononcé « à moi » réchauffa le cœur de Cruz et le déconcentra totalement. Ce fut seulement une seconde plus tard qu'il comprit ses mots et écarquilla les yeux. Son quoi ?

— Non, sérieusement, protesta Richard. Qui est-ce ?

Maintenant, Jody semblait vraiment énervée, et Cruz aussi. Leurs regards se croisèrent et il eut le vertige. Elle était sérieuse. Elle voulait qu'il soit son garde du corps.

Dis « oui ». Oui ! cria son tigre.

Mais cela signifiait rester avec elle, nuit et jour, aussi longtemps qu'il le faudrait pour trouver le tireur et clore cette affaire. Cela signifiait renifler son parfum enivrant. Observer ses mouvements gracieux. Écouter sa voix enjouée. Cela signifiait éprouver des sentiments auxquels il n'était pas prêt à faire face.

Cela signifiait aussi trahir sa famille. Laisser une humaine entrer dans son cœur.

Non. Cela signifie vivre. Peut-être même aimer, chuchota son tigre.

— Quand as-tu eu le temps de trouver un garde du corps ? demanda Richard.

Jody regarda Cruz avec une expression qui disait : « C'est lui qui m'a trouvée. »

Il sentit son cœur bondir dans sa poitrine et son tigre chuchota :

Je ne t'ai pas trouvée. C'est la destinée qui m'a conduit à toi.

Cruz s'éclaircit la gorge et répondit par un petit hochement de tête à la question muette de Jody.

Oui, je serai ton garde du corps. Même si ça me tue.

En guise d'avertissement, il poussa le grand gars contre le mur, puis le relâcha et s'avança. Tendu à l'extrême, il força Richard à reculer loin, très loin.

— C'est comme elle vous l'a dit. Je suis son garde du corps.

Et tout comme elle, il s'abstint d'ajouter « trou du cul » à la fin.

Jody le dévisagea, apparemment étonnée qu'il relève le défi, et dans un sens, ce constat le blessa. Elle ne s'était pas attendue à ce qu'il fasse une chose correcte. Putain, il ne s'y était pas attendu, lui non plus.

Bon Dieu de merde ! Était-il vraiment devenu un tel connard, ces deux dernières années ?

Jody pointa un doigt accusateur vers Richard.

— Qu'est-ce que tu fabriques exactement ici ?

— Je vérifie comment tu vas. Je m'assure que tu seras prête pour la séance photo.

Jody en resta bouche bée.

— Tu plaisantes ? On m'a tiré dessus hier et toi, tu parles d'organiser la prochaine séance photo ?

Richard haussa les épaules.

— Le spectacle doit continuer, ma puce.

Je ne suis pas ta puce. Cruz vit la réplique fuser sur le visage de Jody.

Richard se rapprocha, et elle plissa le nez.

— En fait, nous sommes prêts à organiser le shooting dès cet après-midi. À moins, bien sûr, que tu ne veuilles me voir proposer le contrat à quelqu'un d'autre, ainsi que le paiement qui va avec. Qu'est-ce que tu en dis ?

Le visage de Jody devint un masque tendu et furieux.

— Ça te dirait que tout cet argent aille à une autre fille ? insista-t-il. À quelqu'un qui pourrait aider sa sœur ou sa mère ou n'importe qui d'autre...

— Ma mère est morte, le coupa-t-elle d'un ton totalement neutre.

Cruz tourna la tête. Il reconnaissait la douleur dissimulée dans sa voix égale, le sentiment d'un trou dans le cœur et le regret de tant de paroles importantes n'ayant jamais été dites. Des mots comme « Je t'aime », « Merci » ou « Désolé pour tout ce que je t'ai fait subir quand j'étais enfant ».

Tu vois ? dit son tigre. *Les humains aussi connaissent le deuil.*

Richard agita la main.

— Peu importe. Ce que je veux dire, c'est que...

Cruz vit rouge. « Peu importe » ? Il s'avança.

— Alors, maintenant, tu vas m'écouter...

— Je m'en occupe, Cruz, siffla Jody en serrant les poings.

Il les fusilla tous les deux du regard.

— Pas de photos aujourd'hui. Point final.

Richard était trop terrifié pour protester, malgré tout Cruz voyait les rouages tourner dans son esprit. Il trouverait un moyen sournois pour forcer Jody à poser... ou bien il la renverrait.

— Demain, lança-t-elle en avançant d'un pas résolu entre eux. Je pense que c'est raisonnable.

Richard grimaça.

— La grande patronne veut des résultats, et elle les veut rapidement.

Cruz s'avança. *La* patronne ? S'agissait-il de Moira ?

— Nous devons faire un coup d'éclat dès que possible et propulser cette campagne dans les médias. Surtout que ces flics locaux à deux balles refusent de me laisser tenir une conférence de presse. On n'arrive même pas à tirer le moindre profit de la nuit dernière.

Entre les « flics locaux à deux balles » et le « profit », Cruz était à deux doigts de craquer. Dawn, la compagne de son ami Hunter, était dans la police locale, et elle était sacrément douée. Quant à tirer profit d'une tentative d'assassinat sur Jody...

Elle lui toucha le bras et il prit une profonde inspiration.

— Deux jours, grogna Cruz à Richard. Minimum.

Il la scruta.

— En tant que votre *garde du corps*, j'insiste.

Le simple fait de prononcer ces mots donna à son tigre des envies de rugir assez fort pour que les gens de la Grande île puissent l'entendre.

Son garde du corps. Le sien. Enfin, tu piges.

D'abord fermée et sinistre, l'expression de Jody s'adoucit à mesure qu'ils restaient là, et toutes sortes d'émotions que Cruz ne pensait pas posséder remuèrent et grondèrent en lui.

— Deux jours, grogna Richard. Mardi à midi. Au moins, ça me donne plus de temps pour prendre mes dispositions concernant ce maudit bijou.

Rasant le mur, il se glissa vers son homme de main, puis vers la porte. Cruz avait dressé l'oreille. C'était peut-être bon signe. S'il y avait eu des complications pour obtenir le bijou, cela pourrait signifier que ce n'était pas une Pierre d'Esprit attirée par les autres.

— Sois prête à midi, sinon..., menaça-t-il avant de reprendre. Je t'appellerai pour t'indiquer l'emplacement. Et toi, idiot... tu es viré.

Il jeta un regard mauvais à son propre garde du corps.

Cruz voulait les pousser tous les deux vers la sortie, mais parvint tout juste à se retenir. Il se contenta de refermer la porte avec un bruit sourd et resta à la fixer pendant un moment, le temps de reprendre ses esprits. Soudain, il se tourna et...

Jody se tenait là, voûtée, les mains crispées et le regard rivé sur le motif trop chargé du tapis. Même juste après s'être fait tirer dessus, elle n'avait pas eu l'air aussi malheureuse. Comme un oiseau aux ailes coupées, qui regarderait l'extérieur depuis sa cage. Il sentit son cœur se serrer en la voyant dans cet état. Il lui prit donc la main, exactement comme elle l'avait fait avec la sienne quand il en avait eu besoin.

Une seconde plus tard, elle secouait la tête, redevenue elle-même.

— Quel trou du cul ! marmonna-t-elle en fusillant la porte du regard. Lui, je veux dire. Pas vous, précisa-t-elle en s'empressant de lever les mains.

Malgré lui, Cruz sourit.

Chapitre 9

Jody était heureuse d'avoir un garde du corps, surtout un avec des yeux sombres et étincelants, des muscles saillants et une beauté sauvage qui l'aidait à oublier que quelqu'un voulait sa mort. Mais qui insistait aussi pour surveiller chaque coin de rue comme un prédateur, ce qui lui semblait un peu excessif.

Bien sûr, au départ, il avait été son assassin potentiel et une partie d'elle devait lutter pour digérer cette idée. Mais une bien plus grande lui faisait confiance, aussi fou que cela puisse paraître. Au fond d'elle-même, elle savait qu'il ne lui voulait aucun mal. Elle passa son sac sur son épaule et suivit Cruz de près.

— Pensez-vous vraiment que ce soit nécessaire ?

— Vous vouliez un garde du corps ? Vous en avez un, répliqua-t-il sans se retourner.

Quand elle avait lancé cette déclaration, elle s'était surprise elle-même autant que lui. Une fois de plus, elle n'avait pas vraiment réfléchi. Devaient-ils discuter des conditions de son service auprès d'elle ? De son salaire ? Mon Dieu, pouvait-elle même se permettre ses honoraires, quels qu'ils soient ? Elle en doutait. Pourtant, merde, elle devrait vraiment lui poser la question, car elle avait appris à ses dépens à quoi pouvaient conduire les accords verbaux.

Ou peut-être pas, parce qu'elle ne voulait pas parler affaires avec Cruz. Elle ne voulait pas être sa cliente. Elle voulait être sa... sa...

Elle fut incapable de continuer. Que voulait-elle être ? Son amie ? Son futur coup d'un soir ? Davantage ?

Elle se surprit à fixer les muscles saillants de ses épaules et déglutit. Peut-être qu'elle devrait s'en tenir à cliente, après tout.

— Il faut vraiment regarder partout comme ça ? demanda-t-elle alors qu'il jetait un coup d'œil dans le hall de l'immeuble, avant de lever le poing en une sorte de signal.

M. Militaire en état d'alerte. Elle posa une main sur son épaule. Grosse erreur, car elle commença presque à pétrir le muscle et à ronronner pour elle-même.

— Vous voulez qu'on vous tire encore dessus ? Allons-y.

Il lui fit traverser le parking à toute allure et monter dans sa voiture. Avant même qu'elle ait bouclé sa ceinture, il avait mis le moteur en marche et démarré.

— Holà, mollo ! murmura-t-elle en s'accrochant à la portière.

Peut-être que sa conduite de la nuit précédente n'avait pas été une exception. À tous les coups, Cruz roulait toujours comme un fou furieux.

Elle croisa les bras et regarda les buissons broussailleux et la rangée de petits immeubles devenir flous. Une minute plus tard, elle ouvrit la bouche malgré elle.

— Comment êtes-vous devenu garde du corps, exactement ?

Il se retourna et lui décocha un regard qui correspondait à l'intonation qu'il avait employée.

— Tout a commencé à une fête dans un club chic…

Elle lui donna une tape sur le bras.

— Je voulais savoir comment vous avez débuté dans le métier.

— Vous voulez vraiment savoir ? soupira-t-il.

Oh que oui. Elle souhaitait tout apprendre sur cet homme fascinant. Cet assassin-protecteur. Cette contradiction sur pattes.

— Oui, vraiment, chuchota-t-elle.

Pendant un instant, les yeux de Cruz s'adoucirent et les électrons qui allaient et venaient entre leurs corps circulèrent encore plus intensément, essayant de les rapprocher. Il finit par cligner des yeux, puis recula et grogna l'une de ses répliques qui lui évitaient de répondre :

— Comment vous êtes-vous mise au surf ?

La question était destinée à la faire taire, elle le comprit, mais merde, c'était un sujet dont elle aurait été heureuse de parler toute la journée.

— C'est mon père qui nous a fait commencer, mes sœurs et moi. Il a été surfeur professionnel pendant un certain temps. Ses parents en faisaient aussi beaucoup. Vous avez déjà vu ces vieux films où les femmes se tiennent en équilibre sur les épaules des hommes pendant qu'ils surfent ?

Elle éclata de rire.

— Mes grands-parents faisaient ça. J'ai donc plus ou moins grandi dans les vagues, ajouta-t-elle en désignant l'océan qu'ils longeaient à toute allure. J'ai toujours aimé ça et je me suis dit que ça serait super d'en faire mon boulot. D'établir mes horaires. D'être au soleil, dans l'eau, de surfer. Et quand on attrape la vague parfaite...

Elle ferma les yeux, s'imaginant dans le barrel d'une déferlante. Le rugissement de l'eau, la chute de la température dans cette poche d'air défiant la gravité. La sensation d'exploiter l'un des plus grands pouvoirs de la nature. Elle prit une profonde inspiration, rouvrit les yeux et acheva sa pensée.

— C'est un travail sans en être un.

Elle se prépara à la leçon de morale qui allait suivre.

« Comment n'être que le numéro onze du circuit féminin peut-il être un travail ? »

« Quand vas-tu gagner de l'argent pour de vrai ? »

À l'exception de son père, presque tout le monde lui tenait ce genre de discours.

Cruz demeura silencieux, digérant ses paroles pendant le kilomètre suivant avant de répondre finalement :

— Je ne comprends pas.

— Qu'est-ce que vous ne comprenez pas ?

Il avait repris le chemin par lequel ils étaient venus.

— Ce trou du cul... Richard, je veux dire.

Oh, elle voyait très bien de qui il parlait.

— Pourquoi travaillez-vous pour lui ? précisa-t-il.

Jody fronça les sourcils.

Parce que je n'ai pas écouté mon père ?

Elle tenta le genre de réponse accessible à la plupart des gens :

— Il existe une chose qu'on appelle l'argent, Cruz. Peut-être que vous n'avez pas à vous inquiéter à ce sujet dans votre luxueux domaine...

— Ce n'est pas mon domaine, coupa-t-il. Et croyez-moi, je sais ce que c'est, l'argent. Je sais ce que c'est que de travailler dur. Ce que je ne comprends pas, c'est que vous vous vendiez ainsi.

Elle s'étrangla, puis donna un petit coup sec sur le volant.

— Rangez-vous. Stop. Arrêtez tout de suite cette voiture.

Il leva une main en signe d'apaisement, mais elle n'en démordait pas.

— Arrêtez cette voiture, ordonna-t-elle.

Pendant une seconde angoissante, elle se demanda s'il allait l'ignorer, cependant elle constata bientôt qu'il tournait sur l'aire de stationnement suivante.

— Hé, attendez ! protesta-t-il.

Elle était à deux doigts de sauter de la voiture et de claquer la portière, mais elle se contint. Pour le moment, en tout cas.

— Je ne me vends pas, siffla-t-elle scrutant fixant son reflet dans le miroir de courtoisie du pare-soleil. Absolument pas.

— Ah bon ? Alors, pourquoi accepter d'être mannequin si vous détestez autant ça ?

Elle croisa les bras. Il ne comprendrait jamais.

— Peut-être que je veux devenir riche.

Il la dévisagea... vraiment, comme personne à la fête n'avait pris la peine de le faire. Soudain, il ricana.

— Menteuse.

Elle faillit sourire en constatant l'absence de doute dans sa voix. Cela faisait du bien de voir que quelqu'un croyait en elle, même si c'était un homme qu'elle connaissait à peine.

— Peut-être que je veux être célèbre, insista-t-elle, pour le tester.

Il coupa le moteur et se tourna vers elle.

— Si vous souhaitiez être célèbre, vous le seriez déjà.

— Qu'est-ce que ça veut dire ?

Il agita une main.

— J'ai vu comment certaines femmes se vendent grâce à leurs chaînes YouTube et autres. Vous pourriez vendre vos fameux « attributs ».

— Mes « attributs » ?! s'insurgea-t-elle, la voix montant dans les aigus comme un chat en colère.

Cruz leva ses mains en l'air.

— Je ne fais que reprendre votre expression.

Elle grimaça. Merde ! Elle devrait faire plus attention à ce qu'elle lui racontait.

— Je parie que vous recevez beaucoup d'offres, continua-t-il.

Elle frotta ses mains sur la cicatrice de sa jambe. En effet. Et depuis qu'elle avait quinze ans, en dépit de ses stigmates. Mais son père l'avait protégée des agents prédateurs, veillant à ce qu'elle garde la tête sur les épaules.

« Tu n'as pas besoin d'eux », l'avait-il prévenue. « Ils enlèvent toute la pureté du sport. Tout le plaisir. »

Comme il avait raison ! Représenter des produits auxquels elle ne croyait pas n'avait rien d'amusant. La ligne de parfum *Éléments* avait engagé un photographe de renom pour ce travail, un homme qui avait réalisé les photos en maillots de bain pour plusieurs numéros de *Sports Illustrated*. Mais merde, elle avait toujours eu une vision différente de la façon dont elle pourrait se retrouver dans les pages de ce magazine.

— Je sais comment ça se passe, fit Cruz d'une voix glaciale. Si vous avez le physique, vous pouvez devenir riche et célèbre pour le simple fait d'être célèbre. Mais vous ne me semblez pas être le genre de personne à courir après ce genre de célébrité.

Elle fixa la lumière du soleil qui scintillait sur les vagues. Certains de ses amis les plus proches ne la connaissaient pas aussi bien que Cruz.

— Alors, pourquoi vous faites ça ? insista-t-il, plus doucement cette fois.

Elle passa les poings sur ses cuisses, se demandant si elle devait le lui dire. Elle ne l'avait même pas expliqué à son père, bordel. Ce qui pourrait être la raison pour laquelle elle finit par avouer la vérité à Cruz, juste histoire de vider son sac :

— Ma famille a besoin d'argent.

Il n'eut pas l'air convaincu.

— Mon père..., commença-t-elle avant de s'éloigner.

Ce n'était pas seulement son secret. C'était aussi celui de son père. Devait-elle vraiment le partager avec Cruz ?

S'il l'avait poussée et avait insisté, elle aurait pu se taire. Mais il s'assit juste là, la laissant raconter autant, ou aussi peu de son histoire qu'elle s'en sentait capable.

— Mon père est mon principal sponsor... enfin, sa boutique de surf. De cette façon, je peux concourir sans être trop prisonnière des contrats. Même à son époque, il détestait la tendance du circuit professionnel à devenir trop commercial, et maintenant, c'est encore pire. Surtout chez les femmes, où certains sponsors ne nous voient pas comme des athlètes, mais plutôt comme des seins et des fesses. J'en ai même entendu certains l'admettre... Hors caméra, bien sûr.

Elle se renfrogna, se rappelant la première fois où elle avait découvert combien son père avait raison.

— Tout le monde y gagne. Le fait que l'entreprise de mon père me parraine a vraiment attiré l'attention sur sa boutique.

Ce fut ce que le sourcil froncé de Cruz lui laissait entendre qu'il ne voyait pas de problème, du coup.

— Le problème, c'est qu'il a gagné assez d'attention pour que de plus grandes entreprises veuillent le racheter. Elles ont aussi l'argent pour acquérir toute la zone sous son nez. Il a tenu bon et je pensais que tout allait bien, mais je viens de découvrir qu'il a hypothéqué l'entreprise.

— Votre père a un souci dont il ne vous a jamais parlé ?

Elle grimaça. Non, son père n'avait pas de dépendance ou ne devait pas d'argent à un usurier ou quelque chose comme ça.

— Un souci ? Oui, il a un souci. Il nous aime trop.

Maintenant, Cruz avait vraiment l'air confus.

— Il m'a parrainée pour que je puisse surfer selon mes conditions et profiter de ma chance, notamment parce qu'il n'a pas pu tirer le meilleur parti de la sienne, à l'époque.

— Pourquoi ?

Elle ne put s'empêcher de sourire, car cette histoire l'avait toujours illuminée de l'intérieur.

— Il a quitté le circuit professionnel après nous avoir rencontrées, ma mère, ma sœur et moi. Quand j'étais petite, je veux dire. Ma mère était célibataire avec deux jeunes enfants. Mais un jour, Ross et elle se sont rencontrés sur un pont. Donc au sens strict, c'est mon beau-père, mais il a toujours été simplement « papa » pour moi.

Maintenant, elle rayonnait, car elle aimait imaginer la scène, bien qu'elle n'ait que les souvenirs les plus vagues de ce fameux jour.

— La voiture de ma mère est tombée en panne au milieu du pont et personne ne s'arrêtait pour l'aider. Personne. Elle était coincée avec nous deux qui pleurions à l'arrière, puis mon père est arrivé.

Elle gloussa.

— Il dit toujours que c'était la destinée.

— La destinée...

Le visage de Cruz était devenu sérieux. Mortellement sérieux. Jody hocha la tête.

— Et ma mère a toujours répété que ça avait été le coup de foudre.

La plupart des hommes levaient les yeux au ciel quand on abordait le sujet, mais Cruz se contenta d'étudier ses lèvres plissées en une ligne serrée.

— Son pick-up ne valait pas beaucoup mieux que notre voiture, mais il nous a remorquées jusqu'à la maison, parce que ma mère ne pouvait même pas se permettre une assurance remorquage. Et puis, eh bien... on connaît la suite. Ils sont tombés amoureux, se sont mariés, et il nous a adoptées, ma sœur et moi. Il a quitté le circuit professionnel et ouvert son magasin pour nous aider à joindre les deux bouts. Et ça a marché. Nous sommes passées d'une situation où nous nous en sortions à peine à une situation où nous vivions convenablement.

Jody prit une profonde inspiration. Dans quelques minutes, elle allait raconter au pauvre Cruz toutes les histoires que son père lui avait lues avant qu'elle ne s'endorme. Comment il avait essuyé ses larmes quand sa mère était morte d'une leucémie, et comment il avait discrètement versé les siennes avant de recoller les morceaux et de réussir à les faire aller de l'avant à travers toutes ces épreuves.

— Ils appartenaient à ma mère, chuchota-t-elle en lui montrant ses bracelets. Elle en avait six, et nous en avons chacune deux. Je ne les enlève jamais.

Il s'agissait de bracelets plats en titane d'un demi-centimètre, gravés d'un motif géométrique : un héritage familial que Tilda, la tante de son père, avait offert à sa mère le jour de leur mariage. Cruz resta assis sans bouger, la scrutant attentivement.

Elle s'éclaircit la gorge.

— Bref, mes sœurs et moi, on a grandi en travaillant dans la boutique.

— Tu en as plusieurs ?

— Deux sœurs, oui. Une aînée et une cadette. Mon père et ma mère ont eu la plus petite deux ans après leur mariage. Ma sœur aînée travaille toujours à l'atelier.

Alors, où est le problème ? Même si Cruz ne posa pas la question, elle était écrite sur son visage.

— Ma sœur aînée et son mari essaient d'avoir un enfant depuis des années et ils sont à court d'options. Mike est soudeur, mais il vient juste de commencer, et le traitement qu'ils utilisent est cher. Alors, mon père a hypothéqué le magasin pour leur prêter de l'argent. Évidemment, il ne nous en a pas parlé.

Elle avait essayé de lui en vouloir pour ses cachotteries, néanmoins elle n'avait jamais vraiment réussi.

— Comme je l'ai dit, il nous aime trop. Il a mis son entreprise en péril pour nous. Maintenant, l'impôt foncier sur le magasin augmente et il n'a plus aucune marge de manœuvre pour payer la différence. Je me suis donc dit que j'allais accepter ce contrat, juste cette fois-ci, et régler ce problème.

— Pourquoi vous ?

Elle le fixa du regard.

— Pourquoi pas moi ? Toute ma vie, il s'est sacrifié pour nous. Il est temps que je lui rende la pareille et que j'aide ma sœur par la même occasion. Vous considérez peut-être que c'est se vendre, mais pas moi.

Un camion passa en trombe sur la route et son souffle secoua leur voiture de sport, mais Cruz ne cilla pas. Il la regarda juste comme une nouvelle espèce qu'il n'avait jamais rencontrée auparavant.

— Je ne considère pas que vous vous vendez, chuchota-t-il.

Jody relâcha son souffle. C'était drôle de voir le bien que ça faisait d'entendre quelqu'un d'autre lui dire ça. Elle leva la tête vers le ciel d'un bleu parfait. Un moineau de Java passa en voltigeant dans un nuage de bleu et gris. Elle sourit.

— Magnifique, murmura-t-elle. Regardez. Cet oiseau est magnifique. Maui est magnifique. La vie peut être belle si on se concentre sur ce qui en vaut la peine.

Ses parents lui avaient enseigné cette vérité.

Cruz, cependant, scrutait le rétroviseur latéral, regardant les nuages se rassembler sur les pics dentelés des montagnes.

— La vie est parfois belle. Mais parfois elle craint.

Elle fut tentée de lui donner une tape sur le bras pour avoir ruiné le moment, mais les yeux de Cruz fixaient un point quelque part loin, très loin, et les commissures de ses lèvres s'étaient abaissées. Tout ce dont elle eut envie alors, ce fut de lui caresser la joue et de lui demander ce qu'il avait fait ou vu... ou perdu, pour se sentir ainsi.

— Parfois, la vie, ça craint, convint-elle. Mais la plupart du temps, elle est magnifique. J'imagine ma sœur tenant un bébé dans ses bras, et je sais à quel point il serait précieux pour elle. Mieux encore : je l'imagine en train de mettre son bébé dans les bras de mon père. Comme il serait heureux ! Et ça, c'est magnifique.

Cruz la regarda ; ses yeux pétillaient d'une... lueur d'espoir ? De déni ?

— Sérieusement ? demanda-t-il. Vous trouvez beau de faire naître un bébé dans un monde aussi foireux que celui-ci ?

Elle hocha résolument la tête.

— Tout à fait. Et maintenant, répétez après moi, monsieur Cruz Khala : « La vie est belle. L'amour est beau. » Il suffit d'y croire.

Un coin de la bouche de Cruz se retroussa tandis que l'autre s'abaissait.

— Y croire ?

Le mot semblait étranger, comme s'il venait de l'apprendre. Ou qu'il essayait de l'apprendre, en tout cas.

— Oui. Avez-vous déjà essayé auparavant ?

Elle avait eu l'intention de le taquiner, mais plus elle le regardait dans les yeux, plus le moment semblait sérieux. Plus le temps ralentissait. Et plus elle se demandait si c'était ce que sa mère avait ressenti, le jour où elle avait rencontré Ross Monroe sur ce pont.

Cruz secoua lentement la tête.

— Non. Pas depuis un moment, du moins.

— Peut-être que vous devriez, chuchota-t-elle pour éviter de rompre l'intensité magique et mystique du moment.

Le torse de Cruz se soulevait et s'abaissait sur chacune de ses profondes respirations. Et sa voix se mua en un grondement sourd :

— Peut-être que je devrais.

Chapitre 10

— Hé, qu'est-ce qui te prend ? demanda Silas en tapotant Cruz.

Cruz se réveilla et se mit au garde-à-vous, essayant de se rappeler où il était. Ah oui, dans l'*akule hale*, sur Koa Point. Ses pieds étaient posés sur le barreau inférieur du tabouret qu'il avait tiré jusqu'au comptoir où il prenait son petit-déjeuner. Le journal du mardi était étalé devant lui et une tasse de café fumait au niveau de son coude. L'arôme riche réveillait une dizaine de souvenirs chez lui, comme celui de son père et de sa mère debout dans la cuisine de la maison où il avait grandi. Loin d'ici et loin dans sa mémoire.

« Toujours de travers. »

Sa mère s'acharnant sur la cravate et la veste de son père avec ce mélange d'adoration et d'exaspération qu'elle avait perfectionné au fil des ans. Un ton qu'elle avait utilisé avec Cruz, aussi.

« Heureusement que je t'ai », avait répliqué son père, en lui donnant un baiser d'adieu avant d'embrasser chacun de ses enfants à tour de rôle. « Et toi aussi, et toi aussi, et toi aussi. »

Cruz ferma les yeux. Tant de bons souvenirs, mais tant de douleur aussi. Et, merde, plus le temps passait, plus il s'était laissé embourber dans de sombres souvenirs au lieu de privilégier les bons.

« La vie est belle. L'amour est beau. Il suffit d'y croire. »

Il prit une gorgée de café, avec précaution, car le liquide était chaud. Merde, il n'était plus que tiède. Apparemment, il s'était encore assoupi. Ça lui arrivait souvent, ces derniers jours. Parfois, il revivait la douleur de la perte de sa famille, parfois il s'émerveillait du soleil que Jody semblait transporter partout où elle allait.

Jody. Pensons à Jody, suggéra son tigre, préférant des souvenirs plus récents.

De bons souvenirs.

Alors, oui. Il avait passé beaucoup trop de temps à penser à elle. Tous les deux avaient occupé leur dimanche à affronter son ordure de chef de produit puis à retracer ses déambulations dans le club. Malgré tous ses efforts, il n'avait pas réussi à trouver le moindre indice concernant le tireur. Ils s'étaient ensuite retranchés à Koa Point pendant une grande partie de la journée. Cruz avait passé des appels pour faire progresser leur enquête pendant que Jody avait travaillé sur le rivage et dans l'eau, effectuant d'étonnants mouvements sur les vagues de la plage privée de Koa Point. Non pas que Cruz l'ait observée ou quoi que ce soit...

Bon, d'accord... peut-être qu'il l'avait admirée un petit moment. Comment aurait-il pu résister ? Ça paraissait tellement facile, la façon dont elle négociait ces vagues. Même l'aisance avec laquelle elle pagayait le fascinait. Bras gauche, bras droit, bras gauche, sans répit pour traverser les vagues qui se présentaient. Et juste quand il pensait que la suivante allait le rejeter, elle esquivait et poussait sa planche sous la masse d'eau qui arrivait, puis surgissait de l'autre côté, sans même trembler.

Et elle n'avait rien fait de plus que de pagayer pour sortir des rouleaux du rivage. La voir s'allonger sur sa planche en attendant la vague parfaite était tout aussi fascinant. Tranquillement, patiemment, elle attendait son heure, exactement comme un tigre avec sa proie. Regarder. Attendre. Bander ses muscles et sortir de nulle part pour bondir sur le rouleau parfait. Elle s'élançait au-devant d'une vague qui semblait insignifiante. Mais cette montagne d'eau se soulevait et montait plus haut, la poursuivant dans une course effrénée vers le rivage. Une fraction de seconde après que la crête s'était soulevée et brisée, Jody se levait, elle aussi, sautant sur ses pieds et dévalant la face de la vague.

Bien sûr, il avait vu beaucoup de surfeurs en son temps.

Mais il ne s'était jamais vraiment arrêté pour en étudier un, surtout un aussi bon qu'elle.

C'était à couper le souffle. Palpitant. Grisant. Et putain, il ne faisait que l'observer depuis le rivage. Quel effet cela ferait-il de dévaler un mur d'eau se déplaçant avec une force et une vitesse pareilles ?

Il n'en avait aucune idée, mais bordel, ça avait l'air incroyable !

Les plus grosses, Jody les chevauchait en diagonale, s'éloignant de la pointe frisée et écumante, s'accroupissant de plus en plus bas dans le tunnel d'eau sous la déferlante. Cruz s'accroupit aussi, écoutant le rugissement des vagues, goûtant pratiquement l'eau salée sur ses lèvres séchées par le soleil. Il ne pouvait même pas imaginer comme les sensations devaient être fortes à l'intérieur. Un grondement de tonnerre ? Un sifflement continu ? Jody affichait un air de jubilation totale tout au long de la descente du rouleau qui se refermait sans cesse, jusqu'à ce que mère Nature abandonne et la laisse partir. Elle sortait alors de la vague qui s'éloignait, donnait sur sa planche de surf une pression à peine visible, et pivotait autour de son extrémité arrière. Ensuite, elle se laissait tomber sur sa planche pour pagayer et recommencer.

Bien sûr, elle changeait de méthode toutes les deux vagues. Parfois, elle surfait en un long glissement sans effort. En d'autres occasions, elle faisait pivoter ses hanches et retournait la planche, traçant une ligne blanche sur un mur d'eau aigue-marine, tel un artiste signant un chef-d'œuvre. Et parfois, elle s'élançait du bord d'une vague et s'envolait dans les airs. Comme si la gravité ne s'appliquait pas à elle. Tel un oiseau. Ses pieds restaient ancrés à sa planche, même si elle était presque à l'envers, et elle tournait la tête pour juger de son atterrissage, comme un chat se relevant d'une chute. Lorsqu'elle atterrissait, elle pliait les genoux, restaurait son équilibre et s'élançait droit dans sa rotation suivante.

De temps en temps, elle commettait une erreur et la crête écumeuse de la vague dévorait femme et planche. La vague tonnait comme pour proclamer la victoire, mais Jody ressortait en riant une minute plus tard, s'amusant toujours autant.

« La vie est belle. Il suffit d'y croire. »

Cruz dut secouer la tête, impressionné. Jody ne s'était pas contentée de prononcer ces mots. Elle les vivait.

Tu dois juste y croire, répéta son tigre alors qu'elle se retournait et pagayait à nouveau.

Il cligna des yeux une ou deux fois et s'éclaircit la gorge. OK, OK. Donc il avait passé un peu de temps à regarder Jody surfer. Et alors ?

— Tu dois arrêter d'être obsédé par le passé.

Silas, qui faisait les cent pas, ramena l'attention de Cruz sur les affaires en cours ce mardi matin là, à Koa Point.

Cruz garda les yeux fixés sur son café. En fait, il était obsédé par la femme mince et longiligne qui se rapprochait de plus en plus de son cœur. Une humaine qui ne l'attirait pas du tout, absolument pas. Pas le moins du monde.

Pas quand elle souriait de cette façon spéciale qui n'appartenait qu'à elle, directement avec le cœur. Pas quand elle l'avait frôlé, les deux fois où ils étaient passés à proximité l'un de l'autre, ce qui lui avait envoyé des décharges électriques dans tout le corps. Pas même lorsqu'elle s'était allongée sur son futon dans la soirée, pour fixer le ciel. Parce que oui, il y avait rôdé une ou deux fois sous sa forme de tigre et jeté un coup d'œil. Les gardes du corps devaient garder un œil sur leurs employeurs, non ?

— Exact, marmonna-t-il.

Silas opina du chef, comme si Cruz confirmait son commentaire, quel qu'il ait été.

— Alors, revoyons tout ça encore une fois.

Il reprit ses rotations, des déambulations qui mettaient Cruz sur les dents.

— Oui, revoyons ça, déclara Kai, le cousin de Silas, parce que je ne te suis toujours pas.

Il était rentré tard la nuit précédente de son voyage sur la Grande île avec Tessa, sa compagne ; trop tard pour que Cruz ou Silas le mette au courant des détails, manquement qu'ils avaient convenu de combler à présent.

Cruz fronça les sourcils. Il était peut-être obsédé par Jody, mais Silas faisait une fixation sur Moira, son ex-fiancée. Au cours des deux derniers jours, le métamorphe dragon était devenu maussade, et il avait les traits tirés et le regard fuyant. Il avait effectué des vols marathons sous sa forme de dragon, qui duraient la moitié de la nuit. Le battement de ses ailes puissantes était parvenu jusqu'à Cruz sur son perchoir dans la jungle, et ce dernier avait entrevu son ombre balayant les arbres. Des années plus tôt, Moira avait trahi Silas et les blessures restaient profondes. Des plaies ouvertes, apparemment, et non pas cicatrisées comme Cruz l'avait supposé.

— Comment Moira s'inscrit-elle dans le tableau ? demanda Kai.

— Elle possède et dirige la ligne de parfum *Éléments*, déclara Silas. Il m'a fallu un certain temps pour remonter tous les intermédiaires qu'elle a mis en place, mais j'ai été en mesure d'établir l'ultime connexion hier. C'est bien elle.

Kai se gratta un sourcil.

— Donc, Moira possède *Éléments*, Jody est l'un des modèles. Et quelqu'un a essayé de tuer Jody...

Cruz grimaça. Même s'il s'était faufilé une deuxième fois jusqu'au complexe de Kapa'akea, il n'avait toujours pas été en mesure de trouver une trace du tireur. Rien, pas une empreinte, sauf celles de la police. C'était troublant. Quel genre de tueur à gages ne laissait pas d'odeur ?

— Et bordel, c'est quoi cette histoire avec McGraugh ? continua Kai.

Cruz secoua la tête, car il n'avait toujours pas digéré les dernières nouvelles reçues de leur amie Ella, une renarde du désert.

Silas poussa un soupir de lassitude.

— Ella nous a aidés dans notre enquête sur le continent. McGraugh a été retrouvé assassiné dans son bureau, il y a douze heures. D'après elle, la police parle d'un cambriolage qui aurait mal tourné, mais elle en doute.

— Moira... des tueurs à gages... du mannequinat... On s'intègre comment là-dedans, nous autres ? demanda Kai.

— J'aimerais bien le savoir, convint Silas. Moira a dû apprendre qu'on était basés ici, à Maui. Elle pourrait essayer de nous provoquer ou de nous piéger. Cruz a été à deux doigts de tuer Jody lui-même. Et s'il l'avait fait…

Ce dernier regarda ses chaussures. Merde, il en avait été si proche !

— Il aurait pu se faire attraper. Vous imaginez les problèmes, avec la moitié de la police de Maui en train d'enquêter sur tout le monde à Koa Point ?

Silas reposa brusquement sa tasse dans un bruit sourd.

— C'est bien la dernière chose dont on a besoin.

Cruz grimaça. En dehors d'une amende occasionnelle pour excès de vitesse, tout le monde à Koa Point respectait la loi. Ils étaient des métamorphes, un secret qui ne pouvait être révélé.

— Est-ce que Moira sait pour la pierre précieuse ?

Il eut envie de gémir. Encore une complication dont il n'avait pas besoin.

— Moira doit être au courant des trois Pierres d'Esprit en notre possession. Mais d'après ce que dit Jody, je doute qu'elle ait été mise au parfum concernant le bijou que le chef de produit tente de faire venir. C'est son idée à lui et il veut en faire la surprise à ses patrons pour réussir un gros coup.

Silas se leva d'un air las et vérifia sa montre.

— Je vais appeler Ella pour voir ce qu'elle a pu apprendre d'autre. Et puis je vais essayer de découvrir quel bijou ce Richard a l'intention de récupérer.

Kai et Cruz l'observèrent partir, échangeant des regards silencieux. Soudain, le métamorphe dragon s'approcha de son ami.

— OK, donc maintenant tu vas me mettre au courant de ce qui se passe.

Cruz fronça les sourcils.

— C'est ce qu'on vient de faire.

Kai haussa un sourcil.

— Ah bon ? Parce que je ne comprends toujours pas pourquoi tu es là, rasé de près comme si tu t'apprêtais à passer une soirée en amoureux, tandis que Silas fait les cent pas à la manière d'un tigre en cage. Pardonne-moi pour le cliché.

Cruz était sur le point de protester lorsque son ami aperçut quelque chose derrière lui.

— Laisse-moi deviner, murmura-t-il. C'est elle, la raison.

Cruz tourna beaucoup trop vite la tête. Évidemment, c'était Jody, qui enseignait le surf à Tessa, dans les eaux les plus calmes de leur plage privée. Elle cessa de parler et braqua le regard sur lui. Leurs yeux se rencontrèrent et...

Il sentit son souffle se couper et son sang se mit à battre plus vite.

C'est notre compagne, gronda son tigre.

Jody marqua un temps d'arrêt, toutefois elle se ressaisit rapidement et reprit son mouvement, de façon aussi décontractée que possible.

Cruz batailla pour l'imiter. Chaque fois qu'il la voyait, il n'arrivait plus à respirer. Et pas à cause de ses vêtements, de son maquillage ou de la façon dont elle se coiffait, vu qu'il y prêtait rarement attention. C'était l'étincelle dans ses yeux, la souplesse de sa démarche, le sourire sur son visage. Oui, elle était belle. Mais elle aurait pu habiter un corps complètement différent, elle lui aurait quand même coupé le souffle. Tout était dans sa personnalité, sa façon insouciante de gérer, voire même de célébrer la vie.

— C'était génial, déclara Tessa alors qu'elles revenaient se réfugier à l'ombre de l'*akule hale*. Je pourrais surfer toute la journée.

— Moi aussi, soupira Jody. Mais je dois aller à la séance photo. Tu es prêt ? demanda-t-elle à Cruz.

Ils s'étaient mis à se tutoyer à force de se côtoyer. Il se leva immédiatement.

— Prêt.

Prêêêt, grogna son tigre en se léchant les babines.

Cruz gronda.

Espèce de bête stupide. Tu sais que tu ne peux pas l'avoir.

Il avait essayé de compartimenter nettement ses sentiments pour elle. Ne pas réussir systématiquement ne l'empêchait pas d'essayer. Son côté tigre pouvait convoiter Jody autant qu'il le voulait, son côté humain était plus malin que ça.

Un grondement de protestation s'éleva dans sa poitrine.

— Oui ? demanda Jody en regardant autour de lui.

Il masqua son trouble d'une toux et d'une dernière gorgée de son café.

— Rien. Je suis prêt.

Il se baissa pour passer sous le bord le plus bas du toit de chaume et jeta un regard au ciel.

— Cela étant, je ne suis pas sûr que la météo coopère avec la séance photo.

Jody afficha un rictus.

— Croisons les doigts.

— À plus tard ! lança Tessa.

Cruz observa Jody du coin de l'œil pendant qu'ils se dirigeaient vers le garage. Ses bracelets cliquetaient au rythme de ses pas et la brise jouait avec ses cheveux. Elle devait s'être rincée sous la douche extérieure, parce qu'elle sentait plus la rose sauvage que le sel, et cette odeur rendait fou son tigre.

— Quelle voiture aujourd'hui ? plaisanta-t-elle en désignant les box voûtés du garage.

Cruz hésita. La Land Rover avait des vitres teintées afin que personne ne puisse en identifier les passagers. La Ferrari était habituellement la voiture de Boone. Lui préférait la Lamborghini pour ses pointes de vitesse.

— C'est madame qui choisit, répliqua-t-il.

— C'est madame qui choisit ?

Elle poussa un soupir à l'agacement feint.

— Eh bien, je suppose que la Lamborghini fera l'affaire.

Il sourit malgré lui et lui fit signe de monter. Une minute plus tard, ils s'élançaient dans un vrombissement. La côte défilait du côté de Makai et les champs de canne à sucre de l'autre. Ils se retrouvèrent ensuite coincés derrière une voiture de location qui roulait à faible allure, si bien que Cruz ne put s'empêcher de jurer dans sa barbe.

— Tu n'aimes pas beaucoup les gens, n'est-ce pas ? demanda Jody.

Des images de ses proches, gisant sans vie avec de grands yeux choqués, lui traversèrent l'esprit. Du moins, c'était ainsi qu'il s'était mis à imaginer la scène du crime. En poste dans une zone de guerre lorsque la tragédie s'était produite, il n'avait pas pu la voir par lui-même.

Alors oui, bien sûr, il détestait les gens. Ils avaient assassiné toute sa famille de sang-froid.

Ses poils se hérissèrent, mais lorsqu'il prit une profonde inspiration, le doux parfum de Jody apaisa son pouls. Sans réfléchir, il lui effleura la main, ce qui l'aida aussi.

Il haussa les épaules, s'efforçant de donner un sens aux émotions contradictoires qui montaient en lui.

— Les gens sont irrationnels.

— Dixit le gars qui vit dans une cabane dans les arbres, s'esclaffa-t-elle.

Ses lèvres remuèrent, cependant comme son cerveau refusait de lui fournir de réponse, il capitula. Peut-être qu'il devrait arrêter de ressasser. Oui, il se pouvait que les humains ne soient pas les seules créatures irrationnelles sur Terre. Pourtant, il aimait sa cabane dans les arbres, putain.

Jody aussi, souligna son tigre sur un ton de satisfaction.

— Ça va ? demanda-t-elle, quelques secondes plus tard d'une voix douce et inquiète. Ce qui te met dans tous tes états, quoi qu'il s'agisse...

Toi, aurait-il voulu répondre. *Tu me mets dans tous mes états.*

— Tu ferais mieux de le laisser derrière toi.

Elle fit semblant de jeter quelque chose par-dessus son épaule.

Comme si c'était aussi simple que ça.

Peut-être que ça l'est, en effet, chuchota son tigre. *Peut-être que tu devrais essayer.*

— Tu devrais te détendre un peu. Rire davantage.

Il grimaça, mais elle se contenta de sourire et de lui proposer une blague.

— Alors, tu sais comment faire pour qu'une surfeuse arrive à l'heure à l'école ?

Cruz la dévisagea. C'était plutôt mignon, la façon dont les commissures de sa bouche se retroussaient, la révélant prête à rire de sa propre blague.

— Dis-lui que les vagues ne sont pas bonnes.

Elle sourit et passa directement à la blague suivante.

— Quelle est la différence entre un surfeur et une grande pizza ?

Cruz se contenta de pianoter sur le volant.

— Une grande pizza peut nourrir une famille de cinq personnes, gloussa-t-elle. Oh. Attends, j'en ai une bonne.

— Enfin, murmura-t-il en essayant de ne pas sourire.

— Quelle est la différence entre le surf et le sexe ?

Il la regarda, intrigué. Cette fois, il avait envie d'entendre la réponse.

— Aucune. Quand c'est bon, c'est vraiment, vraiment bon. Et quand c'est mauvais, c'est quand même pas mal.

Elle plaisanta tout le long du trajet sur l'autoroute Honopi'ilani et pendant qu'ils traversaient les stations balnéaires haut de gamme de Makena. Ses yeux brillaient comme ceux d'une petite fille, si bien que Cruz ne pouvait s'empêcher de sourire lui aussi.

Mais la joie se dissipa pour l'un comme pour l'autre à mesure qu'ils se rapprochaient de la bifurcation vers la plage isolée où Richard et le photographe devaient se trouver. Plus exactement : Richard, le photographe et plusieurs autres personnes que Cruz regrettait d'être obligé de croiser.

— Te voilà enfin, lança le chef de produit en jetant son mégot de cigarette dans le sable de la plage immaculée.

Un grondement retentit au loin : un nuage d'orage se déplaçant vers l'intérieur des terres.

— « Enfin » ? marmonna Jody.

Une femme se précipita vers elle en agitant gaiement la main.

— Tu vas être sidérée par la tenue que je t'ai choisie !

Jody avait plutôt l'air de s'en moquer, mais elle trotta docilement jusqu'à la remorque garée au bord de la route. Enfin, elle commença à s'éloigner, puis se retourna vers Cruz, le regard sinistre et les épaules affaissées comme s'ils se quittaient pour toujours. Il sentit son ventre se nouer. Ils n'avaient pas passé beaucoup de temps séparés au cours des dernières soixante-douze heures, et même quand ils n'avaient pas été ensemble, ils s'étaient trouvés tous les deux à Koa Point. Le temps avait une façon de s'étirer là-bas tandis que la distance semblait comprimée, donc même lorsqu'elle était en train de surfer, il n'avait pas eu l'impression qu'elle s'éloignait. Maintenant, en revanche...

Elle remua les lèvres, sans qu'aucun son n'en sorte.

— Alors, il est où, ce bijou ? demanda Guy, le photographe.

Richard grommela :

— On n'a pas pu l'avoir, finalement. Ce fils de pute avait dit qu'il nous l'obtiendrait, mais il n'est pas venu.

Cruz était tellement concentré sur Jody qu'il faillit ne pas enregistrer les mots. Quand ce fut le cas, il s'avéra étrangement soulagé. De toute évidence, Silas s'était trompé : cette supposée Pierre d'Esprit n'avait pas été appelée par les trois qu'ils possédaient déjà à Koa Point. Or, c'était une bonne chose. Elles étaient source de problèmes et Jody en avait assez comme ça.

— Tu viens ? insista la costumière.

— J'arrive, répondit-elle en se détournant lentement.

Cruz la suivit des yeux pendant une longue minute avant de les fixer sur Richard, le photographe et les autres hommes présents avec une expression menaçante.

Elle est à moi, ajouta son tigre en agitant la queue.

Cinq paires d'yeux se baissèrent vers le sol en signe de soumission. Cruz grogna de satisfaction.

— Bougez-vous, aboya Richard aux autres. Nous devons terminer les photos avant l'arrivée de la pluie.

Cruz se mit en route pour sécuriser la zone, espérant que la tempête s'abattrait au plus vite et couperait court à la séance photo. Il huma l'air, inspecta chaque chemin et scruta les collines qui encadraient la baie. Richard avait un assistant posté à l'entrée du chemin de terre pour refouler les visiteurs occasionnels. Cruz était certain que le chef de produit n'en avait pas le droit, même si cette mesure lui convenait : moins il y avait de gens qui erraient dans la zone, mieux c'était.

Il donna un coup de pied dans la terre et renifla l'air pour la dixième fois. Aucun signe d'intrusion, sauf qu'il n'y en avait pas eu non plus lors de cette fameuse nuit au complexe hôtelier. Il partit donc ratisser la zone une nouvelle fois. Il avait dit qu'il veillerait sur Jody et il en avait bien l'intention.

Il revenait de son troisième passage lorsque la porte de la caravane s'ouvrit dans un claquement et qu'une femme s'exclama avec enthousiasme :

— Nous sommes prêtes !

C'était la styliste, ou peut-être la coiffeuse, Cruz n'aurait su le dire. Il s'en moquait d'ailleurs, dès l'instant où il vit Jody sortir.

— Magnifique, chérie, commenta Guy. Allons-y.

Cruz en resta bouche bée. La femme en face de lui était sublime. Indéniablement, étonnamment, incroyablement belle. Mais ce n'était pas Jody. Pas la Jody qu'il connaissait.

Ses cheveux avaient été entortillés et crêpés, un peu comme si elle revenait d'une séance de surf, mais de façon artificielle, parce que tout avait été arrangé pour que ça y ressemble. Ses lèvres étaient un peu trop rouges, ses cils un peu trop foncés. Et son bikini, deux minuscules triangles violets et un string échancré... Eh bien, il était environ de quatre tailles trop petites. Jody ne l'aurait jamais choisi elle-même, il le savait, il avait vu les vêtements amples et confortables qu'elle avait rapportés de son appartement.

— Superbe. Jeanette, mets un peu plus d'ombre sur elle. Nous voulons que ses seins ressortent, déclara le photographe en faisant claquer son chewing-gum.

Jody grimaça.

Cruz grogna. Il était sérieux, là ?

Apparemment oui, et Cruz n'avait pas le pouvoir d'arrêter la transformation de la femme intrépide qui le fascinait tant en autre chose qu'un morceau de chair. Guy la conduisit au bord de l'eau et la fit tourner d'une pression sur l'épaule... Il la fit vraiment tourner, comme si elle était une plante en pot, sans cesser de donner des ordres en permanence.

— George, déplace la lumière par là. Et mets quelques algues autour de ce rocher. Jeanette, qu'est-ce qu'on peut faire pour ses oreilles ?

Cruz plissa les yeux. Qu'est-ce qui n'allait pas avec les oreilles de Jody ?

La maquilleuse se précipita et vaporisa quelque chose, puis les manipula avec une petite brosse.

— Tout est prêt. À genoux, bébé, ordonna le photographe.

— Il y a eu un coup de tonnerre ? s'enquit la maquilleuse en louchant vers le ciel.

Non, c'était lui, qui avait eu toutes les peines du monde à ravaler un grognement. De quel droit ce connard demandait-il à Jody de se mettre à genoux ? C'était extrêmement grossier. Très ouvertement sexuel. Très, très... mal.

Jody n'apprécia pas du tout non plus. Ses yeux flamboyèrent.

— Euh, chef ? se hasarda George, l'assistant. Et si on commençait par les photos des rochers ? La lumière est parfaite.

Cruz décida que George était un type correct. Richard et le photographe, en revanche, il pourrait les tuer.

Guy tendit les mains pour former une espèce de cadre.

— Ce n'est pas une mauvaise idée. Monte sur ce rocher, chérie.

George offrit une main à Jody, mais elle choisit de l'ignorer et sauta d'un bond agile sur le rocher haut d'un mètre et demi. Cruz aurait parié qu'elle pouvait escalader une falaise, en cas de besoin.

— OK, bien. Tourne un peu, commanda Guy, mâchant toujours son chewing-gum. Un peu plus... Jambe droite en arrière... Plus. Parfait.

Richard intervint alors, d'une voix devenue menaçante :

— Attends. C'est quoi, ces bracelets ? Jeanette ?

— Ce n'est pas une idée de mon cru, répliqua-t-elle aussitôt pour se défendre.

Jody grimaça.

— Je ne les quitte jamais. Je te l'ai dit la dernière fois.

Les yeux de Cruz se portèrent sur les bracelets, alors qu'un souvenir fusait dans son esprit : Jody tripotant ces bracelets pendant qu'elle parlait de sa mère.

« Ils appartenaient à ma mère. Je ne les enlève jamais. »

— Ils vont gâcher la photo. Ôte-les, aboya Richard. George, trouve-nous quelque chose de léger, merde.

Pendant un instant, Jody eut l'air de vouloir se rebeller, mais elle réussit à retenir les mots qu'elle avait sur le bout de la langue. Elle finit par se mordre la lèvre inférieure et retira lentement les bracelets.

— Je te les garde, proposa Jeanette en tendant le bras.

Jody baissa les yeux et Cruz put pratiquement lire dans ses pensées. « Mais ils appartenaient à ma mère ! » Son regard se porta alors au-delà de Jeanette, droit vers lui.

— Tu veux bien les tenir pour moi ?

Il avança d'un pas sans réfléchir, et quand il tendit la main, leurs doigts se frôlèrent, renvoyant des picotements tout le long de son bras.

Merde, c'étaient juste quelques bracelets. Pourquoi avait-il l'impression qu'elle venait de lui confier un héritage royal ?

Il les glissa dans l'une des poches profondes de son pantalon cargo, referma le bouton-pression et tapota dessus pour faire savoir à Jody qu'ils étaient en sécurité.

Elle sourit. Pendant un instant, tout son monde s'illumina, sauf que Richard ouvrit ensuite sa grande bouche et gâcha leur moment une fois de plus :

— Bon, ça y est ? On n'a pas de temps à perdre.

Un roulement de tonnerre retentit au-dessus des montagnes, comme pour souligner son propos. La lumière était spectaculaire, avec un ciel d'un bleu parfait vers la mer et d'inquiétants nuages qui pointaient à l'est.

— Menton levé. Les yeux vers moi. Déplace ton poids sur la jambe arrière.

Guy donnait ses instructions en agitant une main.

— Ne t'avachis pas, bébé.

Ne m'appelle pas « bébé », rétorqua l'éclat dans les yeux de Jody.

— Main droite sur la hanche. Donne-moi un espace négatif.

Cruz serra et desserra le poing. Il allait lui en donner, de l'espace négatif, peu importait de quoi il s'agissait.

— Passe les mains dans tes cheveux et enroule le bout d'une mèche, poursuivit le photographe. Parfait. Mais modifie ton expression. Je ne veux pas d'une fille qui va commettre un massacre à la hache. Donne-moi du sexe. De la faim. Du désir.

La mâchoire de Jody se contracta encore. Elle ressemblait plus à une reine de glace qu'à une chatte sexy, mais qui aurait pu lui en vouloir ?

— Allez, merde ! s'agaça Richard par-dessus l'épaule du photographe. Tu dois jouer le personnage, tu te souviens ?

Jody leva les yeux au ciel et Cruz se demanda de quel personnage il était censé s'agir. Celui d'une femme ravalant sa fierté pour travailler pour un connard de patron sexiste ?

— OK, recule un peu. Descends et marche dans l'eau jusqu'à hauteur des genoux.

Jody obéit. Pendant une seconde, Cruz crut qu'elle allait bondir et nager vers le large.

— Parfait. Maintenant, retourne-toi et marche vers moi.

Jody obtempéra tandis que le photographe reculait. George lui faisait de l'ombre en tenant un immense parapluie blanc qui avait quelque chose à voir avec la lumière.

— Viens. Je dois te sentir avancer sur cette plage, continua Guy. Il faut qu'on voie dans tes yeux à quel point tu en as envie.

Tout ce que Cruz décela dans les yeux de Jody, ce fut une résignation sinistre.

— Recommence. Et souviens-toi de l'histoire. Tu es une sirène, échouée sur la plage.

Cruz se couvrit le visage d'une main et secoua la tête. Il aurait été capable d'inventer une meilleure histoire.

— Balance encore tes hanches. Donne-moi de l'allure.

Cruz dissimula un sourire. De l'allure, ça, elle lui en donnait.

— Recule. Recommence. Mais mouillée, cette fois. J'ai besoin de vibrations de sirène, insista le photographe en faisant claquer son chewing-gum.

Jody plongea, gardant la tête en arrière lorsqu'elle se releva. L'eau salée ruissela sur son corps en mille petites rivières et cascades.

La bouche de Cruz s'entrouvrit et le temps ralentit avant de s'accélérer soudain. Le plongeon avait fait disparaître le peu qu'il y avait de mannequin en Jody et fait remonter sa vraie personnalité à la surface. Ses cheveux étaient légèrement décoiffés, son maquillage plus discret. Et bordel, elle était vraiment belle.

— Magnifique, ma chérie. Maintenant, marche vers moi.

Le photographe agita la main.

— Plus lentement cette fois. Rappelle-toi le scénario. Quelque chose t'a attirée ici, bien que tu ne saches pas trop quoi.

Cette partie-là n'était pas si farfelue, Cruz dut l'admettre. Les légendes des métamorphes étaient pleines d'histoires de héros ou d'héroïnes suivant leur instinct pour accomplir leur destin. Il y avait même des histoires de sirènes, bien que comme beaucoup d'espèces de métamorphes, elles se soient éteintes.

— Tu as fait le même rêve sans relâche, raconta Guy pendant que son appareil photo la mitraillait. Mais quand tu te réveilles, tu peux à peine te souvenir de ce que c'était. Seulement que ça a eu lieu sur cette plage.

Cruz grimaça. Il avait beaucoup de rêves récurrents et il se souvenait de chacun d'eux en détail. Des cauchemars sur sa famille et, plus récemment, des rêves sensuels qui les montraient, Jody et lui, enroulés l'un autour de l'autre dans son lit...

Et à côté de son lit...

Et dans les eaux peu profondes de son bassin creusé dans la roche...

Les yeux de Jody dérivèrent vers les siens et se réchauffèrent. Souhaitait-elle donc elle aussi une fin différente à leur rencontre au bord de sa piscine naturelle, ce premier matin à Koa Point ?

— C'est ce regard-là qu'on veut ! s'exclama Richard. Exactement. Tu piges, Guy ?

— Tu m'étonnes que je pige. Allez, encore une fois. Donnemoi de la sensualité, bébé. Du sexy.

Jody retourna dans l'eau, plongea, puis se retourna et rémonta la plage avec un peu plus d'insolence dans sa démarche.

Cruz resta parfaitement immobile. Maintenant, c'était lui qui avait chaud.

— Nous y voilà. Vas-y. Vas-y. Sois la sirène. Cherche ta destinée.

Les yeux de Jody se portèrent sur la plage alors que l'obturateur de l'appareil photo cliquetait frénétiquement.

Cruz l'observa. Les humains utilisaient le mot « destinée » avec beaucoup de légèreté. Savaient-ils seulement quel pouvoir il recelait ?

— OK, on recommence.

Jody répéta sa sortie de l'eau une dizaine de fois supplémentaire, de plus en plus sensuelle à chaque passage face à l'appareil. La raideur s'estompait de ses membres, son expression devenant peu à peu mélancolique, comme si elle adhérait vraiment à l'histoire. Cruz dut admettre qu'il se faisait aspirer, lui aussi. Entre la répétition et le côté psalmodique de la voix du photographe, la scène prit forme devant ses yeux... avec un ajout de son cru. Il était le gars par qui la sirène était attirée. Il était sa destinée.

— Encore une fois. Tu es la sirène et tu suis une force invisible qui t'a entraînée ici.

Jody déambula lentement sur la plage, avec des gouttelettes d'eau qui accentuaient ses courbes parfaites.

— Tu as faim. Montre-moi cette faim, bébé. Donne-moi du désir.

Elle hésita un instant. Ses yeux errèrent avec apathie sur la plage. Mais à l'instant où son regard se posa sur Cruz, la chaleur de son expression grimpa de cent degrés.

— C'est ça! Parfait, lança le photographe qui s'accroupit entre Jody et Cruz. Maintenant, tu sais ce qui t'a attirée ici.

Dans un mouvement infime, presque imperceptible, Jody se lécha les lèvres.

— Oui! Oui! C'est ça, s'exclama Guy. Ce besoin. Ce désir.

Ce désir était sur le point de rendre le pantalon treillis de Cruz beaucoup trop serré, mais il ne pouvait pas détacher les yeux d'elle. La poitrine de Jody se soulevait et s'abaissait à chaque respiration, ses mamelons pointant sous le tissu du bikini.

— Tu es sexy. Tu as faim..., continuait le photographe.

Cruz dévisagea Jody, gommant mentalement l'existence de tous ceux qui les entouraient. Il l'imaginait venant à lui tout aussi mouillée et affamée, mais chez lui, dans un endroit où ils auraient un peu d'intimité. Comme si elle était sortie directement des fantasmes silencieux qui avaient été les siens dans la piscine au milieu des rochers pour gagner son lit à lui.

Elle baissa très légèrement le menton, tirant un grognement chez son tigre intérieur, alors qu'une image se formait dans son esprit. Jody avait de l'assurance, mais elle saurait se montrer suffisamment soumise pour le laisser prendre les rênes. Il l'allongerait sur le matelas, lui coincerait les bras au-dessus de la tête et lui donnerait tout l'amour qu'une femme au sang chaud pouvait désirer.

Le photographe applaudit une fois et abaissa son appareil.

— Je ne pouvais pas demander une meilleure prise. Passons à la série suivante tant que cette lumière dure.

Jody sursauta comme une personne tirée d'un rêve, aussitôt imitée par Cruz. Il sentit des picotements dans l'air, sans pour autant être capable de déterminer si l'électricité provenait de la tempête imminente ou de la pure alchimie entre eux.

Jeanette tendit une bouteille d'eau à Jody, qui la vida d'un trait. Cruz se donna une petite secousse et se détourna pour scruter les collines environnantes. Il était censé protéger la vie de Jody, pas la convoiter. Et merde, elle était humaine ! Impossible qu'il puisse penser... rêver... désirer tous les fantasmes dans son esprit.

— OK, maintenant à genoux.

Le photographe claqua des doigts et Cruz se retourna. Jody le regardait lui, pas Guy. Lentement, elle s'agenouilla. Une rafale balaya la baie fermée, agitant ses cheveux.

La bouche de Cruz devint sèche. Doux Jésus, comment était-il censé regarder Jody et ne pas l'imaginer sienne ? Il leva les yeux, priant pour que la tempête qui se préparait le tire de sa détresse... de sa douce, douce détresse, avant qu'il ne soit trop tard.

Trop tard, gloussa une voix au fond de son esprit.

Chapitre 11

Le sable grattait les genoux de Jody et l'eau salée lui picotait la peau. La chaleur du soleil sur la plage lui brûlait les tibias, mais ce n'était rien comparé à celle qui balayait le reste de son corps. Elle déglutit une nouvelle fois, mais ni la sensation ni ses fantasmes déchaînés ne disparaissaient.

— Mets les mains sous tes seins et remonte-les un peu, ordonna le photographe.

N'importe quel autre jour, elle serait partie sur-le-champ. Ou bien elle aurait pris l'appareil photo des mains de Guy et l'aurait lancé sur Richard, qui la déshabillait de nouveau du regard. Rien ne méritait qu'on pose pour des photos comme celles-là. Mais avec Cruz qui la dévorait de ses yeux brillants, les lèvres légèrement gonflées, ses mains allèrent automatiquement se mettre en place.

Tiens, Cruz, s'imagina-t-elle avoir le culot de dire. *C'est pour toi. Est-ce que tu aimes ce que tu vois ?*

Une perle de sueur roula lentement sur la tempe de ce dernier et la commissure de ses lèvres tressaillit. Oui, il aimait ça, c'était un fait.

Évidemment, c'était fou de désirer un homme qui avait admis l'avoir eue dans sa ligne de tir à un moment donné. Mais tout ce qu'elle avait pu voir par elle-même, c'était son comportement férocement protecteur. Il l'avait protégée d'une balle et laissée se réfugier dans sa maison. Il avait prouvé une dizaine de fois qu'il n'était pas indifférent, en dépit de son caractère bourru et de son hostilité envers le monde. Il se souciait profondément d'elle. De Keiki. De ses amis.

Donc, oui. Elle s'autorisait à désirer un homme comme lui.

L'appareil photo mitraillait, mais elle l'entendait à peine. Le photographe murmurait ses instructions. Elle obéissait tandis que le reste de son cerveau lui présentait des tas de façons dont Cruz et elle pourraient assouvir le désir qui avait pris forme en elle au cours des derniers jours.

— Incline la tête, ordonna Guy.

Ses paupières s'abaissèrent alors qu'elle imaginait toucher... goûter... lécher Cruz.

— Repousse tes cheveux en arrière...

Elle visualisa ses mains faisant ce geste pour elle puis la maintenant en place tandis qu'il balançait le bassin.

— Repousse la bretelle gauche de ton bikini sur ton épaule...

Le tonnerre grondait sur les pentes supérieures des montagnes. Les dieux de la montagne étaient-ils en colère ou approuvaient-ils ?

Elle se figura Cruz faisant glisser la bretelle du bikini sur son bras, puis toucher sa peau nue... et elle s'arrêta juste avant de donner au photographe bien plus que ce qu'il avait demandé. Putain, qu'est-ce qui lui arrivait ?

Elle en tomba à la renverse. Oui, elle avait déjà fantasmé sur des hommes. Et oui, elle avait aussi cherché à les réaliser. Mais il ne s'agissait que de flirts amusants. Aucun ne lui avait jamais donné l'impression qu'elle allait mourir s'il ne la touchait pas. Aucun ne lui avait jamais fait oublier où elle se trouvait et ce qu'elle faisait à part l'aimer.

Aucun, à part Cruz. Il se tenait directement au-dessus de l'épaule du photographe, la regardant fixement, les poings serrés, le corps incliné pour dissimuler l'érection que son pantalon treillis masquait à peine.

Bordel, elle le voulait. Et il la voulait aussi.

Le tonnerre gronda, plus près cette fois. Un rugissement long et sourd, qui roula sur les pentes de Haleakala. Un avertissement suffisant pour qu'elle vérifie sa santé mentale. Cruz avait admis vouloir la tuer à un moment donné. Pourquoi devrait-elle lui faire confiance ?

La température se rafraîchit et sa peau se couvrit de chair de poule alors même que la chaleur se déchaînait dans son corps.

— Merde. On perd la lumière, marmonna Richard.

Jody jeta un coup d'œil à Cruz. Le ciel était peut-être de plus en plus sombre, mais ses yeux à lui lançaient des éclairs dans un mélange de promesses et de désir.

Guy agita la main.

— Encore quelques clichés, et c'est fini. Penche ta tête en arrière, chérie. Loin en arrière.

Jody se cambra et le photographe gloussa de plaisir.

— Parfait. Incline la tête de cette façon. George, donne-moi toute la lumière que tu peux. Putain, *Éléments* va adorer ces photos-là. Continue comme ça, chérie.

Des nuages d'un noir violacé tourbillonnaient au-dessus d'eux, chassant le bleu du ciel. D'une seconde à l'autre, ces nuages allaient exploser et la tremper jusqu'aux os. L'énergie crépitait et tourbillonnait autour d'elle comme une bête à l'affût. Cruz était exactement pareil : tendu et nerveux. Toujours sur le fil du rasoir.

— Maintenant, lève les yeux. Droit vers la caméra. Garde cette expression, lança le photographe.

Elle porta le regard au-delà de l'appareil photo vers Cruz et ses yeux charbonneux ; un nuage de tempête à lui tout seul concentrant toute son énergie sur elle.

Je te veux, chuchota-t-elle dans son esprit. *J'ai besoin de toi.*

Peu importait qu'il entende ces mots ou non. Il comprendrait très bien son langage corporel.

Le corps de Cruz se raidit.

Fais attention à ce que tu souhaites, lui lança l'éclair qui illuminait ses yeux.

Oh, elle y ferait très attention. Elle le regarderait enlever ses vêtements, suivis des siens, si seulement il lui en donnait l'opportunité.

— Merde. Il commence à pleuvoir, constata George.

— Je termine, s'entêta Guy qui mitraillait toujours.

Jody était étonnée que les gouttes qui frappaient sa peau nue ne grésillent pas avant de s'évaporer.

Je saurai vous gérer, monsieur, laissa-t-elle ses épaules répliquer à Cruz.

Il plissa les lèvres en une fine ligne. Sans doute souffrait-il d'un de ces complexes de chevalier noir qui l'amenait à croire qu'il avait vu et fait trop de choses horribles pour mériter une jeune fille comme elle.

Elle gloussa presque à voix haute. Elle faisait une sacrée demoiselle en détresse !

— Garde-moi cette allure de diablesse. Allez ! la supplia le photographe en se déplaçant pour la prendre sous un autre angle.

Elle l'ignora complètement et haussa un sourcil à l'attention Cruz. Elle, une diablesse ? Ha, ha.

Les narines de Cruz se dilatèrent. OK, donc finalement, peut-être que le truc de la diablesse avait fonctionné. Et merde, ça marchait aussi sur elle. Encore quelques minutes de ce traitement, et le regard de cet homme suffirait à la faire hurler de plaisir.

Mais elle voulait plus. Elle voulait la totale.

— Guy, murmura George alors que les gouttelettes se transformaient en pluie.

L'intéressé trottinait autour d'elle.

— Encore quelques photos avec la partie claire du ciel...

Le ciel était à peu près aussi clair que ses pensées, néanmoins Jody s'en fichait.

— Richard ? lança la coiffeuse. L'appel que tu attendais vient d'arriver. Je les ai en ligne.

Il s'empressa de la suivre. Eh bien, bon débarras.

— Tu peux t'étirer et écarter les bras ? demanda le photographe. Oui, comme ça. Exactement comme ça.

Jody rejeta la tête en arrière tandis que la pluie lui martelait la poitrine. Putain, ça faisait du bien. C'était purificateur, comme si les péchés qu'elle avait commis en ayant des pensées coquines lui étaient pardonnés. Comme si ce n'étaient pas tant des péchés que des désirs parfaitement naturels.

Un coup de tonnerre secoua le ciel et les gouttes s'intensifièrent jusqu'à devenir un déluge. Guy couvrit son appareil photo de sa chemise.

— OK, c'est la fin. Tous aux abris et fissa !

Le ciel explosa, déversant des trombes d'eau. Jody se retrouva à courir et à rire, ivre de joie. Toute cette puissance dans le ciel. Ce désir dans son corps.

Une main se referma autour de la sienne et, même si elle n'avait pas besoin de s'assurer que c'était bien lui, elle se tourna quand même vers Cruz. Il avait les cheveux emmêlés par la pluie, la chemise collée au torse et il la regardait comme... comme...

— Quoi ?! s'écria-t-elle par-dessus le tambour de la pluie.

Il ouvrit sa bouche puis la referma, et elle eut envie de lui arracher les mots. C'est alors qu'il fit quelque chose de totalement et absolument surprenant. Quelque chose de beaucoup, beaucoup mieux que de lui dire ce qu'il avait à l'esprit.

Il sourit.

Un grand sourire, aussi rayonnant que celui d'un enfant sur des montagnes russes, juste avant de vivre la plus folle aventure de sa vie. Un vrai sourire, venant du cœur. En d'autres termes, de son recoin le plus caché, le plus secret. Dommage qu'elle ne soit pas photographe, car elle aurait obtenu la photo du jour.

Mais merde. Elle pouvait faire mieux qu'une photo. Elle pouvait l'embrasser.

Ce dont elle ne se priva pas.

S'étant approchée, elle l'embrassa à pleine bouche pendant que le tonnerre grondait et que les vagues s'écrasaient sur la plage. Elle noua les bras sur ses épaules. Des visions d'elle enroulant les jambes autour de sa taille dansaient dans son esprit et elle dut redoubler d'efforts pour s'écarter et offrir à un Cruz stupéfié sa meilleure incarnation de la diablesse.

— Juste une seconde ! cria-t-elle, se précipitant dans la remorque pour récupérer ses affaires.

Elle faillit foncer dans Richard, une main levée pour lui faire signe de s'arrêter, l'autre tenant un téléphone contre son oreille.

— Grande nouvelle. On va avoir la pierre pour demain.

Sans lui accorder la moindre attention, elle rebroussa chemin, attrapa de nouveau la main de Cruz et courut. Dans sa hâte, elle pataugea dans la boue qui éclaboussa ses jambes nues, cependant jamais elle n'avait éprouvé autant de plaisir. Le chemin de terre menant à la plage ruisselait déjà de torrents bruns qui dévalaient la colline.

— Attends, Jody ! On va avoir le bijou, au bout du compte ! cria Richard depuis la porte de la caravane.

— Pas question ! lui lança-t-elle par-dessus son épaule. C'est fini pour moi !

En fait, ça ne faisait que commencer : elle allait exécuter une à une toutes les cochonneries qu'elle brûlait de partager avec Cruz. Mais en ce qui concernait le mannequinat, c'était terminé.

— On pourrait faire une séance bonus ! insista Richard. Je te paierai un supplément. Réfléchis-y...

Elle serra plus fort la main de Cruz et l'entraîna. Elle ne pouvait réfléchir pour l'heure qu'à une seule chose : se retrouver seule avec lui. Mais bon sang, comment allait-elle tenir jusqu'à ce qu'ils soient de retour dans sa cabane ? Même les cinq cents mètres à parcourir jusqu'à la Lamborghini lui paraissaient être une distance insurmontable.

— Tu vas me laisser conduire en paix cette fois ?! lui cria Cruz par-dessus le bruit de la pluie.

Jody éclata de rire. Elle allait le laisser faire beaucoup plus que cela.

Ils se séparèrent à la dernière seconde possible, chacun plongeant de son côté de la voiture pour échapper enfin à la pluie. Pendant un instant figé après avoir refermé les portières, aucun d'eux ne bougea ni ne parla. Mais à la seconde où leurs regards se croisèrent...

Jody se pencha, ou plus exactement, elle sauta presque par-dessus le levier de vitesse, et plaqua sa bouche sur celle de Cruz. Un battement de cœur plus tard, le reste de son corps la rattrapa et elle le chevaucha. La pluie qui martelait le toit ne parvenait pas tout à fait à couvrir ses gémissements avides ou les respirations lourdes de Cruz. Ses hanches ondulaient sur les siennes et elle geignit à haute voix.

Cruz avait un goût merveilleux. Une odeur merveilleuse. Son contact était agréable. Incroyablement agréable. Les mains qu'il posait sur ses hanches lui indiquèrent à quel point il la désirait. De même que la chaleur irradiant de son large torse, qui se soulevait sous sa poitrine. Sans parler de la poussée indubitable de son érection entre ses jambes.

Des rigoles d'eau de pluie dégoulinaient de son corps vers le sien et elle prit conscience du désordre qu'ils allaient causer dans la voiture. Interrompant leur baiser, elle tendit la main vers la serviette qu'elle avait emportée, une serviette à peine plus sèche que son corps après ce sprint sous la pluie. Mais Cruz grogna et la ramena contre lui, plaquant sa bouche sur la sienne.

Je te veux ici, lui indiquait ce geste. *J'ai besoin de toi ici.*

— La voiture…, murmura-t-elle entre deux baisers avides.

S'ils s'étaient trouvés dans la vieille Chevrolet de dix ans qu'elle conduisait chez elle, elle n'aurait pas hésité.

Cruz ne ralentit pas d'un poil. Sa langue caressait la sienne dans une danse audacieuse et possessive. Ses yeux étincelaient sous la pression d'un désir qu'il avait le plus grand mal à contrôler. Les vitres, qui se couvrirent de buée en l'espace d'une minute, les isolaient du monde.

— Putain, Cruz…

Elle voulait lui dire des tas de choses et n'avait aucun moyen de les formuler correctement. Son corps se débrouillait assez bien pour faire passer le message cela dit, vu la façon dont elle se frottait contre le sien, poitrine contre poitrine. Elle était une tempête à elle toute seule, un peu comme celle qui faisait rage dehors, libérant d'un seul coup toute l'énergie qu'elle avait refoulée.

Soudain, Cruz la repoussa pour la regarder. Juste la regarder.

Jody retint son souffle. Qu'allait-il faire ensuite ? La repousser ? Insister pour trouver un meilleur endroit ? Lui dire qu'il était revenu à la raison et avait changé d'avis ?

Ses yeux étincelèrent lorsqu'il glissa un doigt sous la bretelle de son bikini et la fit lentement descendre le long de son épaule.

Tu es à moi, semblaient proclamer ses yeux. *Tu es toute à moi.*

Oui, voulait-elle crier. *Oui, oui, oui.*

Le tissu humide du maillot s'accrochait obstinément à sa peau jusqu'à ce qu'il fasse glisser la bretelle sur son épaule et qu'elle roule finalement sur le côté. Et comme avant, il attendit : une brève hésitation semblable à la pause avant un coup de tonnerre. Une inspiration. À vos marques... prêt...

Elle avait les yeux verrouillés aux prunelles jaune-vert de Cruz. Et dans la seconde qui suivit, elle bascula la tête en arrière pour crier quand sa bouche se referma sur son mamelon.

— Oui..., gémit-elle.

Cet homme se déplaçait aussi vite qu'un chat et elle dansait sur place alors qu'il la consumait. Il aspira le téton dans sa bouche et le mordilla ; un mordillement dur et insistant qui lui fit voir des étoiles. Il referma l'une de ses grandes mains sur son autre sein, caressant sa chair consentante, tandis qu'il glissait la deuxième autour de ses hanches pour la presser contre son érection.

Elle gémissait de façon inintelligible, car il la tenait partout à la fois. Ou presque, vu que son corps réclamait un point de contact supplémentaire.

— Viens. J'ai besoin de t'avoir en moi.

Elle se tortillait sur son sexe, regrettant qu'il ne soit pas aussi peu vêtu qu'elle. Si seulement elle pouvait descendre sa braguette et laisser leurs corps se connecter.

— Bientôt, murmura-t-il d'une voix rauque et frémissante qui la fit frissonner jusqu'aux orteils.

Il revint alors à sa poitrine, qu'il caressa et massa de ses doigts et de sa langue.

C'était si bon. Et merde, ils allaient vite, comme un train fou lancé à pleine vitesse sur les rails. Un autre genre de vitesse que les tripotages amusants qu'elle aurait eus en gloussant avec ses autres amants. Là, ce n'était pas tant amusant qu'intense. Son cœur lui sortait presque de la poitrine tant il battait fort. Son corps fondait, ses terminaisons nerveuses lui envoyaient une dizaine de messages en même temps.

Plus. J'ai besoin de plus.

C'est bon. Tellement bon.

Juste là. Plus fort. Plus près...

Elle devrait vraiment réfléchir avant d'aller trop loin, mais elle n'en avait pas envie.

« Parfois, il vaut mieux ne pas réfléchir », lui avait dit son père lors des premières leçons de surf qu'il lui avait données, il y avait une éternité. « Contente-toi de faire. »

Elle étouffa un gloussement coquin. Elle était presque sûre que son père n'avait pas imaginé une activité de ce genre.

Cruz se déplaça vers son sein gauche, sans prendre la peine d'en écarter le morceau de tissu.

— Oh oui...

Plus il suçait et mordait, plus elle perdait le contrôle. Le frottement du bikini ne faisait qu'augmenter le plaisir, et elle bascula si loin en arrière que sa tête heurta le plafond.

— Mmh, murmura-t-il. Tu es salée.

— Le sel est compris dans le lot, réussit-elle à répliquer en se cambrant pour lui donner un meilleur accès.

— Je vais tester sans...

Il repoussa le bout de tissu. Ses lèvres se refermèrent sur le téton et pincèrent. Rudement, comme s'il avait passé autant de temps à entraîner cet ensemble de muscles que les autres. Il lâcha prise assez longtemps pour faire glisser le tissu d'avant en arrière sur sa chair sensible, ce qui la rendit folle.

— Et maintenant avec, chuchota-t-il d'une voix profonde et affamée en la recouvrant du bikini pour la goûter à nouveau.

Fermant les yeux, Jody palpita contre son corps. De sa main libre, Cruz la tirait et la relâchait dans un léger mouvement qui donnait le rythme à leur étreinte.

C'est moi qui commande ici, proclamait le mouvement. *Je contrôle ton plaisir.*

Jody gémit, cédant tout contrôle. Instinctivement, elle reconnaissait qu'avec Cruz, il n'y avait pas d'autre moyen. Il dégageait une telle autorité... ce n'était pas bien difficile.

— Qu'est-ce que tu préfères ? demanda-t-il dans un chuchotement rauque.

Son cerveau embrouillé tenta de donner un sens à cette question. Voulait-il savoir si elle préférait avec ou sans le bikini ?

Passant les mains sur son torse, elle s'empara de sa chemise, la faisant rouler vers le haut avant qu'il ne puisse protester.

— Sans. Définitivement sans.

Il sourit, d'un sourire franc et honnête, qui voulait dire : « Tu es drôle et j'adore ça », avant de lui venir en aide. Une sacrée bonne chose, parce que le tissu trempé était une vraie plaie à enlever, et la forme en « V » de son torse ne lui facilitait pas la tâche. Jody s'esclaffa quand elle arracha finalement la chemise et la jeta sur le côté.

— Tu es dans un sale état !

Il haussa un sourcil.

— Un sale état ?

— Oui. Tu es mouillé et poisseux.

Les yeux de Cruz étincelèrent d'un désir renouvelé.

— Mouillé et poisseux, c'est ça ?

— Tu as l'esprit mal tourné, le gronda-t-elle en se courbant pour abaisser ses seins au niveau de la bouche de Cruz.

— Bien sûr. C'est moi qui ai l'esprit mal tourné.

Il lui lécha le téton en faisant claquer sa langue comme un enfant avec une glace fondante.

La réponse intelligente qu'elle avait trouvée s'évapora à la seconde où il toucha sa poitrine. Elle allait exploser d'extase. Putain, la voiture allait être sens dessus dessous. Elle-même l'était et Cruz n'avait même pas encore...

Elle gémit lorsqu'il descendit sa main gauche vers son entrejambe. Dans un frisson, chaque muscle de son corps fondit, se crispa, et fondit encore une fois.

— Je pense que tu aimes mon esprit mal tourné, chuchota-t-elle.

— J'aime plus que ton esprit mal tourné.

La pluie battait sur le toit comme un ensemble de tambours polynésiens, la rendant folle de désir.

— C'est si bon...

Il suivit le contour de ses replis, puis passa une phalange sur son clitoris, ce qui lui arracha un cri.

— Oh oui...

Le bord de son string se déplaça avec la main de Cruz et elle eut mal dans tout le corps.

— S'il te plaît... j'en veux plus...

— Plus ici ? la taquina-t-il en tournant autour de son clitoris. Ou ici ?

Il s'insinua plus loin sur sa vulve.

— C'est une question piège ?

Il ricana et remua la main sous son corps, pour lui donner un peu des deux avant de glisser finalement un doigt en elle.

Jody laissa sa tête tomber en arrière. Putain, c'était bon. Si bon...

Cruz décrivit des cercles sur son clitoris puis glissa un deuxième doigt en elle, marmonnant comme pour lui-même :

— Tu es si belle. Si serrée...

Elle ne se sentait pas serrée. Elle se sentait absolument prête à recevoir l'érection monstrueuse poussant contre sa cuisse. Il pouvait faire jusqu'à deux fois cette taille considérable qu'elle aurait encore de la place. Elle déglutit alors, car quelque chose lui soufflait qu'en réalité, l'avoir en elle pourrait ne pas aller de soi, en effet. Le simple fait d'imaginer cette douce brûlure la fit gémir à voix haute.

— C'est bon ? chuchota-t-il.

— Vraiment bon.

— Je vais faire encore mieux.

— Je t'en prie, murmura-t-elle en se tortillant sur sa main.

Pour faire pénétrer les doigts de Cruz plus profondément. Plus profondément...

Il les replia en elle, ce qui la fit crier. Elle se pencha en avant et il referma la bouche sur la peau de son cou.

— Je vais te faire jouir comme une folle, murmura-t-il contre sa peau.

Elle voulait trouver une réplique spirituelle. Quelque chose comme : « Ma folie ne sera rien à côté de la tienne quand je vais te faire jouir » ou bien « Tu veux parier ? » Mais merde, il avait raison, et elle le savait. Et même si ses lèvres remuaient, les seuls sons qu'elle put produire furent des gémissements désespérés.

Le besoin douloureux était de plus en plus fort, l'entraînant dans une spirale ascendante. Tous les muscles de son corps se contractaient tandis qu'elle luttait pour se libérer. La pluie battante à l'extérieur rugissait dans ses oreilles. Les mouvements sûrs de Cruz la poussaient de plus en plus loin, par-delà ses limites, jusqu'à ce qu'elle crie une fois de plus.

— Comme ça. . ., chuchota-t-il la pénétrant profondément, et encore, alors qu'elle frissonnait et jouissait enfin.

L'extase la submergea comme une vague. Une de ces énormes vagues hivernales qui la faisaient tomber de sa planche de surf et lui riaient au visage. Comme la nature, histoire de lui rappeler qui était le patron. . . ou plutôt, Cruz, lui rappelant qu'il était un homme de parole.

« Je vais te faire jouir comme une folle. . . »

Il n'avait pas plaisanté. Elle était vraiment du mastic entre ses mains. Juste au moment où ses muscles se relâchaient lentement sous la vague de chaleur qui la faisait fondre de l'intérieur, une réplique la secoua. Elle se cabra en criant. Cruz effectua encore deux va-et-vient de ses doigts avant de la laisser revenir doucement vers la Terre.

Elle se laissa tomber sur son corps, haletant dans son cou.

— C'était bon ?

La question était montée comme un grondement du torse de Cruz, et l'onde sonore se répercuta dans le corps de Jody. Elle l'embrassa dans le cou.

— Plutôt.

— Plutôt ?

Elle éclata de rire.

— Tu tiens donc tellement à ce que je flatte ton ego ?

Le souffle de Cruz lui chatouilla l'oreille.

— Peut-être juste un peu.

Il avait répondu d'un ton léger, malgré tout ses bras se resserrèrent autour d'elle. Jody repensa à sa cabane, tapie au fond des bois. Les sombres regards de mise en garde qu'il lançait à quiconque osait s'approcher de son espace personnel. La façon dont il avait câliné Keiki.

Peut-être que son garde du corps avait passé un peu trop de temps seul. Peut-être qu'il avait vraiment besoin de quelques paroles de soutien. Ou même plus que des mots. Peut-être avait-il besoin d'amour.

Elle inclina la tête et le regarda droit dans les yeux. Ses cheveux étaient en pagaille, mais ils faisaient écran avec le monde extérieur, et c'était bien ainsi. Elle prit le visage de Cruz en coupe et effleura ses lèvres des siennes.

— C'était plus que bien. C'était génial.

Les yeux vert-jaune parurent étinceler et il resserra les mains autour de sa taille.

— Tellement bon que je pourrais bien ronronner, ajouta-t-elle.

Il sourit et colla l'oreille contre sa poitrine.

— Je n'entends rien.

Elle ricana parce qu'il devait entendre son cœur qui battait la chamade.

— OK, peut-être pas ronronner, *ronronner*, mais ronronner à l'intérieur. Comme un chat.

Il se rapprocha tant qu'elle ne pouvait plus voir son visage, puis murmura :

— Comme un tigre.

— Tu as dit que les tigres ne ronronnaient pas, s'esclaffa-t-elle.

Il la regarda de nouveau, très sérieux.

— Ils ronronnent intérieurement.

Elle hocha lentement la tête, essayant de trouver les mots pour lui expliquer à quel point elle se sentait bien grâce à lui. En sécurité. Comme si elle était chez elle.

Mais les mots n'étaient qu'un moyen de communiquer toutes les émotions qui s'accumulaient en elle, et pas toujours le meilleur. Elle déposa donc de minuscules baisers sur ses lèvres, son nez et la ligne ciselée de ses pommettes. Tous les endroits qui avaient été hors de sa portée jusqu'à présent.

Il la tint silencieusement, sérieusement, et ferma les yeux.

Elle se rapprocha et blottit son nez contre le sien, espérant que le geste ne lui paraîtrait pas trop intime. Un autre genre d'intimité que la main de Cruz sur sa peau ou sa bouche sur sa poitrine. Plus intime, d'une certaine façon. Ces contacts-là étaient charnels, un corps touchant un autre corps. Ce câlin-ci, en revanche, allait plus loin.

Elle déplaça lentement son nez, inclinant sa tête d'un côté puis de l'autre. Cruz l'imitait, poussant plus fort puis reculant avant de se blottir de nouveau contre elle, dans un tout nouvel angle. Elle ne put retenir un sourire de plus en plus large, si large qu'elle en eut mal aux joues. M. Regard Sombre ne voulait peut-être pas vivre replié sur lui-même et être coupé du monde, après tout. Peut-être avait-il simplement besoin de la femme appropriée pour déverrouiller et ouvrir la porte de sa cellule.

— Hé, chuchota-t-elle.

Ce n'était ni une question ni une exigence. Juste un substitut pour d'autres mots qu'elle tenterait d'employer un jour. Des mots comme « Je t'aime ». Combien de temps avait-il fallu à sa mère et à son père pour les prononcer ? Pas beaucoup, d'après ce qu'elle avait entendu dire, car le coup de foudre, ça existait vraiment.

Combien de temps faudrait-il avant qu'elle ose les dire à Cruz ?

— Hé, murmura-t-il en penchant sa tête contre la sienne.

Dehors, la pluie avait baissé d'intensité pour devenir un joyeux tapotement sur le toit de la voiture. Le plus gros de la tempête avait été balayé vers la mer.

Cruz et elle restèrent immobiles sans rien dire. C'était un point critique, comprit-elle. Un moment de transition vers ce qui adviendrait ensuite. Comme d'autres parties de jambes en l'air, avec un peu de chance.

— Oh, chuchota-t-il en remuant enfin.

Il fit sauter le bouton de la poche de son pantalon et en sortit les bracelets qu'elle lui avait confiés.

— C'est à toi.

Comme si son cœur n'était pas déjà sur le point d'éclater ! Troublée par son regard, elle ravala la boule qui lui obstruait la gorge.

— Merci, murmura-t-elle en les remettant en place, avant de prendre un ton plus léger. Je ne serai pas aussi gentille avec toi la prochaine fois !

— La prochaine fois ? répéta Cruz avec un sourire.

— Le plus tôt sera le mieux, admit-elle en lui passant la main sur le torse.

Il prenait soin d'elle depuis le début. Maintenant, il était temps qu'elle s'occupe de lui.

Mais Cruz referma ses doigts sur les siens, doucement, mais fermement, et secoua la tête.

— Pas ici. Pas avant que je te mette dans un lit.

Elle prit un air de chien battu.

— Ce sera bientôt ?

— Oh que oui, répondit-il en riant.

Il déposa un baiser sur ses phalanges.

Elle poussa un soupir théâtral et descendit lentement de ses genoux, en veillant bien à se cogner et se frotter contre lui encore plusieurs fois. Elle le quitta sur un long baiser mouillé.

— Tu me tortures, grogna-t-il.

— Tu ne dois pas perdre le trophée des yeux.

Elle tira sur son T-shirt retroussé et lui désigna la clé de contact.

— Et en vitesse, capitaine.

Cruz haussa un sourcil.

— En vitesse ?

Elle lui tapota sur la cuisse, appréciant la légèreté si rare de cet instant.

— Allez, voyons. *Vroum, vroum.*

Il fit rugir le moteur et dégagea un petit espace dans la buée qui couvrait le pare-brise. Il ricanait cependant, comme s'il ne s'était pas autant amusé depuis des années.

— *Vroum, vroum,* murmura-t-il en dissimulant un sourire.

Il démarra alors en trombe, dans un crissement de pneus.

Chapitre 12

Les loups hurlaient leurs émotions. Les dragons crachaient du feu. Les ours jubilaient.

Le tigre intérieur de Cruz rugit et se pavana de plaisir.

C'est déjà très bien, marmonna-t-il en serrant ses doigts autour du volant.

Il était assez difficile de garder la voiture sur la route avec la pluie, une érection furieuse et la douceur des mains de Jody jouant sur sa cuisse. Avec un tigre qui rugissait dans sa tête en même temps, il avait le plus grand mal à conserver une trajectoire rectiligne. Sa bête intérieure voulait annoncer sa joie à toutes les bêtes vivant à des centaines de kilomètres à la ronde et leur rappeler qui était le patron.

La pluie se transforma en une averse régulière et la portion de bleu dans le ciel se réduisit à une bande étroite à l'horizon, au-dessus de Lanai. Cette bande n'en avait plus pour longtemps cependant, avec la tempête qui chassait le soleil.

— Ça va durer un moment, murmura-t-il, inquiet qu'un silence gênant puisse s'installer entre eux.

Bien sûr, il était avec Jody et il n'y avait rien de gênant ou de silencieux chez elle.

— Ce qu'il y a de bien avec les voitures de sport ridiculement chères, lâcha-t-elle avec autant de désinvolture que si elle discutait de la météo, c'est qu'elles peuvent vous conduire d'un bout à l'autre d'une île tropicale paradisiaque... et vite.

— Toujours pas assez vite.

Jody acquiesça, tapotant du pied avec impatience. Elle glissa sa main sur la sienne qui tenait le levier de vitesse, et c'était agréable. Vraiment agréable.

— Pas trop froid ? demanda-t-il.

Ils avaient allumé la climatisation pour contrer la condensation sur le pare-brise, mais même assis là, torse nu, il était encore tout brûlant à l'intérieur.

Elle s'éventa de la main.

— Non, chaud. Beaucoup trop chaud.

Ce qui ne fit que faire grimper son chauffage central de quelques degrés supplémentaires.

Il serra sa main gauche autour du volant et ajusta subtilement son pantalon. Les véhicules sur la route circulaient désormais à la vitesse d'un escargot sous la pluie et il avait envie de tous les insulter. S'il ne rentrait pas bientôt chez lui, il finirait par s'arrêter dans un motel juste pour éviter de mourir de désir.

Mais il ne voulait pas d'un motel. Il ne voulait pas prendre Jody dans la voiture. Il voulait l'allonger sur son lit et lui faire lentement et tendrement l'amour. Ou peut-être leur étreinte serait-elle torride et brutale. Peu importait. Et quant au fait qu'elle soit humaine, il n'arrivait plus à s'en soucier. Elle était une exception, unique en son genre.

Elle était assise, les yeux fermés, avec un air malicieux suggérant qu'elle imaginait toutes les choses qu'il lui ferait, ou qu'elle lui ferait, à la seconde où ils rentreraient chez lui.

Chez nous, murmura son tigre. *Notre foyer, c'est là où elle se trouve.*

Oui, eh bien, le lit était à Koa Point. Il accéléra, dépassant une autre voiture, puis fut obligé de ralentir derrière un camion. Ce trajet allait le tuer.

Je me demande ce qu'elle pense, dit son tigre.

Lentement, timidement, il fit appel à son esprit. Les métamorphes étroitement liés pouvaient lire les pensées l'un de l'autre, de même que les compagnons prédestinés. Non pas que Cruz tienne à examiner cette possibilité de trop près, pas dans l'état où il se trouvait. Pourtant il mourait d'envie de savoir ce qu'elle pensait, même s'il ne s'agissait que d'un tout petit indice.

La main libre de Jody glissa sur sa jambe. Ses lèvres bougèrent. Et progressivement, une image se forma dans son esprit. Une sensation. La sensation qu'elle pourrait remonter les doigts sur sa cuisse, puis se faufiler dans l'entrejambe de son pantalon.

Il prit une profonde inspiration. Si elle faisait ça, il serait tenté de se déboutonner pour qu'elle puisse le toucher.

Il se concentra un peu plus fort et l'image devint plus claire. Elle glisserait une main dans son pantalon et saisirait son sexe. Le caresserait. Le titillerait. L'explorerait depuis sa base épaisse jusqu'à la fente à son extrémité. Ensuite, elle le caresserait juste assez fort pour...

— Arrête, grogna-t-il, autant pour lui-même que pour elle.

Elle rouvrit les yeux.

— Quoi ?

Il la regarda et vit ses yeux embrumés par le désir. Bon sang, elle avait vraiment eu ce genre de pensées.

— Arrête d'avoir ce genre de pensées.

Il se déplaça sur le siège avant que la pression dans son sexe ne le tue.

— Quel genre de pensées ? répliqua-t-elle d'une voix innocente, quand le regard qu'elle coula vers son entrejambe la trahit.

— Arrête de penser au sexe, ricana-t-il.

Comme si tu n'étais pas en train d'y penser ? lui fit remarquer son tigre.

Elle fronça les sourcils.

— Tu n'as pas aimé ce qu'on a fait ?

— Si, et tu le sais. Je suis impatient de... de...

Elle haleta alors qu'il cherchait ses mots.

— De quoi ? insista-t-elle.

Il regarda au-delà des essuie-glaces. Est-ce qu'elle préférait qu'il énonce les choses crûment ou devait-il jouer le gentleman et trouver un euphémisme poli pour « te baiser à mort » ?

Sois direct, lui conseilla son tigre. *Elle aime qu'on se montre direct.*

Alors, *boum,* sans délibérer une seconde de plus, il lâcha les mots :

— Je suis impatient de te baiser dans mon lit jusqu'à ce qu'on n'en puisse plus.

Elle ouvrit la bouche. Ses tétons se dressèrent sous le chemisier qui collait à sa poitrine. Elle avait les mains qui tremblaient sur ses genoux.

— Oh, marmonna-t-elle.

— Oh ?

Elle se tortilla sur son siège.

— S'il est possible d'avoir un orgasme provoqué par les mots, je crois que je viens d'en avoir un.

Un grondement grave et satisfait monta dans la poitrine de Cruz. C'était incroyable de voir comment elle parvenait à actionner chacun de ses leviers. Et ils étaient encore à des kilomètres de sa maison.

Elle ramena ses genoux contre sa poitrine et regarda la route tranquillement avant de murmurer :

— Répète ça.

Incapable d'étouffer un hoquet de surprise, il tira sur son pantalon.

— Tu vas vraiment me tuer, tu sais ?

— Juste une fois. Répète-le juste une fois, et je promets d'être une gentille fille.

— Tu es une diablesse et tu le sais.

Il ne put s'empêcher de sourire, cependant.

— Tu es une diablesse et j'ai hâte de te baiser dans mon lit jusqu'à ce qu'on n'en puisse plus.

Elle pinça les lèvres, sans trahir aucune émotion. Mais le parfum sucré du désir emplit si puissamment la voiture qu'il faillit faire une embardée.

Quelques minutes plus tard, elle était de nouveau à l'œuvre. À penser. Fantasmer. Remplir son esprit de toutes sortes de projets sensuels. Comme la façon dont il allait l'allonger sur son grand lit et la pénétrer d'un seul coup. Ou comment elle pourrait tomber à genoux et lui faire la fellation dont il avait rêvé. Ou alors...

Il grogna en la fusillant du regard.

— Diablesse. Diablesse, diablesse, diablesse.

— Tu lis dans mes pensées ou quoi ?

Un peu, voulut-il répondre.

— C'est assez évident, dit-il, espérant qu'elle n'insisterait pas.

De fait, elle s'en abstint. Une autre minute de silence passa et elle se mit à prendre des inspirations profondes. Très profondes, bruyantes et rauques.

— Qu'est-ce que tu fais maintenant ? demanda-t-il une fois qu'ils eurent franchi le carrefour de Ma'alaea.

— De la respiration Ujjayi.

— Ujja quoi ?

— Une technique de yoga. J'essaie de me centrer.

Il passa la vitesse supérieure alors que la circulation se fluidifiait de nouveau.

— De te centrer ?

— Tu sais, de transporter mon esprit sur un autre plan. Comme ces moines qui lévitent.

— Je ne connais pas grand-chose sur les moines.

— Je ne m'en serais jamais doutée ! s'esclaffa-t-elle.

Cruz sourit. Oui, il était impatient de parvenir chez lui, mais c'était assez amusant, aussi. Avec Jody, tout était amusant. Même être sur le point de mourir de désir.

— Est-ce que ça marche ? demanda-t-il, prenant les choses comme elles venaient pour une fois.

— Non. Tu as déjà essayé ?

— De léviter ? Non. Même si mes pieds ont dû quitter le sol une minute ou deux pendant que tu posais. Mais à quoi tu pensais ?

Elle but de l'eau à sa bouteille et la lui proposa avant de répondre avec désinvolture :

— Je pensais à te faire la pipe de ta vie.

Cruz s'étrangla avec l'eau qui n'avait pas encore eu le temps de descendre au fond de sa gorge. Il faillit la recracher sur le tableau de bord.

Jody leva les mains et sourit.

— Désolée. Je promets de me taire pour le reste du trajet.

— J'aimerais bien voir ça, ricana-t-il.

— Regarde.

Elle croisa les bras et mima une fermeture éclair sur sa bouche.

Il se demanda combien de temps elle allait tenir, et c'était plutôt amusant, ça aussi.

Elle ouvrit la bouche au moins trois fois de plus pendant l'interminable trajet, et la referma chaque fois. Il se penchait vers elle, dans l'attente de ses paroles, mais elle se contentait de croiser les bras et de détourner le regard.

— Tu sais que tu voudrais dire quelque chose, la taquina-t-il.

Elle se mordilla la lèvre d'une manière extrêmement sexy. Bien sûr, le moindre de ses mouvements lui faisait à présent penser au sexe, donc au fond, le coupable, c'était lui.

Il fonçait, se faufilant entre les voitures les plus lentes, autrement dit entre toutes les voitures sur la route. Après une éternité, il retira son pied de la pédale et laissa le bolide descendre en roue libre dans l'allée de Koa Point. Il attrapa sa chemise sans pour autant la renfiler. Jody, de son côté, lissait son chemisier et faisait un baluchon de ses autres affaires avant de sortir de la voiture. Ils claquèrent tous deux les portières et restèrent debout, à observer les environs, depuis la zone protégée par le toit du garage.

— Il va falloir courir, murmura-t-il en regardant la pluie battante.

— Je deviens bonne en sprint ! s'esclaffa-t-elle. Et toi aussi.

Il dut lutter pour cacher son sourire, néanmoins quand elle se planta à côté de lui et lui passa une main sur le torse, son humeur redevint sérieuse. Où tout cela menait-il ? Il était en train de tomber amoureux d'elle, à toute vitesse. D'enfreindre toutes les règles élémentaires que se devait de respecter un guerrier qui ne plaisantait pas, surtout avec son cœur.

Elle lui prit les deux mains, pour lui indiquer qu'elle ne plaisantait pas non plus, et murmura :

— Hé.

Il prit une profonde inspiration et posa son front contre le sien.

— Hé.

La poitrine de Jody se soulevait et s'abaissait au rythme de ses respirations, et le froid qui avait commencé à s'insinuer en lui dans la voiture climatisée recula devant sa chaleur à elle.

— J'ai le droit d'avoir des pensées mal tournées maintenant ? chuchota-t-elle.

Il hocha lentement la tête, ce qui les fit dodeliner tous les deux.

— Maintenant, oui. Mais pour commencer, tu es prête à courir ?

— Prête.

Il ne s'embarrassa pas de compte à rebours ni ne cria « Partez ! », pourtant Jody détala à travers la pelouse à la même seconde que lui. Elle sprinta en riant, comme si c'était la chose la plus amusante qu'elle ait faite de la semaine. Et c'était bel et bien amusant, il devait l'admettre. Cette construction de l'attente. Cette course débraillée dans des éclaboussures d'herbe et de boue. Ils dévalèrent le chemin sinueux et traversèrent la passerelle jusqu'à chez lui. La canopée de la forêt se refermait au-dessus d'eux sans bloquer la pluie : elle faisait juste rebondir l'averse sur les gigantesques feuilles, avant que les gouttes ne filent ensuite vers le sol. Ils se ruèrent dans l'abri du salon et restèrent là debout, haletants, à regarder la pluie.

— On y est presque, fit Cruz en désignant sa chambre.

Jody lui saisit la main et le regarda fixement.

— Tu ne plaisantais pas, hein ?

Il secoua la tête. Non, il n'avait pas plaisanté en affirmant la vouloir dans son lit. Et oui, il souhaitait la conduire par le pont de corde jusqu'à la plate-forme où se trouvait son grand lit solitaire. Sa chambre privée, bien que le terme « privée » soit relatif, puisqu'elle avait un toit, mais pas de murs, comme le séjour où Jody avait dormi ces dernières nuits.

— Tu es sûr ? chuchota-t-elle.

Tu vois ? ronronna son tigre à l'intérieur. *Elle pige. Elle nous comprend et sait combien cet endroit est important.*

Il regarda autour de lui.

— Eh bien, puisque cette pièce semble avoir été frappée par une tornade...

Elle lui donna une petite tape sur le bras.

— Elle n'est pas si en désordre que ça...

Si, mais il s'en fichait. De la serviette qu'elle avait laissée pendre sur la chaise, des vêtements de la veille, en tas sur le sol, et même du magazine retourné et à moitié enfoncé sous le canapé. Tout ce qui l'intéressait, c'était elle.

Elle se mordilla la lèvre, redevenant sérieuse. Avait-elle des doutes ou lui accordait-elle une dernière chance de faire machine arrière ?

— Alors, tu es prêt à faire passer un bon moment à une fille ?

Un instant plus tard, il l'entraînait, se précipitant sur la plate-forme de liaison pour atteindre l'abri de sa chambre au-dessus. Après quoi il ralentit, afin de lui donner la possibilité de tout découvrir.

— C'est incroyable, souffla-t-elle.

C'était incroyable, en effet. Le toit était d'un bon mètre plus large que le plancher de la plate-forme. Et avec l'eau qui ruisselait des quatre côtés jusqu'au sol bien loin en dessous, on avait l'impression d'être dehors, sous la pluie tropicale, tout en restant parfaitement au sec... si on ne comptait pas l'eau qui avait trempé leurs vêtements et qui à présent dégoulinait lentement le long de leurs corps, de la manière la plus sensuelle qui soit.

— Tu es incroyable, chuchota-t-il en laissant tomber sa chemise alors qu'il s'approchait d'elle.

Terminée, l'attente. Nous arrêtons de souhaiter, grogna son tigre.

Le parfum du désir s'intensifia tandis que Jody reculait avec son sourire de diablesse.

— Tu frissonnes, murmura-t-il.

— Pas à l'intérieur, en tout cas.

Elle recula d'un pas supplémentaire. Elle s'échappait moins qu'elle ne le taquinait, et il le savait. Jetant un coup d'œil derrière elle, elle s'arrêta près du bord de la plate-forme. Plus de place.

L'instant de vérité. Ils en avaient fini avec les jeux. C'était maintenant ou jamais, et il s'attendait presque à la voir prendre peur.

Mais Jody releva juste un peu le menton, pour lui montrer à lui, et peut-être à elle-même, qu'elle n'était pas prête à reculer maintenant.

— Cruz, chuchota-t-elle, tendant la main.

Il tendit la sienne lui aussi, mais ils étaient toujours à une cinquantaine de centimètres de distance.

— Sois sûre que c'est ce que tu veux, Jody. Assure-t'en.

Il avait besoin de l'entendre de sa bouche. Tout allait très vite et si coucher ensemble risquait de compliquer sa vie merveilleusement simple, c'était encore plus important pour elle. Il était un métamorphe. Un reclus qui vivait dans une cabane au milieu des arbres. Un homme avec beaucoup trop de squelettes dans son placard. Voulait-elle vraiment se frotter à un type comme lui ?

Ses doigts crispés frémirent légèrement.

— Je le veux, Cruz. Dieu, je le veux vraiment !

Comme pour entériner sa déclaration, elle arracha son chemisier et le laissa tomber au sol.

Il l'observa, explorant du regard chaque centimètre carré de sa peau. Ses yeux passèrent sur ses seins et son ventre avant de s'arrêter sur le string à peine visible qui était le seul vêtement qu'elle portait encore.

Le paradis, murmura son tigre. *Je suis au paradis.*

Jody fit glisser ses mains vers ses hanches jusqu'à trouver les lanières du string et attendit.

— Tu veux que je l'enlève ou tu préfères t'en charger ?

Cruz ne répondit rien, bondissant à la place. Vraiment. L'instant d'avant, il se tenait à une cinquantaine de centimètres, et à présent, il l'avait sur son lit. Il s'allongea sur elle, pour couvrir sa bouche de la sienne, revendiquant tout ce qu'il touchait.

Jody écarquillait les yeux de stupéfaction, mais de ravissement aussi.

— Je suis trempée, gémit-elle.

— J'aime que tu sois trempée, répliqua-t-il entre deux baisers.

Ces idiots d'*Éléments* avaient raison sur un point : Jody et l'eau se mariaient parfaitement. L'eau était devenue elle, en quelque sorte. Elle faisait ressortir sa brillance intérieure, son audace unique en son genre.

Ouvrant la bouche, elle l'accueillit, nouant les bras autour de lui en gémissant, ce qui le rendit fou.

Mienne. Elle est mienne. Ma compagne pour toujours, grogna son tigre.

Cruz ne s'était jamais senti aussi puissant ni aussi impuissant. Il envahit la bouche de Jody avec sa langue et en pilla les richesses comme... comme... eh bien, comme un pirate. Mais elle l'encourageait, lui assurant qu'elle voulait être pillée, du moins par ce corsaire. Elle avait déjà les jambes enroulées autour de lui, les épaules rejetées en arrière, les mains plongées dans ses cheveux.

Quand il l'avait touchée dans sa voiture, il avait réussi à garder son sang-froid... la plupart du temps. Mais maintenant, il était un adolescent malhabile, incapable de décider par où commencer. Il essaya donc de la toucher partout, ce qui ne fonctionna pas vraiment. Il n'arrivait même pas à enlever son pantalon. Et c'était peut-être une bonne chose, car il n'était pas aussi brutal que ça. Il lui avait dit qu'il la baiserait jusqu'à ce qu'ils n'en puissent plus, et cela signifiait qu'il fallait d'abord lui donner du plaisir.

Elle veut être prise. Elle veut être à nous, glapit son tigre.

L'image irrésistible de ses dents qui s'enfonçaient dans le cou de Jody pour la morsure d'union lui traversa l'esprit.

Il secoua résolument la tête. Les humains ne savaient rien des compagnons prédestinés.

Nous n'irons pas aussi loin. C'est juste notre première fois. Alors, ne gâche pas tout en essayant. Compris ?

Pigé, pigé, souffla la bête.

Cela lui donnait juste assez de présence d'esprit pour se ressaisir et aimer Jody comme elle le méritait. Comme lui et lui seul pouvait le faire, à la différence de tout autre homme, quels que soient l'heure et le lieu.

Hé ! Pourquoi as-tu arrêté de l'embrasser ? se plaignit son tigre.

La poigne serrée de Jody sur ses cheveux posait la même question.

Je n'arrête pas. Je change juste de direction, assura-t-il à son tigre.

Ah, soupira sa bête lorsque Cruz commença à descendre le long du corps de Jody. *Maintenant, je saisis ton projet.*

Jody gémit, se déplaçant quand il atteignit sa clavicule. Elle remua les mains dans ses cheveux, lui accordant un contrôle total.

Il déposa une ligne de baisers sur sa poitrine, se délectant de son doux parfum de rose sauvage. Il aima la façon dont son corps se souleva sous le sien, pour le mener à ses seins. Sur une inspiration brusque, elle approcha son téton de sa bouche, sans dissimuler son invitation. Il le prit aussi délicatement que possible puis le manipula plus fort, le pinçant et le suçant jusqu'à ce que les gémissements de Jody couvrent le bruit de la pluie.

Juste pour toi, mon pote, dit-il à son tigre en passant la langue sur le renflement de son aréole.

Juste pour toi, mon cul, rétorqua la bête en gloussant.

Il ricana lui aussi, et Jody lâcha un :

— Qu'est-ce qu'il y a de si drôle, monsieur ?

Fidèle à elle-même, toujours taquine, même quand elle était à sa merci. Rien n'intimidait donc cette femme ?

— Ce qui est drôle, c'est que j'arrive à peine à garder les idées claires.

Elle avait apprécié la boutade, s'il se fiait au rire qui montait de sa poitrine. Un rire qui lui fit frétiller les seins, l'incitant à y reporter une fois de plus son attention. Se saisissant du renflement de chair, il passa la langue, encore et encore, sur son mamelon. Soudain, il s'attaqua à l'autre côté, traçant des cercles et pinçant ses tétons jusqu'à ce qu'ils se dressent tant qu'ils vinrent d'eux-mêmes dans sa bouche.

— Oh..., haleta-t-elle, le corps arqué. Cruz...

Cela faisait longtemps qu'il n'avait pas entendu quelqu'un prononcer son nom de cette façon. Pas comme un ordre aboyé ou un soupir frustré. Pas comme un rejet froid ou un chuchotement intimidé. Juste l'expression d'un besoin. D'une joie. D'une impatience.

Un frisson de peur le traversa, mais il le repoussa. S'il pouvait blesser cette femme, elle était en mesure de lui rendre la pareille. Le cœur, pas le corps.

Nous pouvons lui faire confiance. Nous devons lui faire confiance, intervint son tigre.

Il déplaça son poids et glissa plus bas, suivant sa ligne médiane. Il fut tenté de s'attarder sur son nombril, cependant l'odeur de son intimité était si alléchante qu'il descendit encore.

— Oui..., gémit-elle en écartant les jambes.

Jody. Il voulait chanter son nom comme elle chantait le sien.

Jody, Jody, Jody.

Passant la main le long de ses plis, il inspira profondément et se délecta de son parfum.

— Encore ! cria-t-elle en se tortillant sous son corps.

Il plaqua une main sur son ventre pour la calmer, se laissant aller à savourer le moment.

— J'ai rêvé de ça toutes les nuits.

— Moi aussi. Crois-moi, moi aussi.

Un autre moment à conserver dans son album mental, mais Cruz se dit qu'il ne devrait pas tirer sur la corde. Pas avec cette femme qui s'offrait à lui de cette façon. Et puisqu'elle était...

Il se retira, souleva ses hanches du matelas et plaça ses jambes sur ses épaules.

Mets le paquet ou rentre chez toi.

À la seconde où sa langue toucha sa chair la plus douce et la plus cachée, Jody émit un son étranglé et rua des hanches vers lui. Il la lécha plus hardiment, la laissant s'habituer à la sensation de sa bouche sur elle. Et à en juger par les sons qu'elle poussait et la crispation de ses cuisses, elle appréciait pleinement.

— Oh... Oui... Oh...

Il donna un long coup de langue en fermant les yeux. De haut en bas, sur toute la longueur de sa vulve, en un long et délicieux mouvement. Ensuite il s'arrêta sur son clitoris pour contourner le renflement compact.

Elle ruait contre lui dans un rythme sans équivoque, l'incitant à lécher plus bas. Plus profondément. À la goûter jusqu'à ce qu'elle soit folle de plaisir et qu'il le soit, lui aussi. Lorsque ses muscles s'enroulèrent autour de lui, il appuya un pouce sur son clitoris, tournant autour pendant que ses doigts s'enfonçaient profondément en elle.

— Oui... Je suis tout près...

Il était tout près d'exploser lui aussi, et son sexe n'était même pas encore entré en action.

Il fit aller et venir ses doigts, tout en suçant en même temps, pour la faire voler en éclats de plaisir.

— Ne t'arrête pas...

Jamais il n'aurait imaginé arrêter. Pas avant d'avoir lapé jusqu'à la dernière goutte de son orgasme. Et quand il aurait fini...

Il sourit. Quand il aurait fini, il l'amènerait à son prochain orgasme. Et au suivant et à celui d'après, jusqu'à ce qu'elle n'ait plus que lui à l'esprit.

Jody rua encore, convulsa, puis revint lentement sur le matelas. Il reposa la tête sur son ventre soulevé de respirations sauvages et haletantes.

— Bon Dieu, Cruz...

Elle lui caressa le dos.

Il sourit, s'imprégnant de tout. De la chaleur de son corps. De la satisfaction qui transparaissait dans sa voix médusée. Du parfum de son propre désir entrelacé au sien. De la paix qui avait envahi son âme. Humaine ou non, cela n'avait plus d'importance. Jody était Jody, et elle était à lui.

Ma compagne prédestinée, gronda son tigre.

Lentement, il lui embrassa le corps jusqu'à atteindre sa bouche. Une seconde plus tard, elle avait pris son visage entre ses mains et elle l'embrassait profondément, ses yeux grands ouverts. Il inclina la tête alors qu'elle donnait un coup de langue hésitant.

Putain de merde, disait son expression.

— C'est... C'est moi ?

Il lui renvoya un énorme sourire. Il adorait la façon dont elle montrait ses sensations comme autant de drapeaux de signalisation. Il l'attira dans un autre baiser, puis la relâcha avec un petit bruit de ventouse.

— Oui, c'est toi que tu sens sur ma langue.

Son tigre se pavanait et faisait des cabrioles de plaisir, sachant qu'il possédait même cette minuscule et fugace partie d'elle. Son goût. Son goût paradisiaque.

— Tu as l'air bien fier de toi, gros nigaud. Attends que je te rende la pareille.

Elle se lécha les babines et le sexe de Cruz durcit dans son pantalon.

— D'ailleurs..., ajouta-t-elle dans un murmure en attrapant sa fermeture éclair.

Il se laissa tomber sur elle et cala sa tête entre ses seins.

— Tu es incroyable, tu sais ça ?

— Non, je n'ai rien d'incroyable ! s'esclaffa-t-elle. C'est juste que mon cerveau a cessé de fonctionner. Ton truc de me baiser à m'en faire perdre la raison marche, au cas où tu n'aurais pas remarqué. Mais il y a encore une chose...

Elle faufila la main dans son pantalon trempé par la pluie qu'il voulut enlever illico, et empoigna de son érection.

— Oui, murmura-t-elle, se déplaçant pour avoir une meilleure prise. Il y a encore une chose...

Chapitre 13

Jody retint son souffle et plongea plus en avant la main, déterminée à ne pas perdre son élan. C'était vrai qu'elle avait perdu la raison, parce qu'une partie de son cerveau s'était vraiment déconnectée. Ses filtres avaient rendu les armes depuis un moment et, tout ce qu'elle ressentait, elle le disait.

Comme : « Je pensais à te faire la pipe de ta vie. » Ou : « Attends que je te rende la pareille » tout en se passant la langue sur les lèvres.

Mais merde ! Elle n'exagérait pas. Elle se sentait juste un peu, euh... audacieuse. Son audace ne consistait pas seulement dans son affirmation face à un mec, parce que ça ne lui avait jamais posé de problème. Il s'agissait plutôt d'une audace pour s'affirmer face à ce type, précisément, qui pourrait probablement tuer un tigre à mains nues.

La pluie battante avait peut-être contribué à son humeur, car voir, entendre et sentir une tempête tropicale avait un certain effet sur une fille. Ça, et le fait qu'elle ait déjà joui deux fois ; une autre excuse qui expliquait pourquoi sa langue s'était autant déliée. Mais à la seconde où elle referma la main autour du sexe de Cruz, elle resta muette pendant quelques secondes parce que... *waouh*. Peut-être qu'il ne rentrerait pas en elle. Mais ce n'était pas pour autant qu'elle n'allait pas se donner à fond pour lui.

Les paupières de Cruz se fermèrent alors qu'elle faisait glisser son poing de haut en bas. Le souffle court, il bougea les hanches pour être plus près d'elle.

— Tu peux m'aider ? murmura-t-elle, bataillant pour enlever son pantalon trempé par la pluie.

153

Ses yeux s'ouvrirent brusquement, comme s'il sortait d'un rêve.

— J'étais en train de penser que tu pouvais faire n'importe quoi.

— Presque tout. Mais ce pantalon...

À deux, ils y parvinrent enfin et Cruz le jeta par terre.

— Maintenant, c'est toi qui es débraillé, lui fit-elle remarquer.

— Je m'en fiche.

Il vint se placer au-dessus d'elle d'une manière qui ne laissait plus planer aucun doute. Son visage était un masque de sérieux, comme si faire l'amour avec elle était quelque chose qu'il devait réussir avec exactitude et précision.

Lentement, elle fit descendre sa main le long de son sexe, une longue caresse qui lui mit l'eau à la bouche. Quand elle remonta, elle eut l'impression de prendre deux fois plus de temps, sur une érection deux fois plus dure. Elle fit pivoter ses doigts vers le bas, pour un peu de variété, et tira sur le prépuce juste assez pour faire gémir Cruz.

— Diablesse.

— Vous adorez ça, monsieur. Alors maintenant, chut.

Il glissa sa main entre leurs corps pour couvrir la sienne, l'aidant à adopter le rythme parfait. Lent sur la montée, plus rapide sur la descente. Leurs regards se croisèrent pendant que leurs mains bougeaient et elle se sentit attirée. Connectée. Devenir presque une partie de lui.

Elle vit Cruz déglutir. Ressentait-il la même chose ? Avec tout ce qu'ils avaient déjà partagé, c'était le moment le plus béatement érotique de sa vie.

Note à moi-même, songea-t-elle. *Garder les yeux ouverts pendant le sexe.*

Dès qu'elle se fut calée sur le rythme parfait, Cruz tendit le bras plus bas, lui arrachant un gémissement.

— Chuuut, murmura-t-il. Bientôt.

C'était fou de voir à quel point son corps à elle avait besoin du sien. Il la toucha, effleurant une ligne le long de ses plis en suivant le rythme auquel elle bougeait sur lui. Et merde, c'était encore mieux. Lent dans un sens, un peu plus rapide dans l'autre, avec un petit mouvement circulaire qu'elle imita au bout de son érection. Elle inclina la tête et regarda pendant quelques secondes, se léchant inconsciemment les lèvres.

Ce qui pourrait avoir été le catalyseur poussant Cruz à tendre soudain la main vers le tiroir de la commode et à prendre un préservatif. Il l'enfila en un éclair puis, d'un petit coup de genou, il lui fit écarter les jambes. D'une main, il lui ramena les bras au-dessus de la tête, pour les plaquer fermement contre le matelas.

Elle prit une inspiration rauque. Ça allait être tellement bon.

Je te jure que ça le sera, promettaient ses yeux. Des yeux étincelants, ce qui ne faisait que montrer à quel point elle était hors d'elle.

Lorsqu'il lui passa son sexe sur le corps en longues caresses mûrement réfléchies, elle haleta. Et quand il s'arrêta à l'entrée de son intimité, elle retint son souffle.

— Tu es partante, n'est-ce pas ?

Il inclina sa tête, lui accordant une dernière échappatoire.

Elle hocha sèchement la tête, au lieu de se ridiculiser en suppliant : « S'il te plaît, oui, s'il te plaît », et enroula les jambes autour de la taille.

Elle geignit soudain quand il la pénétra d'un seul coup.

— Oui ! s'écria-t-elle, oscillant sur le fil du rasoir entre plaisir et douleur.

Il respirait si profondément qu'elle entendait son souffle par-dessus le bruit de la pluie battante. Il se retira lentement, puis la pénétra à nouveau. Elle laissa sa tête retomber en arrière, tant pis pour le contact visuel. La brûlure était cependant écrasante et elle allait perdre le peu de sang-froid qu'il lui restait si elle ne bloquait pas certaines entrées sensorielles, comme l'odeur boisée du toit de chaume au-dessus, les éclaboussures de la pluie sur les feuilles à l'extérieur ou l'air de concentration totale sur le visage de Cruz.

Elle laissa alors sa tête basculer en arrière et haleta à chaque nouvelle poussée. Et quand Cruz descendit plus bas pour embrasser et mordiller son cou, elle acquiesça, le suppliant silencieusement de lui en donner davantage.

— Si parfaite. Si belle, murmura-t-il.

Moins pour elle que pour lui-même, ou peut-être pour cet alter ego avec lequel il semblait avoir des conversations muettes de temps en temps. Il trouva l'endroit parfait à la courbe de son cou et lui suça la peau pendant qu'il la pilonnait sur le même rythme implacable.

Jody remonta encore les jambes autour de sa taille et serra fort, ce qui le fit gémir. Une goutte de pluie, ou de sueur, lui atterrit sur la poitrine.

— C'est si bon...

Elle se cambra et rua contre lui, faisant monter sa tension intérieure.

Les dents de Cruz apparurent, ses sourcils se froncèrent.

— Plus fort...

Elle se cambra, répondant à chaque assaut, s'efforçant d'en avoir plus.

Il lui prit les deux mains dans l'une des siennes et lui posa l'autre sur les seins. De petits points noirs se mirent à danser devant ses yeux. Deux rudes caresses plus tard, il laissa tomber sa main sur son clitoris, ce qui la fit crier.

— Oui... Oui...

Elle contracta ses muscles internes et plaqua le corps de Cruz contre le sien avec ses jambes. Elle ne respirait plus qu'en de brèves bouffées rauques, en cadence avec le va-et-vient de Cruz dont le souffle était chaud et lourd à son oreille. Il fléchit chaque muscle de son corps pour se cabrer davantage, l'emprisonnant de son regard.

Regarde-moi, ordonnait son expression. *Regarde-moi te conduire au-delà de la limite. Comme je te l'ai promis. Je vais te baiser jusqu'à ce qu'on n'en puisse plus.*

Plus elle fixait ces yeux dorés, plus leur message devenait clair pour elle. Cruz voulait qu'elle le regarde, lui, perdre les pédales. Il voulait partager cela avec elle, pour lui ouvrir un peu plus son âme.

— Oui, chuchota-t-elle, l'incitant à y aller carrément.

Il resserra ses mains autour des siennes et accéléra ses va-et-vient. Plus fort. Plus vite. Marmonnant dans son souffle alors que ses oscillations régulières devenaient un sprint. Sa mâchoire se contracta et ses yeux flamboyèrent.

— Oh... Oui ! cria Jody, gardant les yeux ouverts et ses jambes serrées autour de lui.

Son sexe épais l'étirait, alors qu'il s'enfonçait en elle, encore et encore. Basculant les hanches, il trouva un tout nouvel endroit contre lequel pousser, puis se projeta plus fort en avant, la pénétrant selon un angle qui garantissait de la faire chavirer par-dessus bord.

— Oui...

Son « oui » lui resta coincé dans la gorge lorsque Cruz s'enfouit profondément en elle et jouit dans un gémissement. Frappée par l'orgasme une demi-seconde plus tard, elle se débattit de façon désordonnée. Tout se brouilla et explosa dans son esprit. C'était comme voler sur la crête de la vague la plus grande et la plus folle qu'elle ait jamais chevauchée, et se retrouver prise dans le tourbillon de son sillage écumeux. Comme si elle s'y cramponnait avec l'énergie du désespoir, refusant de manquer une seconde de plaisir sauvage avant de se soumettre à l'accalmie qui survenait après la vague.

Rapidement, elle se retrouva aussi amorphe qu'une touffe d'algues rejetée sur la plage. Cruz s'abaissa sur son corps, veillant à bien répartir son poids afin de ne pas l'écraser. Elle noua les bras autour de ses épaules et l'étreignit. Ses jambes s'enroulèrent aussi autour de lui qui l'enlaçait en retour. Laissant ses mains dériver sur ses cheveux et sa peau, il lui murmura des mots qu'elle pouvait à peine entendre. Bas et confus, mais heureux. Indéniablement heureux.

Elle sourit. Cruz Khala, un gros dur extraordinaire, avait beaucoup plus de cœur qu'il ne le laissait paraître. Peut-être même une âme sensible.

Elle gloussa et lâcha doucement :

— Alors comme ça, les tigres ne ronronnent pas ?

Il se raidit un peu, comme s'il se méfiait de ce qu'elle pourrait dire ensuite.

— Et les gros durs gardes du corps ? poursuivit-elle. Ils ont le droit de ronronner ? Parce que je suis presque sûre que c'est ce que j'entends.

Il relâcha son souffle et laissa ses muscles se détendre à nouveau.

— Je pense qu'il s'agit de Keiki.

Elle éclata d'un rire où il la rejoignit.

— Ben voyons. C'est Keiki. Bien sûr.

La chatte calico n'était nulle part en vue, mais elle ne reviendrait pas sur son excuse.

Elle était en pagaille, tout comme le lit, et elle redoutait que Cruz s'éloigne d'elle et mette fin à cette félicité tranquille. Mais au lieu de s'écarter, il glissa juste sur le côté, laissa tomber le préservatif à côté du lit et revint lui faire face. Il cilla une fois, deux fois, puis commença à la câliner, frottant ses joues et son menton contre elle. Les caresses les plus minutieuses du monde qui lui imprégnèrent la peau de son parfum.

Jody se frotta en retour, comme un oiseau dans un rituel d'accouplement intemporel. Ou peut-être même comme deux félins puissants qui se câlinaient et grognaient leur dévotion l'un envers l'autre avant de s'installer et de régner sur leur domaine commun.

Elle était collante. Mouillée. Ses cheveux n'étaient plus qu'un fouillis. Mais elle ne s'était jamais sentie aussi bien.

Cruz s'écarta lentement et la tint serrée contre son torse.

— Hé, chuchota-t-elle en embrassant sa peau.

— Hé, répondit-il doucement.

Fermant les yeux, elle imagina se réveiller de cette façon tous les matins.

Il resserra son étreinte. Visualisait-il la même chose ?

Elle soupira et se rapprocha, déterminée à profiter du présent. Le jeu délicat de ses mains sur ses épaules, le souffle de sa respiration sur ses cheveux. La musique de fond d'une île balayée par une pluie purificatrice.

Les minutes passèrent. Elle aurait pu demeurer ainsi une heure entière. Des jours, même.

— J'adore cet endroit, roucoula-t-elle. C'est si paisible.

— Ça l'était jusqu'à ce que tu arrives, plaisanta-t-il.

Elle se souleva pour le regarder.

— Jusqu'à ce que tu m'amènes ici, tu veux dire. Je pense que cela faisait partie de ton plan.

Il éclata carrément de rire.

— J'aimerais être assez intelligent pour mettre au point un plan pareil. J'improvise, chérie.

Elle l'embrassa et la remarque hargneuse qu'elle avait sur le bout de la langue disparut de son esprit.

— Waouh, murmura-t-elle quelques minutes plus tard. Tu es vraiment en train de ronronner.

— C'est Keiki, s'esclaffa Cruz. Vraiment. Regarde.

Un petit bruit sourd retentit : la chatte venait d'entrer d'un bond dans son champ de vision avant de trottiner jusqu'à Cruz, qui la gratouilla sous le menton. Keiki s'acharna sur les draps avec ses petites griffes et ronronna plus fort.

— Oh, mais que tu es chou ! chantonna Jody en se hissant sur un coude.

Elle attendit une seconde puis asséna sa réplique mortelle :

— Et cette petite chatte n'est pas mal non plus.

Il lui lança un oreiller, puis la poursuivit à travers le matelas pour la coincer à nouveau sous son corps.

— Qui avez-vous traité de chou, madame ?

Il tentait d'avoir l'air menaçant, mais sans succès. Surtout pas quand Keiki lui sauta sur l'épaule et baissa, elle aussi, les yeux sur elle.

— Toi, gloussa-t-elle en se trémoussant pour tenter de se libérer, même si elle n'en avait aucune envie. Mais tu es mignonne, toi aussi, assura-t-elle à Keiki.

La chatte ronronna, malaxant l'épaule musclée de Cruz comme s'il s'agissait d'un tapis.

Cruz écarta Keiki et s'effondra à côté de Jody, la plaquant contre son torse, à croire qu'il n'avait vraiment aucune intention de la lâcher. Pendant ce temps, Keiki se pavanait et les scrutait l'un et l'autre du regard.

— Tu es la reine de cet endroit, n'est-ce pas ?

Jody gloussa en gratouillant la bestiole sous le menton.

— On aurait bien du mal à prétendre le contraire, fit Cruz.

Jody éclata de rire.

— Je crois que je vous ai démasqués, Silas et toi. Surtout toi et ton faible pour les chats.

Cruz resta immobile. Très calme.

— Oui, continua-t-elle. Une vieille veuve complètement cinglée est morte en laissant ce domaine à ses chats. Et Silas et toi, vous en êtes les gardiens. Donc, en fait, les propriétaires d'ici, ce sont les chats.

Elle rigola.

— Qu'est-ce que tu penses de ma théorie ?

Cruz laissa échapper un long souffle et l'embrassa sur le sommet du crâne.

— Je pense que ta théorie est aussi folle que toi. Maintenant, tais-toi et écoute.

Il désigna la pluie battante à l'extérieur.

Elle ferma les yeux et tendit l'oreille, pour entendre moins le martèlement incessant de la pluie que les battements du cœur de Cruz. Keiki se blottit dans l'espace près de son ventre, ronronnant et plantant ses griffes dans les draps tandis que Jody lui caressait la tête.

— On n'est pas loin de la perfection, soupira-t-elle.

Cruz fit courir ses doigts le long de son bras, ce qui ralluma aussitôt le désir en elle. On touchait vraiment à la perfection, surtout maintenant qu'elle était à nouveau une femme libre. Elle avait le reste de l'après-midi et toute la nuit devant elle pour faire ce qu'elle voulait. Plus exactement, ce que Cruz et elle voulaient.

— On n'est pas loin de la perfection, convint-il en lui titillant un sein.

Chapitre 14

Cruz se réveilla lentement, à contrecœur, chassant une mouche qui lui chatouillait la tempe. Ses yeux s'ouvrirent un peu puis se refermèrent. Jody et lui avaient fait l'amour pendant la majeure partie de la nuit, et maintenant, le monde était en paix. Son monde à lui était en paix, en tout cas. La pluie avait cessé et le seul bruit dans la forêt était celui des gouttes qui tombaient des feuilles. Dans une heure ou deux, les rayons du soleil du matin perceraient le ciel, mais il avait encore tout le temps de somnoler.

La poitrine de Jody se soulevait et s'abaissait dans le creux douillet de ses bras, lui chantant une berceuse qui le rendormait. Elle ne portait que ses bracelets, et merde, sa peau était si douce. Il repoussa une mèche de sa joue et renifla. La forêt était riche de cette odeur spéciale que faisait naître la pluie. L'odeur de quelque chose de vieux et de pourri qui disparaissait et de quelque chose de nouveau qui prospérait à sa place. Mais juste sous son nez se trouvait le meilleur parfum qui soit, celui de Jody mêlé à un peu du sien. Une odeur de sexe récent et le profond sentiment de contentement qui s'en était suivi.

C'était parfait. Même son tigre intérieur était calme, la queue paresseusement enroulée.

Oui, tout était parfait, sauf cette satanée mouche qui le harcelait. Il se gratta la tête et plissa les yeux, pourtant le chatouillement persista.

Cruz. Une voix faible retentit dans son esprit. *Cruz...*

Il gémit doucement. Ce n'était pas une mouche. C'était Silas, l'appelant dans sa tête. Merde. Ne pouvait-il pas faire la grasse matinée pour la première fois depuis des années ? C'était ce que faisaient les civils, non ?

Il se ressaisit à cette pensée. Ce devait être la première fois qu'il se sentait comme un civil depuis... eh bien, depuis toujours. La première fois qu'il avait envie de baisser sa garde et de se détendre. La première fois...

Il prit une profonde inspiration et enroula sa main autour de celle de Jody. La première fois pour beaucoup de choses, comme savourer le battement de son cœur et la lueur chaude qui éclairait son âme.

Pas maintenant, grommela-t-il à Silas.

Maintenant, insista le métamorphe dragon de sa voix d'officier supérieur. *Ça concerne McGraugh.*

Il fronça le nez. Son informateur, McGraugh, était mort. La nouvelle, qui datait de plusieurs jours, l'avait profondément touché. Mais l'heure n'était pas au deuil : c'était le moment de se délecter du bon côté de la vie.

On doit parler de ça maintenant ? soupira-t-il.

Pour une fois, il n'avait pas envie de se vautrer dans ses malheurs. Il voulait faire la grasse matinée et essayer la théorie « J'y crois » de Jody.

« La vie est belle. L'amour est beau. Il suffit d'y croire. »

Il déplaça le menton sur son épaule et replia les jambes sous son corps, pour la garder bien au chaud.

La voix de Silas retentit avec une monotonie sinistre dans son esprit.

Ce n'est pas que McGraugh soit mort, mais comment.

Cruz souleva sa tête de l'oreiller. Merde, qu'est-ce que cela signifiait ?

Viens en discuter, putain, aboya Silas.

Cruz grimaça. Tant pis pour sa matinée agréable et tranquille. Lentement, à contrecœur, il s'éloigna de Jody, la recouvrant avec le drap à mesure qu'il s'écartait. Il prit encore une minute entière, assis au bord du lit, pour la regarder.

— Mmh, marmonna Jody, refusant de lâcher sa main.

Il l'embrassa sur l'épaule et savoura son sourire ensommeillé, la courbe repue de son corps.

Parfaite, gronda son tigre.

Cruz ! aboya Silas.

— Je reviens tout de suite, chuchota-t-il à Jody, avant de se forcer à bouger.

Il traversa la moitié du pont de corde jusqu'au niveau du sol, avant de s'arrêter. Normalement, il aurait traversé le domaine en tigre, car c'était le moyen le plus rapide et le plus facile dans l'obscurité. Mais avec Jody chez lui, il devrait attendre d'être hors de vue.

Mais je veux qu'elle me voie, protesta son tigre. *Je veux qu'elle me connaisse.*

Son imagination s'emballa, lui offrant une dizaine de visions impossibles. Par exemple, elle qui se penchait sur lui et étreignait son corps de tigre, tout en s'extasiant sur la douceur de sa fourrure. Ou son large sourire quand elle le gratouillait sous le menton. Ou le plaisir qu'il prendrait à nager en cercles serrés dans son bassin de pierre, lui laissant la place de barboter à côté de lui.

Elle ferait un super tigre, gronda sa bête intérieure.

Il renifla. *Parfois, je pense qu'elle ferait une sirène encore plus belle.*

Peu importe, répliqua son tigre en haussant les épaules. *Du moment qu'elle est à moi.*

Ne devrait-il pas la détester, ou se détester lui-même, pour être tombé amoureux d'elle ? Mais il en était incapable. Il ne pouvait tout simplement pas. Pas avec son instinct qui ne cessait de lui répéter que c'était la bonne.

Il regarda Jody une seconde de plus, puis s'avança dans l'obscurité et se métamorphosa. Une transformation rapide et sans effort qui indiquait à quel point son tigre était prêt à passer du temps sur quatre pattes.

Encore juste une seconde auprès d'elle, le supplia la bête.

Et bordel, sans réfléchir, il s'élança dans le tour de son domaine, déplaçant ses pattes avec précaution pour ne pas faire de bruit. Il effleura de ses flancs rayés le tronc de l'arbre central, marquant le territoire comme étant le sien. Ensuite, il sauta sur une branche épaisse et grimpa plus haut, se délectant de la puissance des muscles qui roulaient sous sa peau. Il monta encore plus haut, sans cesser d'observer son amante endormie.

Lorsqu'il atteignit la plate-forme la plus élevée de sa cabane, il s'allongea silencieusement et la regarda.

Ma compagne. Ma compagne prédestinée, gronda son tigre.

Il abaissa le museau sur ses deux pattes avant et la contempla. Merde, il pourrait faire ça pendant des heures. Juste regarder Jody occupée à dormir paisiblement, un sourire aux lèvres. Un sourire qu'il avait mis là.

Il frotta le menton contre ses pattes, inclinant la tête de gauche à droite. Il glissait en territoire dangereux, car il lui était trop facile de s'imaginer en train de câliner Jody, une Jody en forme de tigresse, comme s'ils étaient unis et qu'elle était devenue une métamorphe, elle aussi. Il pourrait tout lui apprendre sur le fait d'être une tigresse. Ce serait bien. Vraiment bien. Et elle pourrait lui apprendre toutes les choses qu'elle savait, comme rire, sourire et embrasser la vie.

Sa poitrine se souleva dans un profond soupir. La douleur qui montait à l'intérieur était-elle de l'espoir ou les premiers signes prémonitoires d'un chagrin d'amour imminent? Impossible de trancher.

Cruz! hurla Silas dans son esprit.

Il aurait tout aussi bien pu s'agir des fantômes de sa famille qui le réprimandaient. *Comment peux-tu nous trahir en tombant amoureux d'une humaine?*

Il releva la tête et grogna. C'était Silas, pas un fantôme, mais c'était déjà assez désagréable comme ça.

J'arrive, putain. J'arrive.

La magie du moment avait disparu, cependant il garda les yeux sur la forme endormie de Jody tandis qu'il sautait de branche en branche, se frayant furtivement un chemin jusqu'au sol. Après un dernier regard en arrière, il se mit en route pour de bon.

Des bruits de pas retentirent derrière lui, l'obligeant à pivoter sur lui-même, la gorge nouée. Pendant une seconde, son imagination surexcitée l'incita à penser que c'était Jody qui le suivait. Car elle l'avait accepté. Lui faisait confiance…

Mais ces pas étaient trop légers pour être les siens, et quand il baissa les yeux, il avisa Keiki. La petite chatte s'était éclipsée lorsque les choses s'étaient échauffées au lit, mais de toute évidence, elle n'était pas allée bien loin.

Elle accourait pour se pavaner à ses côtés comme une jeune guerrière désireuse d'intégrer le défilé militaire. La plupart des chats domestiques paniquaient à la vue de son tigre, pourtant cette bestiole semblait penser qu'elle était aussi grande que lui.

Précautionneusement, afin de ne pas la renverser, Cruz inclina la tête pour la saluer, comme son père avait eu coutume de procéder avec lui, puis il ralentit le pas, en partie pour que la chatte puisse suivre et en partie parce qu'il n'était pas pressé d'entendre les mauvaises nouvelles que Silas allait certainement lui communiquer.

Tu peux venir si tu te comportes bien, lança-t-il à Keiki.

C'était drôle, son père avait l'habitude de dire ça aussi, chaque fois que Cruz l'avait accompagné quelque part, autrefois. C'était drôle aussi que la pensée le fasse sourire au lieu de ramener toute la douleur.

Keiki imitait ses basses et longues foulées. Ses omoplates glissaient doucement à chacun de ses pas pleins de légèreté et Cruz ne put s'empêcher de glousser un peu à l'intérieur. Hunter aimait proclamer qu'elle avait le nez d'un ours, néanmoins lui jurait qu'elle avait l'âme d'une tigresse, simplement enserrée dans la minuscule enveloppe d'une chatte calico. Elle agitait même sa queue en cadence avec la sienne.

Bien qu'elle ait contribué à ramener de l'élasticité dans le pas de Cruz, elle disparut quand il s'approcha de l'*akule hale.* Silas se tenait aux abords du bâtiment, les bras croisés, son regard noir suivant sa progression.

— Qu'est-ce qui t'a retenu si longtemps ?

Cruz répondit par un grognement sourd en guise d'avertissement. Silas avait beau être le plus gradé parmi les métamorphes de Koa Point, tout tigre qui se respectait avait le droit de manifester ses humeurs.

Il est 5 heures du matin, grogna-t-il.

— Huit heures sur le continent, répliqua Silas. Ella vient d'appeler.

Ella avait été la seule femme de leur unité des forces spéciales. Aujourd'hui, la métamorphe renarde du désert vivait en

Arizona et travaillait pour la meute des loups de Twin Moon tout en œuvrant indépendamment comme enquêtrice.

« Le terme "Espionne" serait plus approprié », l'avait-il entendue glousser.

Qui espionnait-elle maintenant, et pour qui ?

Ça a intérêt à être important, grommela Cruz avec un autre regard sur l'horloge.

— Ça l'est.

Silas attrapa une tasse de café fumant.

— Tu vas continuer à rôder comme ça ou tu entres et on parle ?

Cruz aurait préféré rôder, cependant Silas avait l'air terriblement sérieux. Et maintenant qu'il avait fait tout ce chemin, autant découvrir ce qui se passait. Lentement, douloureusement, son tigre céda la place à sa forme humaine. Il se cabra sur deux pattes et grinça des dents à plusieurs reprises pendant que ses crocs de tigre se rétractaient et que ses omoplates s'aplatissaient sur son dos.

Keiki poussa un miaulement plaintif et se mit à sautiller pour essayer de se métamorphoser elle aussi. Elle finit par capituler et donna un coup de tête contre la jambe de Cruz. Il la ramassa et vint se réfugier sous le toit de l'*akule hale*, reposant la chatte juste assez longtemps pour enfiler l'un des pantalons de rechange qu'ils gardaient dans un coin afin de ne pas traîner nus après une métamorphose. Silas, suivant toujours les convenances, avait établi cette règle des années plus tôt, et c'était une bonne chose, vu que maintenant des femmes vivaient à Koa Point.

Le métamorphe dragon poussa une cafetière vers lui, ainsi qu'une tasse, une soucoupe et du lait. Tout ce qu'il faisait, il le faisait avec style. Cruz versa du lait dans la soucoupe et laissa Keiki laper le liquide pendant qu'il portait la tasse de café noir à ses lèvres. Tant pis pour la grasse matinée.

Silas le scruta intensément avant de plisser le nez.

— Tu as couché avec Jody, n'est-ce pas ?

Cruz continua à siroter son café, refusant de croiser son regard. Il ne se mêlait pas de la vie privée de Silas et il attendait vraiment de ce dernier qu'il en fasse de même.

— Merde. À quoi tu pensais ?

Cruz remua lentement son café pour le regarder tourbillonner. En couchant avec elle, il avait moins pensé qu'agi. Il avait réagi à l'incroyable attraction qu'elle exerçait sur lui.

— Tu peux avoir une aventure avec qui tu veux, mais...

— Ce n'est pas une aventure, grogna-t-il.

Les yeux de Silas s'agrandirent à son aveu.

— Écoute-toi. Tu sais que tu ne peux pas être un garde du corps fiable si tu es émotionnellement impliqué.

— Je ne suis pas émotionnellement impliqué.

Silas arqua un sourcil, car il venait de lire dans ses pensées.

— Non ?

Cruz serra les poings. OK, donc il l'était peut-être.

— Qu'est-ce qu'Ella a dit ? demanda-t-il, le ramenant à l'objet de leur entrevue.

Silas redevint très sombre.

— Elle a appelé pour nous informer que McGraugh n'avait pas seulement été tué. Il a été assassiné par un vampire.

Le sang de Cruz se glaça.

— Un vampire ?

Même Keiki leva les yeux, sentant son changement d'humeur. Les vampires étaient aussi tordus que n'importe quel bâtard tordu pouvait l'être. Et avec leur force et leur vitesse surnaturelles, ils étaient incroyablement difficiles à tuer.

— Elle en est sûre ? demanda Cruz.

Silas hocha la tête.

— Oui. À première vue, on aurait dit qu'il s'était fait poignarder, mais elle a trouvé des marques de perforation.

L'esprit de Cruz tournait à plein régime, essayant de mettre de l'ordre dans les événements alors que Silas faisait de même à haute voix.

— D'abord, McGraugh te fournit des informations trompeuses qui t'amènent à penser que Jody est une cible...

Cruz se cramponna au comptoir, se rappelant qu'il avait été à deux doigts d'appuyer sur la gâchette.

— Puis McGraugh nie avoir commis des actes répréhensibles et nous jure qu'il ira au fond des choses...

Cruz leva une main.

— Tu es en train de dire qu'un vampire a tué McGraugh avant qu'il puisse découvrir la source de la fausse information ?

Silas remua lentement son café et son arôme riche se diffusa dans l'air.

— Je soupçonne le vampire d'être à l'origine des fausses informations.

— Pourquoi McGraugh ferait-il confiance à un vampire ?

Les métamorphes et les vampires se tenaient généralement à l'écart les uns des autres, à des kilomètres même. Les vampires se cantonnaient aux villes ; la plupart des métamorphes préféraient les endroits plus calmes, et les rares fois où les deux espèces s'affrontaient... Eh bien, le nombre de morts avait tendance à être élevé.

Silas fronça encore les sourcils.

— La question est d'abord de savoir pourquoi quelqu'un voudrait cibler Jody.

Cruz s'éloigna du comptoir et fit les cent pas, sans cesser de marmonner. Il trouverait ces personnes et leur arracherait les membres, l'un après l'autre. Il les traquerait jusqu'au bout du monde et s'assurerait que ces enfoirés reçoivent ce qu'ils méritent. Il...

— Tu vois ce que je veux dire ?

Cruz releva brusquement la tête en entendant la remarque de Silas.

— Je vois quoi ?

— Que tu es émotionnellement impliqué.

— Et tu ne serais pas secoué d'apprendre que des vampires sont dans le coup ?

À la seconde où les mots franchirent ses lèvres, Cruz grimaça. Silas n'avait jamais donné dans l'émotion... sauf quand il s'agissait de Moira. Ce qui donna une toute nouvelle orientation à ses pensées.

— Moira.

— Qu'est-ce qu'elle vient faire là ? demanda son camarade d'une voix dangereusement grave.

— Elle est derrière la ligne *Éléments*, non ?

Le menton de Silas s'inclina, lui offrant un « oui » réticent.

— S'abaisserait-elle à engager un vampire ?

Silas fit les cent pas sur le pourtour du bâtiment et regarda dans la nuit. Un soupçon d'énergie électrique flottait encore dans l'air et les palmiers se balançaient de façon incertaine.

— Il est bien évident que je ne suis pas très bon juge pour déterminer ce dont Moira est capable, lança-t-il alors que ses épaules s'affaissaient.

Keiki inclina la tête vers Cruz : devrait-elle aller réconforter le métamorphe dragon ?

— Je ne suis pas sûr que ça l'aidera, ma minette, murmura-t-il en la grattant entre les oreilles.

Une autre minute morose s'écoula et il se surprit à regretter la voix douce de Jody et son sourire ensoleillé. Quelques minutes sans elle et il était plus grognon que jamais, au lieu de baigner dans la béatitude comme lorsqu'il était au lit.

« La vie est belle. L'amour est beau. Il suffit d'y croire », avait-elle dit.

Il fut un temps où il aurait trouvé cette rengaine impossible à croire. Mais avec Jody dans sa vie, y croire semblait plus facile que transporter en permanence le nuage de tempête qui était le sien.

— Je suis content que Jody en ait fini avec ça, marmonna-t-il à voix haute.

Plus de Richard, plus besoin pour elle de supporter un travail qu'elle détestait. Elle pouvait envoyer l'argent à sa famille, se remettre à surfer et...

Et l'idée le sidéra. Que ferait-elle maintenant que son contrat de mannequin était terminé ?

Son tigre se mit à grogner et à balancer furieusement sa queue.

Nous ne pouvons pas la laisser partir. Nous ne pouvons pas la laisser s'en aller.

Silas fit volte-face.

— Que veux-tu dire par là ?

Cruz s'appuya sur son dossier, bras croisés.

— Son contrat s'arrêtait avec la dernière séance photo. *Éléments,* c'est fini pour elle.

Silas se rapprocha.

— Comment peut-elle en avoir fini ? Et cette histoire de Pierre d'Esprit ?

Cruz s'avança, le poil hérissé.

— C'était juste une intuition, et le chef de produit n'a pas pu obtenir le bijou qu'il voulait à temps. Donc je suppose que notre théorie de la Pierre d'Esprit était fausse.

Silas le dévisagea.

— Attends une seconde. Il n'y a pas de saphir ?

Cruz se gratta le front au souvenir de ce que Richard avait crié à Jody quand la tempête avait éclaté.

« Attends, Jody ! On va avoir ce bijou, au bout du compte… »

Cela ne signifie pas qu'il s'agit d'une Pierre d'Esprit, objecta son tigre. *Pas besoin de le mentionner à Silas.*

Mais il ne pouvait pas lui mentir, pas à un homme qui était comme un frère pour lui.

« On pourrait faire une séance bonus ! Je te paierai un supplément », avait ajouté Richard.

— Ces satanées Pierres d'Esprit causent plus de problèmes qu'elles n'en valent la peine, grommela Cruz.

— Si elles tombent entre de mauvaises mains, elles seront à l'origine d'ennuis bien pires. Elles pourraient être un désastre pour nous tous.

Cruz baissa la tête. Si la pierre que Richard avait mentionnée était bien une Pierre d'Esprit, cela signifiait que Drax, le plus puissant seigneur dragon d'entre tous, serait sur sa piste, lui aussi.

Drax. Moira. Les vampires. Comment Jody s'était-elle retrouvée mêlée à tout ça ? Il tapa du poing sur le comptoir, ce qui fit sursauter la pauvre Keiki. Il s'empressa de la réconforter avant de marmonner :

— Le chef de produit a dit quelque chose à propos d'une séance supplémentaire si Jody était d'accord.

— Une séance supplémentaire… avec un bijou ?

Silas s'approcha, les yeux rougeoyant.

Cruz eut bien du mal à ne pas le repousser.

— Un bijou dont nous ne pouvons pas être sûrs qu'il s'agisse d'une Pierre d'Esprit. Et seulement si Jody est d'accord.

— Il va falloir qu'elle soit d'accord. Tu connais le pouvoir de ces pierres.

Cruz fronça les sourcils. Il avait été le témoin direct du pouvoir de l'une d'elles. La Pierre de Terre avait fait trembler le sol et fait basculer une falaise entière dans la mer... et avec elle, un ennemi qui aurait utilisé ses pouvoirs pour réaliser ses immondes desseins. La Pierre de Vie avait senti le mal dans le cœur d'une femme qui avait osé la voler et l'avait tuée sur-le-champ. Ce rubis n'avait pas fait de mal à Nina, sa propriétaire légitime, mais merde, Cruz refusait d'imaginer le pouvoir de la Pierre d'Eau. Pourrait-elle déclencher un tsunami ou démarrer une tempête tropicale ?

— Pas question que Jody fasse quoi que ce soit, grogna-t-il. C'est trop risqué de l'impliquer.

Silas lui jeta un regard furieux.

— On ne peut pas risquer de laisser repartir le bijou avant de vérifier s'il s'agit ou non d'une Pierre d'Esprit. Si Moira met la main dessus... ou pire, Drax...

Il s'interrompit et secoua la tête.

— Il faut que Jody fasse une séance supplémentaire.

— Tu es dingue ? Je ne vais pas la laisser se mêler de ça plus qu'elle ne l'a déjà fait. Pas avec la possibilité qu'elle tombe sur des vampires, des Pierres d'Esprit ou pire, Drax. Écoute-toi, Silas. C'est trop dangereux.

— On pourrait tous y aller. Toi, moi et Kai. On la protégerait.

Un faible grognement monta de la poitrine de Cruz avec les protestations de son tigre.

Je la protège. Moi et personne d'autre !

Mais c'était égoïste et arrogant, et il le savait. S'il pouvait rassembler un peloton de soldats d'élite pour protéger Jody, il le ferait. Et oui, Silas, Kai, lui et les autres métamorphes de Koa Point étaient la crème de la crème en matière d'élite combattante. Mais le mieux serait encore d'éviter de mettre Jody en danger.

— Et qui dit qu'elle n'aura pas besoin d'être protégée de la Pierre d'Eau, Silas ? Tu sais à quel point ces pierres peuvent être imprévisibles.

— Jody connaît l'eau. Elle est parfaite.

C'étaient des conneries, Cruz le savait. Impossible de prédire comment une Pierre d'Esprit pourrait user, ou abuser, de son porteur.

— Pas question. Elle ne le fera pas.

— On a besoin de Jody.

— Vous avez besoin de moi pour quoi ?

La voix, retentissant depuis une extrémité du bâtiment, les fit pivoter tous les deux sur eux-mêmes.

Le cœur de Cruz sauta de joie en la voyant, mais ses tripes se serrèrent. Comment pourrait-il se résoudre à la mettre en danger ?

Jody planta une main sur sa hanche et fixa Silas de ses yeux bleus inébranlables.

— Vous avez besoin de moi pour quoi ?

Chapitre 15

Le regard de Jody passa d'un homme à l'autre. Vingt minutes plus tôt, elle dormait comme un bébé. Mais peu à peu, un sentiment d'angoisse la rongeant de l'intérieur s'était installé, accompagné de rêves bizarres peuplés de vampires et de monstres aussi tordus que grotesques qu'elle aurait été bien en peine de nommer. C'était presque comme si la tante folle de son père, Tilda, s'était glissée dans son esprit pour lui raconter des histoires effrayantes, suffisamment effrayantes pour qu'elle se réveille avec des sueurs froides.

Elle avait alors passé quelques vêtements et s'était mise en quête de Cruz, espérant faire disparaître ainsi ces peurs stupides et infondées. Et il était là avec Silas, debout devant une tasse de café si fort qu'elle pouvait le sentir à cinq cents mètres de distance. Il semblait qu'une bagarre était sur le point d'éclater. Qu'est-ce qui n'allait pas ?

Pendant une seconde, elle s'était même demandé s'ils avaient fait ces rêves fous, eux aussi. Mais les types grands et durs, dans le genre soldats, se concentraient sur les menaces réelles, pas sur les rêves. Alors de quoi pouvait-il s'agir ? Les yeux de Silas rougeoyaient comme de la braise. Quant à Cruz, il avait perdu la mine douce et rêveuse dont elle se souvenait, remplacée par quelque chose de froid et mortel.

— Pas question. Elle ne le fera pas, l'avait-elle entendu dire, quelques secondes plus tôt.

— On a besoin de Jody, avait répliqué Silas.

La curiosité était un vilain défaut, mais elle ne put s'empêcher de répéter sa question :

— Alors, vous avez besoin de moi pour quoi ?

Cruz ouvrit la bouche, mais Silas le devança :

— On a besoin que vous fassiez une séance photo supplémentaire.

Elle leva une main.

— Holà ! Attendez.

Le gars pouvait être grand, effrayant et intense, elle ne recevait d'ordres de personne.

— J'en ai fini avec le mannequinat. J'ai rempli les termes de mon contrat.

— Cruz dit qu'on vous a fait une proposition pour un autre shooting photo.

Le regard noir que ce dernier lança à Silas aurait fait reculer la plupart des hommes, mais il ne cilla pas.

— Écoutez, c'est important, insista-t-il, avec juste assez de supplication dans le ton pour qu'elle le croie.

Pendant ce temps, Cruz la suppliait du regard.

Ne l'écoute pas. Tu n'as pas à faire quoi que ce soit.

Elle croisa les bras.

— Pourquoi est-ce si important ?

Même Cruz regardait son camarade avec impatience, comme s'il n'avait aucune idée de ce qui pourrait sortir de sa bouche.

Et il n'en fallut pas davantage pour que le feu s'éteigne dans les yeux de Silas. Il regarda au loin, l'air plus las que jamais. Cet homme n'avait pas l'habitude d'être mis sur la sellette et certainement encore moins de demander de l'aide. C'était clair.

Jody inclina la tête vers lui. Peut-être que c'était vraiment important. Alors elle attendit. Et attendit...

Ce fut seulement lorsque sa main effleura l'épaule de Cruz qu'elle réalisa s'être rapprochée de lui, parce qu'elle aspirait à son contact. Quelle que soit la raison de l'énervement de Silas, Cruz aussi était inquiet. Et chez lui, l'inquiétude se muait en colère, ce qui n'était vraiment pas bon. Pas quand elle avait finalement réussi à ce qu'il se détende et sourie.

Quand elle toucha son épaule, il lui saisit la main. Les sillons creusés sur son front se relâchèrent légèrement et le tic au coin de son œil s'atténua également. Jody sourit et laissa tout s'effacer sauf lui. Le gazouillis des insectes à l'extérieur, le grondement sourd des vagues au loin et même la présence énergique de Silas. Tout s'estompa à l'arrière-plan excepté Cruz et la chaleur qui se communiquait de sa main à la sienne. Son contact lui confiait tout ce qu'il n'aurait jamais dit à haute voix.

Je suis heureux que tu sois là. J'ai aimé notre nuit ensemble. J'aurais voulu qu'elle ne se termine jamais.

Elle aussi aurait voulu que ça ne se termine jamais. Très bientôt, ils devraient avoir une longue conversation sur ce qui se passait entre eux et la direction qu'ils souhaitaient donner à leur relation. Mais ce n'était manifestement pas le moment.

— Je déteste quand la vraie vie s'immisce dans les bons moments, chuchota-t-elle.

Un mince sourire se dessina sur les lèvres de Cruz.

— Ouais. Moi aussi. Mais peut-être que tu dois juste y croire un peu.

Elle lui répondit par un large sourire et fut à deux doigts de se pencher pour l'embrasser. Mais, non, Silas était là. Elle s'écarta donc et se contenta de passer un pouce sur sa joue. Il ferma les yeux en se penchant pour se frotter contre sa main. Et, l'espace d'un instant, il fut en paix.

Merde, elle adorait lui faire cet effet.

Silas s'éclaircit alors la gorge et Cruz se renfrogna à nouveau. Jody planta les mains sur ses hanches avant de s'obliger à revenir au sujet premier. Plus vite elle résoudrait son problème, quel qu'il soit, plus vite ils pourraient retourner à...

Des images érotiques à lui couper le souffle inondèrent son esprit et les yeux de Cruz étincelèrent.

Elle reprit sa respiration et se hâta de refouler ses pensées coquines.

— Diablesse, lui marmonna Cruz à l'oreille, ce qui la fit sourire à nouveau.

— Asseyez-vous, lui suggéra Silas, pour ramener son attention sur le moment.

Elle pinça les lèvres. « Asseyez-vous » ne marquait jamais le début d'une conversation agréable.

— Un café ? proposa-t-il.

Elle le dévisagea. Apparemment, Cruz n'était pas le seul à avoir tendance à tourner autour des questions importantes.

— Volontiers.

Elle pianota avec impatience sur le comptoir pendant que Silas déambulait dans la cuisine.

— Du lait ?

Elle poussa un soupir exaspéré.

— Vraiment, il n'y en a pas un pour rattraper l'autre.

Silas en resta bouche bée et Cruz fronça de nouveau les sourcils.

Elle se versa elle-même son café et adressa un petit signe de la main à Silas.

— Contentez-vous d'en venir au fait.

Il la dévisagea d'un air intrigué pendant une minute entière avant de lancer à Cruz un de ces regards qu'échangent les hommes. Le genre de coups d'œil qu'ils utilisent pour dire : « Tu es sûr que ça vaut la peine de sortir avec cette nana ? »

Cruz approcha son tabouret de celui de Jody et lui passa un bras autour de la taille. Elle retint un sourire. Oui, c'était un fait, ils n'allaient pas tarder à avoir une petite conversation, tous les deux.

— Vous avez besoin que je fasse une autre séance photo parce que... ? demanda-t-elle à Silas.

Il arpentait la pièce, plus sombre que jamais. Cela étant, l'effet était légèrement adouci par Keiki qui se pavanait derrière lui, faisant de son mieux pour imiter ses pas graves.

Silas mit une bonne minute à répondre avant d'attaquer par :

— Mademoiselle Monroe...

— Jody, le coupa-t-elle en secouant la tête. Et tutoie-moi.

Cruz passa une main dans son dos, ce qui raffermit son courage alors qu'elle affrontait un volcan fumant au lieu d'un homme.

— Jody, reprit Silas en hochant la tête avec raideur, tu as parlé d'un bijou, un peu plus tôt. Que sais-tu à son sujet ?

Elle reposa la tasse qu'elle avait presque portée à ses lèvres. Ce n'était pas ce à quoi elle s'était attendue. Pourquoi Silas était-il intéressé par un bijou ? Et pourquoi Cruz s'était-il crispé à la mention de celui-ci ?

Elle haussa les épaules, pour tenter de désamorcer la tension.

— Je n'en sais pas grand-chose. George, l'assistant du photographe, a déclaré que les patrons d'*Éléments* voulaient dès le début attirer davantage l'attention des médias… en faisant des shootings photo un événement en soi, je pense. Ils aimeraient bien susciter l'intérêt et faire le buzz sur les réseaux sociaux. Il y a une grosse pression qui vient du sommet et les chefs de produit de chaque site, comme Richard, cherchent à se surpasser les uns les autres et à remettre la campagne sur les rails. D'après George, il y a des primes en jeu et le gain pourrait être énorme si elle est aussi réussie qu'ils le souhaitent. Les mannequins et les lieux ont été choisis par quelqu'un de plus haut placé…

Cruz et Silas échangèrent des regards furieux. Savaient-ils quelque chose qu'elle ignorait ? Malgré tout, elle continua :

— Ce qui signifie que les chefs de produit n'ont pas leur mot à dire en la matière. Ils sont donc en concurrence avec des poses et des accessoires correspondant au thème dont ils ont la responsabilité : la terre, l'air, le feu, l'eau. La rumeur veut que le modèle Terre ait posé avec un boa constrictor. Comme Richard veut faire mieux, il a cherché à louer un saphir, mais ça n'a pas marché.

— Jusqu'à maintenant, murmura Silas.

Elle remua son café, fronçant les sourcils en observant les tourbillons bruns et blancs.

— Je n'ai pas vraiment fait attention, mais oui. Il a dit quelque chose à ce sujet. Sauf que, vois-tu, j'en ai fini avec le mannequinat. J'ai hâte de retourner à ma propre vie. Au surf. La prochaine compétition est seulement dans deux semaines…

Elle s'arrêta brusquement et regarda Cruz. Il y avait des parties de son travail qu'elle aimait et d'autres moins. Les vols longue distance. Les sourires à la demande pour les caméras. C'était incroyable de pouvoir de surfer sur les vagues les plus géniales du monde, mais maintenant qu'elle était sur le circuit depuis un certain temps, le frisson cédait la place à la réalité de sa solitude et à la nécessité constante de gagner des prix pour couvrir ses dépenses. Son projet avait toujours été de profiter du circuit professionnel pendant deux ou trois ans, puis de passer à ce qu'elle voulait vraiment faire : fabriquer des planches de surf personnalisées, comme son père. Et putain, elle était plus tentée que jamais d'avancer rapidement vers cette partie du plan. Elle pourrait la mettre en œuvre ici, à Maui. Peut-être même devenir apprentie auprès de Teddy Akoa, le légendaire constructeur de planches. Elle pourrait passer plus de temps avec Cruz et découvrir si ce qu'ils partageaient était vraiment vrai. Elle pourrait...

Elle appuya sur les freins, même si son imagination, obligée de déraper, criait en signe de protestation.

— Tu pourrais sûrement faire l'effort d'une séance supplémentaire, insista Silas.

Elle inclina la tête vers lui.

— Donne-moi une raison. Pourquoi un bijou est-il si important ?

— On ne sait même pas si c'est le joyau qui nous intéresse, intervint Cruz.

Silas concéda le point avec un bref hochement de tête.

— Mais si c'est le cas...

Le silence sinistre qui suivit chassa tout l'air frais hors de la pièce. Jody se tortilla sur son siège.

— C'est moins le bijou lui-même que...

Silas hésita, cherchant ses mots.

— Ce qu'il représente, d'où il vient...

Il tournait autour du problème et Jody le savait. Cruz était de plus en plus tendu à côté d'elle et les deux hommes échangeaient des regards aussi acérés que des couteaux.

Silas plaqua les deux mains sur le comptoir avant de se tourner vers elle, plus sérieux que jamais.

— Je n'ai pas envie de vous cacher la vérité, mademoiselle Monroe, lâcha-t-il, revenant au vouvoiement. Mais plus vous en saurez, plus vous entrerez dans un monde dont vous ne souhaiterez peut-être pas faire partie.

Les bras de Jody se couvrirent de chair de poule. Voulait-il parler d'un monde criminel ? Non, elle ne souhaitait pas en faire partie. Mais elle avait du mal à croire que ces deux hommes faisaient partie d'un univers louche. Bien sûr, il y avait quelque chose de différent chez eux. Quelque chose que même un passé de militaire d'élite n'expliquait pas, comme la sensation d'animal en chasse qui émanait d'eux. Cruz et Silas étaient tous deux hantés. Mystérieux. Secrets.

— La vérité pourrait vous mettre en danger, mademoiselle Monroe. C'est pour cette raison, et cette raison seulement que je vous la cache.

Il avait l'air si peiné et si sincère qu'elle se sentit poussée à le croire.

— Il est possible que le bijou, s'il s'agit de celui que nous redoutons, finisse par atterrir entre de mauvaises mains.

Elle étudia son visage de près. Employait-il « redouter » dans son sens littéral ? Ni Silas ni Cruz ne lui avaient pourtant semblé du genre à redouter quoi que ce soit.

— C'est pourquoi nous voulons nous en approcher d'assez près pour nous assurer que ce n'est pas le bon, termina-t-il.

Il avait prononcé les derniers mots avec une insistance particulière : pas seulement le bon, mais *le* bon.

Jody ne parvenait pas à donner un sens à tout cela, toutefois elle voyait qu'il ne plaisantait absolument pas.

— Cela ne vaut pas la peine qu'on la mette en danger, grogna Cruz. On ne sait toujours pas qui a tenté de la tuer ni pourquoi.

Elle avala une gorgée de café. Une nuit de béatitude entre les bras de Cruz avait chassé ce détail mineur de son esprit.

— On sera là pour la protéger. Toi, moi et Kai. Tout ce dont on a besoin, c'est d'un coup d'œil sur le bijou, insista Silas. Rien de plus. Et tout ce que vous devrez faire, c'est une séance photo supplémentaire.

Jody grimaça. Juste quand elle pensait ne plus jamais avoir à être mannequin... Bien sûr, ces hommes avaient fait beaucoup pour elle. Ils lui avaient offert un asile sûr et l'avaient protégée alors qu'ils auraient pu se détourner d'elle. Ne devrait-elle pas les aider en retour ?

Son ventre se serra à l'idée de retravailler avec Richard. Mais là encore, ce n'était pas comme si elle le faisait gratuitement. Il avait proposé une rémunération bonus, non ?

— Non, c'est trop dangereux, déclara Cruz en frappant son poing gauche sur la table.

Le droit, pendant ce temps, la plaquait plus étroitement contre son flanc.

Jody pinça les lèvres. Comment pourrait-elle être en danger avec Cruz comme garde du corps ? Et si elle avait la possibilité de l'aider pour quelque chose d'important...

— Je suis d'accord, pas question de la mettre en danger. Mais c'est nous qui menons la danse. On peut faire en sorte de fixer le lieu de la séance. On peut...

— C'est moi qui mènerai la danse, l'interrompit-elle. Moi !

Il était peut-être le propriétaire de ce domaine, son gardien en chef ou allez savoir quoi, mais elle était son propre patron.

Cruz lança un regard noir à Silas.

— C'est elle qui mène la danse.

Jody ne put s'empêcher de rayonner. Cet homme savait quand prendre les choses en main et quand la laisser parler pour elle-même. Et encore une fois, elle regretta de ne pouvoir interroger juste une dernière fois sa mère.

C'est ce que tu as ressenti avec papa ? C'est ça, l'amour ?

Silas leva les mains.

— C'est vous qui menez la danse. On s'occupe de la sécurité.

— Je n'aime toujours pas ça, grogna Cruz en croisant le regard de Jody. Pas du tout.

Elle non plus, mais merde, on était amené à faire beaucoup de choses déplaisantes, dans la vie. En revanche, elle savait ce qu'elle avait à faire.

Lentement, délibérément, elle tendit la main et Silas lui passa son téléphone, qu'elle resta à fixer pendant une bonne minute.

— Il est trop tôt pour appeler, murmura Cruz, lui offrant une porte de sortie facile.

Elle regarda le ciel, où les premiers signes de l'aube commençaient à apparaître. Toutes les étoiles sauf les plus audacieuses s'estompaient et une frange de rose teintait l'horizon. La pendule murale indiquait 5h45.

— Je suppose que Richard n'y verra pas d'inconvénient, répliqua-t-elle avec un sourire ironique. Et s'il s'en offusque, eh bien... c'est son problème, pas le mien.

Silas n'eut pas l'air amusé, mais Cruz sourit.

Elle composa le numéro du chef de produit de mémoire et porta le téléphone à son oreille.

Cruz l'interrogea du regard.

Tu en es sûre ?

Non, elle n'en était pas sûre. Pas tout à fait. Mais elle le découvrirait au fur et à mesure.

Elle faillit raccrocher après la septième sonnerie, quand Richard finit par beugler sur la ligne :

— *Qui appelle à cette heure-ci, bordel ?*

— Bonjour, Richard, répondit-elle de sa voix la plus douce.

Il n'en fallut pas davantage pour que celle de son interlocuteur se fasse toute mielleuse.

— *Jody ? Comme je suis content d'avoir de tes nouvelles, ma puce.*

Elle leva les yeux au ciel.

— Je ne suis pas ta puce, Richard.

— *D'accord. Bien sûr. Peu importe. Tu as réfléchi à mon offre ?*

Pas jusqu'à cinq minutes plus tôt, mais merde, les décisions spontanées étaient à l'origine de ce qu'il y avait de meilleur dans la vie.

— J'aimerais savoir exactement ce que tu offres et ce que tu as en tête.

Elle se fit à elle-même un petit signe de tête. Cette fois, elle saurait exactement dans quoi elle s'engageait.

Cruz se rapprocha, pour écouter le baratin de Richard.

— *Ça va être génial, ma puce. Le meilleur concept de tous les temps. On a finalement mis la main sur ce saphir. Tes yeux s'accorderont parfaitement avec.*

Elle grimaça. Richard prêtait plus d'attention aux objets qu'aux humains. Ou peut-être que les gens n'étaient que des objets pour lui.

— Dis-m'en plus sur ce saphir, demanda-t-elle en fixant Silas du regard.

— *Qu'est-ce que je pourrais t'en dire ? Un bijou, c'est un bijou.*

Cruz secoua la tête d'une manière qui disait : « Peut-être pas. »

Une partie d'elle voulait tirer au clair toute l'histoire de Cruz et Silas. Une autre partie n'était pas sûre d'avoir envie de savoir.

— *La location coûte des milliers de dollars, donc plus tôt nous aurons les clichés qu'il nous faut, mieux ce sera. Aujourd'hui, par exemple. Je n'ai besoin que d'une heure, ma puce. On a trouvé l'emplacement parfait.*

Cruz agita la main pour l'inciter à en savoir plus.

— Où ? demanda-t-elle.

— *Une chute d'eau pas trop loin. Ce sera génial.*

Elle regarda Silas, qui inclina la tête.

— Quelle cascade ? fit Cruz du bout des lèvres.

— Quelle cascade ? Où ? répéta-t-elle dans le téléphone.

— *Qui peut prononcer ces noms hawaïens sans queue ni tête ? Un endroit dans West Maui. George l'a repéré la semaine dernière. Hanapaladala-quelque chose.*

— Hanalalai, chuchota Cruz.

— *Tu devras venir en avion*, ajouta Richard. *On n'a pas réussi à obtenir un hélico. Ils sont tous pris depuis des jours.*

Cruz tendit l'oreille et regarda Silas. Jody inclina sa tête vers l'héliport et, sur un signe de tête des deux hommes, elle répondit :

— Je peux nous trouver un hélicoptère.

— *Vraiment ?!* glapit Richard.

Elle sourit. C'était agréable d'avoir des amis qui vivaient dans une luxueuse propriété en bord de mer, équipée de toutes sortes de joujoux haut de gamme. Si Richard voulait qu'elle pose sur le capot d'une voiture de sport, elle pourrait aussi lui en trouver une.

Ce qui lui rappela exactement de quoi elle parlait et combien elle détestait être réduite à un morceau de chair.

Silas lui signa le geste de compter de l'argent pour lui rappeler de demander combien elle serait payée.

— Si j'accepte, combien je gagne ?

— *Cinquante mille*, répondit Richard.

Jody retint son souffle. Cinquante mille, c'était bien plus que ce qu'elle avait imaginé. Cinquante mille, ce serait la cerise sur le gâteau. La taxe pesant sur le magasin de son père pourrait encore augmenter, sa sœur pouvait avoir besoin de plus d'une ou deux séries de traitements. Et même si ce n'était pas le cas, l'argent aiderait à payer une partie des frais d'études universitaires de sa cadette.

De petites alarmes retentirent au fond de son esprit. Devenait-elle cupide ? Son père l'avait prévenue dès le début que l'argent vampirisait un être humain. « Si tu en as un peu, tu en désires de plus en plus jusqu'à ce devenir une de ces personnes qui accordent davantage d'attention aux comptes bancaires qu'aux vraies joies de la vie. »

Encore une fois, ce ne serait qu'une heure de mannequinat. L'heure la mieux payée de sa vie.

— Cinquante mille, c'est bien ça ? demanda-t-elle, pour gagner du temps.

Silas n'avait pas l'air très impressionné. Cruz secoua la tête et leva le pouce pour lui indiquer qu'elle devait exiger plus.

Elle en resta bouche bée. Était-il sérieux ?

Très sérieux, affirmaient ses yeux. Utilisant son index comme un stylo, il traça un chiffre sur la table.

Elle observa le chiffre en question, puis prit une profonde inspiration et fit le pari de sa vie :

— Soixante mille.

Dès que les mots furent sortis de sa bouche, elle éloigna le téléphone de son oreille.

— *T'es cinglée ?!* brailla Richard. *Tu as perdu la tête ?! Tu crois que tu es la seule nana avec une paire de seins correcte ?!*

Elle grimaça pendant que Richard rageait et se plaignait. Quand il s'arrêta pour reprendre son souffle, elle lâcha, animée d'un courage renouvelé :

— Soixante mille. Par écrit, Richard. Et le montant total pour les séances que nous avons déjà terminées doit être viré sur mon compte aujourd'hui.

Cruz lui indiqua d'un signe du pouce qu'elle s'en était tirée comme une cheffe, et même Silas tapa dans ses mains une acclamation silencieuse.

Richard continua à protester, mais elle resta inébranlable. Cinq minutes plus tard, elle raccrochait en souriant et jetait un nouveau coup d'œil à la pendule murale. En début d'après-midi, elle aurait le solde bancaire le plus élevé de sa vie et elle pouvait s'attendre également à un bonus de soixante mille dollars. Qui oserait prétendre qu'elle n'avait pas l'esprit d'entreprise ?

Elle sourit, mais son exaltation ne dura pas. Pas devant la mine sceptique de Cruz.

Silas s'empressa de partir, murmurant quelque chose à propos de Kai et de l'hélicoptère, et il les laissa seuls.

Cruz prit ses mains dans les siennes et les embrassa, l'air plus sinistre que jamais.

— Promets-moi que tu m'expliqueras tout un jour, chuchota-t-elle en pressant son front contre le sien. Ou du moins autant que tu le pourras.

Cruz resserra les mains autour des siennes et hésita un long moment avant de répondre :

— Je te le jure. Promis, je le ferai.

Chapitre 16

— Tout le monde est prêt ? lança Kai en balayant du regard la cabine de l'hélicoptère.

Cruz se cramponna à sa ceinture de sécurité et se força à garder les yeux ouverts.

— Parfait ! lança Jody depuis le siège voisin du sien, près de la fenêtre.

Elle était joyeuse et excitée comme jamais.

— Tout est prêt, déclara Guy, le photographe, à la gauche de Cruz.

Richard, bien sûr, avait revendiqué le siège avant pour profiter de la vue. Il leva un pouce trop empressé à l'attention de Kai alors que les rotors accéléraient. Vu le volume de son équipement photo, ni George ni la maquilleuse n'avaient pu prendre place dans l'appareil.

Cruz serra les dents. Le décollage était la phase la plus désagréable. Enfin, le décollage et le vol. Ou peut-être le décollage, le vol et l'atterrissage, parce que les félins et les métamorphes félins n'étaient pas destinés à être enfermés dans des boîtes métalliques qui s'élançaient dans le ciel.

— Je l'aime vraiment bien, lui confia Jody dans l'oreillette tout en adressant un signe de la main à Tessa qui leur disait au revoir depuis la pelouse de Koa Point.

Cruz jeta un coup d'œil à Kai et imagina combien il serait agréable d'avoir une compagne auprès de qui se réveiller, à qui dire au revoir et, mieux que tout, auprès de qui revenir à la maison. Un petit fantasme de Jody emménageant avec lui à Koa Point lui traversa l'esprit. Elle pourrait vivre dans sa cabane au milieu des arbres à ses côtés et devenir amie avec

185

les hommes et les femmes de Koa Point. Elle aurait accès à certaines des meilleures vagues du monde et...

Elle pourrait être ma compagne, ajouta son tigre avec enthousiasme. *Nous pourrions vivre heureux pour toujours, comme Kai et Tessa. Comme Boone et Nina. Comme Hunter et Dawn. Nous pourrions...*

Cruz se mordit la lèvre. Ce n'était pas chose facile que de faire disparaître sa haine pour la race humaine, surtout après la dissipation de la chaleur d'une nuit sensuelle. Pourtant, la sensation n'avait pas disparu. Il désirait Jody plus que jamais. Mais merde, avoir foi dans les bons côtés de la vie et croire que la destinée avait autre chose que des mauvais tours dans sa manche était plus difficile que jamais. En avait-il la force ?

— Je l'aime beaucoup, moi aussi, renchérit Kai avec un sourire.

Il agita joyeusement la main à l'attention de sa compagne.

Cruz appréciait beaucoup Tessa, lui aussi, mais pas du tout la situation. Silas était censé les accompagner, malheureusement il avait été retardé par un appel téléphonique à la dernière seconde. Un appel sacrément important, comme le lui avait fait comprendre l'expression sinistre qui s'était peinte sur son visage. Cruz n'appréciait pas du tout la tournure des événements. Pas plus que Silas, dont le visage était devenu de pierre quand il s'était éloigné avec le téléphone.

Au moins, Cruz bénéficiait du renfort de Kai ; mais quand même. Et il détestait furieusement l'hélico.

Son ami bougea le levier de commande, si bien que l'appareil fit une embardée sur le côté. L'une des nombreuses pièces de l'attirail du photographe heurta le genou de Cruz.

— Waouh ! La vue est superbe ! s'écria Jody.

Une perle de sueur roula sur le front de Cruz. Le caprice qui poussait certaines personnes à payer beaucoup d'argent pour voler à des milliers de pieds au-dessus du sol ne cessait jamais de l'étonner. N'être suspendu par rien de plus que quelques morceaux de métal et avoir une confiance folle dans certaines lois obscures de la physique qui ne pouvaient pas être justes. Tout ça pour rugir dans les airs...

Arrête ça, merde, gronda son tigre. *Tu ne fais qu'empirer les choses.*

Il ferma les yeux et se concentra sur la chaleur de la main de Jody sur la sienne.

— Regarde ces chutes d'eau.

Elle lui désignait la vitre alors qu'ils filaient vers les montagnes émeraude de West Maui.

— Regarde plutôt ces nuages, grommela Richard. Je croyais qu'Hawaï était censée être ensoleillée.

— Les montagnes se couvrent généralement dans l'aprèsmidi, et la perturbation qui s'est mise en place hier n'est pas prête de partir, répliqua Kai. On dirait qu'il va y avoir des hauts et des bas toute la journée. Le trajet risque d'être mouvementé.

Cruz gémit intérieurement. Donnez-lui une fosse à serpents. Des déserts inhospitaliers grouillant d'ennemis à l'affût. Des maisons hantées pleines de morts-vivants. N'importe laquelle de ces réjouissances, il pouvait gérer. Mais voler…

L'hélicoptère fut secoué et grinça pendant ce qui lui sembla durer une éternité alors que Jody s'extasiait devant chaque cascade écumante et chaque crête volcanique.

— C'est magnifique !

C'était magnifique… mais depuis le sol, là où un tigre était censé être. Cruz brûlait d'envie de montrer à Jody tous ses endroits préférés. Juste à elle et à personne d'autre. Il patrouillerait devant elle, balançant sa queue, et elle…

Il se ressaisit là. Elle ferait quoi ? Elle crierait et s'enfuirait dès l'instant où elle verrait ses rayures de tigre se dessiner sur sa peau ?

Jody ne crie pas, soupira sa bête intérieure. *Elle n'a peur de rien.*

Aussi vraie que cette affirmation puisse être, il doutait qu'elle affiche ce sourire étincelant une fois qu'il lui aurait montré ses crocs.

Je les rentrerai, insista son tigre. *Promis.*

D'une manière ou d'une autre, cette stupide bête ne comprenait pas le nœud de leur problème.

— Nous effectuons certains de nos vols les plus pittoresques après la pluie, expliqua Kai. Toutes les chutes d'eau sont alimentées et coulent très vite. Mais vous devrez faire attention à vous là-bas.

L'hélicoptère plongea et vira, si bien qu'une autre boîte heurta le tibia de Cruz. Il se crispa, essayant de se distraire en réfléchissant à l'éventualité qu'ils aient une Pierre d'Esprit à bord. Le saphir devait être quelque part parmi la quantité ridiculement importante d'équipement que Richard et Guy avaient apporté. Mais où ?

Tu sens quelque chose ? demanda-t-il silencieusement à Kai.

Rien du tout.

Kai secoua la tête, agitant son casque d'un côté à l'autre.

Pas une seule vibration dans le genre de celles des autres Pierres d'Esprit.

Ce qui semblait heureusement suggérer, songea Cruz, que le saphir loué par Richard n'en était pas une.

Cela dit, nous n'avons pas non plus senti la Pierre de Terre quand elle dormait, poursuivit Kai.

Cruz fronça les sourcils. C'était le truc avec ces pierres. Elles étaient impossibles à distinguer de n'importe quelle pierre ordinaire tant que quelque chose ne se produisait pas pour réveiller leurs pouvoirs cachés. Et ce quelque chose était rarement bon.

— Oh mon Dieu ! C'est l'aiguille Iao ? demanda Jody.

Kai fit un signe de tête vers la formation rocheuse saisissante nichée au fond d'une vallée luxuriante.

— Les locaux l'appellent Kuka'emoku.

Richard ricana.

— Un peu phallique, comme forme.

Cruz grogna sur le siège arrière. La vallée d'Iao avait, aux yeux des indigènes hawaïens, le statut de lieu spirituel, et il était préférable de ne pas se moquer de ces croyances. Surtout quand on se trouvait à des milliers de pieds dans les airs, entre les parois d'un cercueil volant.

Dès que nous en aurons l'occasion, nous parlerons à Jody, insista son tigre dans l'un de ces moments « Puisque je risque de mourir, alors laisse-moi prendre mes dernières dispositions ».

Cruz hocha la tête d'un air sinistre. D'une manière ou d'une autre, il trouverait un moyen de réconcilier les fantômes de son passé avec la femme que la destinée lui avait attribuée. D'une manière ou d'une autre, il lui expliquerait qui il était et ce que le véritable amour signifiait vraiment.

Mais que dirait Jody ? Et les esprits de sa famille le hanteraient-ils à jamais s'il prenait une humaine pour compagne ?

L'hélicoptère plongea brusquement. Son ventre se serra.

— Désolé, murmura Kai en guidant l'appareil à travers une longue vallée sinueuse.

— Tu es un bon pilote, constata Guy. Je sais de quoi je parle. J'en ai vu plusieurs. Tu as l'instinct du vol, non ?

Kai sourit et réserva sa réponse aux seules oreilles de Cruz.

Heureusement qu'un dragon a un solide instinct de vol.

Cruz hocha la tête, les yeux fermés, comptant les secondes qui restaient jusqu'à leur atterrissage dans une vallée nichée au fond des montagnes de West Maui. Il détacha sa ceinture avant même l'ouverture de la porte et, à la seconde où il sortit, il s'accroupit pour toucher la terre humide et fertile, emplissant ses poumons d'air pur.

— C'est incroyable, murmura Jody en pivotant lentement, une fois que les rotors de l'hélicoptère se furent arrêtés.

Les oiseaux chantaient et gazouillaient tout autour. L'eau grondait quelque part à proximité, le fracas puissant d'une chute d'eau mêlé au clapotis d'un ruisseau. Des doigts de brume tripotaient les épaules des montagnes environnantes et de riches faisceaux de lumière solaire transperçaient la vallée.

— Incroyable, répéta faiblement Cruz.

Il avala d'énormes goulées d'air frais à la pureté bienfaisante, puis se redressa rapidement et se mit à décharger l'équipement de l'hélicoptère. Plus tôt ils commenceraient, plus tôt ils auraient terminé, et plus tôt il pourrait ramener Jody à la maison. En quelques secondes, la sueur lui trempa le dos alors que l'humidité lui faisait ressentir ses effets.

— Il y a un bon emplacement là-bas.

Posté sur la dalle de roche volcanique où il avait atterri, Kai désignait le seul endroit non étouffé par la végétation. La cuvette formée par la pente protégée d'une montagne dentelée palpitait de chutes d'eau, chacune plongeant sur des centaines de mètres, du haut de la falaise.

— Et il y a une autre série de chutes en bas, avec un bassin à la base. Vous devrez faire un peu de trekking pour y accéder, cela dit.

Cruz fit le tour et renifla, inspectant chaque centimètre de la jungle environnante. Au moins, le danger pour Jody semblait moindre. Il n'y avait aucune chance que quelqu'un ait pu les suivre dans cette vallée reculée, vu qu'on n'y pénétrait qu'à pied ou en hélicoptère.

Il jeta un coup d'œil à Kai, qui aidait à décharger l'équipement.

Toujours rien ?

Ce dernier secoua la tête.

Rien que je puisse capter.

À cet instant précis, Richard fouilla dans la poche de sa veste pour en sortir un étui noir, puis il fit signe à Jody de s'avancer. Il en sortit un saphir bleu étincelant qu'il lui attacha autour du cou.

Cruz aurait dû se concentrer sur le bijou, mais tout ce qu'il voyait, c'était le geste trop intime du chef de produit. Ce bâtard l'habillait comme un mari le ferait avec sa femme, avant de l'emmener en soirée.

Elle est à moi, rugit son tigre.

Il fit un pas vers Richard, qui blêmit sur-le-champ. En un battement de cœur, l'homme laissa retomber le collier autour du cou de Jody et recula.

Cruz resta à fulminer pendant une autre minute, avant de prêter enfin l'oreille aux paroles essoufflées de Jody.

— Waouh ! Il est magnifique. Et d'un bleu...

Elle tenait le saphir en l'air, pour que le soleil se reflète sur chacune de ses facettes.

La lumière se réfléchit sur ses cheveux dorés et, une fois de plus, Cruz fut frappé par sa beauté. Elle était comme le soleil et le ciel, pleine d'espoir, d'amour et de vie.

« Il suffit d'y croire… » Ses mots lui traversèrent la tête.

— Je ne suis pas sûr, marmonna Kai.

Cruz le fusilla du regard.

Son ami désigna le collier d'un signe de tête.

Je ne sens rien du tout. Si c'est une Pierre d'Esprit, elle n'est pas seulement endormie, elle est carrément en hibernation.

Cruz cligna des yeux. Oh oui, merde ! Il devrait vraiment étudier la pierre précieuse au lieu d'être obsédé par Jody, le grand amour et la destinée.

Il examina le saphir, humant l'air pour y sentir l'ondulation de quelque force surnaturelle à l'œuvre. Suspendu à une chaîne en argent toute simple, le saphir était d'un bleu ciel remarquable, taillé pour avoir la forme d'une fine larme. Mais il n'en émanait aucun courant sous-jacent de puissance, aucune impulsion d'énergie. Dieu merci.

— Si tu le perds, tu me devras des milliers de dollars ! aboya Richard.

Jody déglutit et pressa la pierre contre sa poitrine.

— Écoutez, s'il commence à pleuvoir, nous devrons rapidement déguerpir, déclara Kai. Impossible de prévoir la survenue d'une crue.

Quelqu'un l'avait-il seulement écouté ? Eh bien, Jody, oui, comme le confirma son regard sur le cirque montagneux environnant. Mais Guy se contenta de déambuler à la recherche d'angles propices et des meilleures expositions lumineuses. Pendant ce temps, Richard attirait l'attention de Jody d'un claquement de doigts.

— Va t'habiller.

Jody soupira et chuchota à Cruz :

— Que la dernière séance commence !

« Va t'habiller » se traduisait plutôt en « Va te déshabiller », et Cruz ne put que retenir des grognements de mécontentement en voyant que Jody ôtait couche après couche. Elle ne s'arrêta que lorsqu'elle n'eut plus sur elle qu'un minuscule string et un T-shirt blanc qui faisait ressortir le bleu du bijou. La détermination brillait dans ses yeux. Ses lèvres remuaient, prononçant un mantra qu'il n'arrivait pas vraiment à comprendre. Était-ce : « Je fais ça pour ma famille » ou « Je jure que je ne ferai plus jamais ça » ?

Le ventre de Cruz se noua. Il avait laissé Silas faire pression sur elle. Il avait laissé Jody accepter de faire quelque chose qu'elle détestait. Cela en valait-il vraiment la peine ?

— Allons-y, lança Guy en se mettant en route pour les chutes inférieures.

Kai resta avec l'hélicoptère. Jody bondissait à travers la jungle aussi facilement qu'elle naviguait sur les vagues. Richard, lui, maudit chaque étape du chemin. Cruz suivait de près, les sens en alerte. L'odeur de tourbe de la vallée lui emplissait le nez et ses oreilles frémissaient à chaque bruissement dans l'épais sous-bois, mais rien ne semblait anormal.

— Waouh ! C'est incroyable ! s'exclama Jody lorsqu'ils pénétrèrent dans la clairière au pied d'une cascade plus basse et plus large avec un bassin d'eau claire à sa base.

— Commençons avant que le temps ne se gâte, déclara Guy avant de lui ordonner d'un claquement de doigts de mettre ses cheveux en arrière.

Elle attrapa le regard de Cruz pendant qu'elle le faisait avec les doigts. Il se passa la langue sur les lèvres. Dieu, si elle refaisait ce truc de diablesse, il était fichu.

— Bien. Plus de brillant à lèvres, décréta Guy en lui lançant un tube de gloss.

Cruz détourna les yeux, parce que regarder Jody avancer les lèvres l'aurait définitivement fait dévier de son chemin.

— C'est mieux. Maintenant, enlève le haut du bikini, lâcha Richard.

— Quoi ?! s'écria Jody.

Cruz se retourna, prêt à démolir le gars.

— Tu peux garder le T-shirt, précisa Richard. Et le saphir. Mais pas de haut de bikini en dessous.

Le regard de Jody passa de Richard à la cascade avant de tomber sur sa poitrine. À la seconde où elle serait sous la cascade, le T-shirt blanc serait trempé et...

— Pas question, déclara-t-elle en croisant les bras.

— On te paie soixante mille dollars, rétorqua Richard. Tu les veux ou pas ?

Cruz s'avança, mais elle l'arrêta d'une main sur son torse.

— C'est moi qui mène la danse, n'est-ce pas ?

Il fusilla Richard du regard par-dessus son épaule et se força à hocher la tête.

— En effet, mais tu n'es pas obligée de le faire, Jody.

Elle opina deux fois du chef.

— Je ne suis pas obligée, mais je le veux. Le jeu en vaut la chandelle.

Il chercha à croiser son regard avant qu'elle ne l'écarte pour avoir un peu d'intimité.

— Comment le jeu peut-il en valoir la chandelle ?

— J'imagine ma sœur et son mari en train de câliner leur bébé. Je vois mon père barbotant dans l'eau avec son petit-fils. J'imagine son magasin de surf, toujours debout jusqu'à ce que mon père soit prêt à prendre sa retraite.

Elle hocha fermement la tête.

— Le jeu en vaut la chandelle.

Le cœur de Cruz tambourinait dans sa poitrine quand il enroula sa main autour de la sienne. Bon Dieu, il aimait cette femme. Et merde, il devait vraiment trouver un moyen de le lui dire.

Bientôt, grogna son tigre. *Bientôt.*

— Juste une chose, ajouta-t-elle.

— Tout ce que tu veux.

Tout ce que tu veux, concéda son tigre.

— Ne le prends pas mal, d'accord ? le supplia-t-elle avec une petite moue.

Son cœur se serra. Que s'apprêtait-elle à dire ?

— Je préférerais que tu ne regardes pas, cette fois.

Ces mots lui entaillèrent le cœur comme un burin le faisait sur la pierre, pour en enlever un éclat à la fois. Ils avaient passé une nuit incroyable ensemble. Il l'avait touchée, embrassée et léchée partout. Et pourtant, soudain, elle ne voulait pas qu'il la voie à moitié nue sous une cascade ?

— Ce n'est pas moi, chuchota-t-elle sans lui lâcher la main, celle qu'il cherchait pourtant à lui retirer. Pas la vraie moi.

Il l'observa. Les photos que Guy allait prendre ici étaient destinées aux magazines et aux panneaux d'affichage du monde entier, mais Jody ne voulait pas qu'il les voie ?

Son visage dut exprimer sa douleur, car elle lui passa une main sur le torse et ajouta :

— Je ne le pense pas de manière négative. C'est juste que je ne... ne...

C'est juste que tu ne veux pas m'avoir près de toi, faillit-il lâcher.

Laisse-la tranquille, intervint son tigre. *Elle est humaine. Ils font des choses bizarres parfois.*

Oui, répliqua-t-il. *Les humains sont imprévisibles. Irrationnels. Même dangereux parfois.*

Dangereux pour les imbéciles comme lui qui ne protégeaient pas leur cœur. Il secoua lentement la tête, le ventre noué.

Je pensais qu'elle était différente.

Elle est différente. Elle est spéciale, insista son tigre.

Mais soudain, il n'était plus sûr de ce qu'il devait croire.

Elle a raison. Ce n'est pas vraiment Jody. La vraie elle, c'est celle que nous avons vue à la maison, continua son tigre.

Cruz savait que ce n'était que du bon sens, pourtant ce qu'il éprouvait, c'était un sentiment de rejet. Richard et Guy pouvaient la regarder, mais pas lui ?

— C'est toi qui mènes la danse, marmonna-t-il en reculant lentement.

Jody parut dévastée, mais Richard et Guy lui dirent de se hâter avant qu'elle puisse ajouter un mot, et c'en fut terminé de leur échange.

Cruz tourna le dos et fixa ses chaussures alors que son tigre tempêtait à l'intérieur.

N'en fais pas toute une histoire. Essaie juste de comprendre.

C'est assez ironique de voir pour une fois son tigre faire la leçon à son côté humain.

— Passe sous la cascade, ma puce. Magnifique. Maintenant, penche-toi vers moi...

Cruz ferma les yeux, regrettant de pouvoir entendre les instructions que Guy donnait à Jody, ainsi que les clics de l'appareil.

Tu as besoin de faire passer ta colère, dit son tigre. *Bouge un peu.*

Il avait envie de courir dans les bois et de grogner jusqu'à ce que sa rage se propage en écho à travers les montagnes, mais c'était impossible. Pas quand il s'était engagé à protéger Jody.

Bien sûr, rien ne l'empêchait de vérifier les environs. Il s'enfonça donc dans la jungle jusqu'à ce que le son de la cascade et le bruissement des feuilles noient la voix de Guy. Chaque pas qu'il faisait le soumettait à la tentation de se métamorphoser et de courir, et il ne fallut pas longtemps pour qu'il cède, abandonnant ses vêtements en tas sur un rocher. Il laissa son tigre prendre possession de son corps, grimaçant tout au long de la métamorphose. Lorsque ses deux natures étaient en accord, la métamorphose était une transition douce et sans effort, qu'il ressentait à peine. Mais quand elles se trouvaient en conflit, le changement de forme était un processus grinçant et douloureux qui donnait aux secondes la durée d'heures de torture. Ses épaules lui faisaient mal lorsqu'elles s'abaissaient dans leur position féline. Sa peau brûlait pendant que ses rayures de tigre apparaissaient et que sa mâchoire s'étirait.

C'est ta faute, grommela son tigre en se secouant copieusement lorsque la transition fut enfin terminée.

Après quoi il s'élança, sans s'éloigner du sous-bois. Il plongea le museau vers le sol, puis le pointa vers le haut pour humer l'air. Il ne s'attendait pas vraiment à flairer une odeur de danger, mais...

Un bruit de moteur monta de la vallée. Il se précipita sur un affleurement rocheux.

Mais qu'est-ce qui se passe ? Kai ? lança-t-il en voyant l'hélicoptère décoller et s'envoler.

Ça tombe mal, mais il y a un appel de détresse, répondit-il sur un ton tendu. *Deux adolescents sont partis en planche à voile et ne sont pas rentrés. Les services d'urgence appellent tout le monde dans la région pour aider à les localiser avant que le temps ne se gâte.*

Cruz leva les yeux. La brume flottait au-dessus des cimes des montagnes, mais le vrai problème, c'étaient les nuages sombres et furieux qui s'amoncelaient.

Combien de temps penses-tu que le temps va tenir ?

La vallée est encore claire, mais merde, tu devrais voir les nuages qui arrivent du nord-est, marmonna Kai depuis son point d'observation en altitude.

Cruz descendit d'un bond du rocher et gratta le sol avec sa patte tout en appelant son ami une fois de plus.

Reviens aussi vite que tu peux. On doit sortir Jody d'ici.

Bien reçu, répondit-il en disparaissant.

Cruz pesta et rebroussa chemin vers la cascade. Il sauta par-dessus un tronc d'arbre moussu, se dirigeant vers l'endroit où il avait abandonné ses vêtements. Soudain, le vent tourna et vint le taquiner avec une nouvelle odeur.

Il se figea, immobile à l'exception de ses moustaches qui tressaillaient et de sa queue qui se balançait rapidement. L'odeur terreuse de la lobélie imprégnait la vallée, ainsi que celle des fougères endémiques et même un parfum rare de gardénia. Mais quelque part derrière tous ces parfums...

Il tourna la tête, suivant la faible odeur de mammifère. De métamorphe. De... de... d'un autre félin ?

Les poils de son dos se hérissèrent et se dressèrent alors qu'il se précipitait dans la vallée, sur les traces de ce parfum inconnu. Il ne pouvait même pas se résoudre à la traquer correctement. Au lieu de quoi, il se rua tête baissée pour affronter l'intrus qui n'avait rien à faire dans un endroit aussi reculé dans les montagnes... ou si près de Jody. Le sol se mua en un tapis brun-vert sous ses pieds. Des lianes lui fouettaient les flancs pendant qu'il se filait.

Devant lui, des branches craquaient, son révélateur d'une fuite sous la panique. Les feuilles se balançaient, répandant de l'eau sur le trajet de l'intrus en fuite, et l'odeur âcre de la peur monta dans l'air. Cruz s'élança à ses trousses, entrevoyant une fourrure fauve et une queue touffue. Il courut, rapide et furieux, acculant la bête vers le haut de la pente. Après une ultime accélération, il se lança sur l'intrus dans une explosion de grognements. Ils dévalèrent la pente, se battant l'un contre l'autre à coups de griffes et de crocs mortels.

Cruz rugit et pesa de tout son poids sur un côté, pour entraîner son ennemi au sol jusqu'à le coincer, le ventre exposé. Il scruta le museau sombre et le cou cerclé de fourrure.

Un lion. Qu'est-ce qu'un putain de métamorphe lion fabriquait à Maui ?

Il fit claquer ses dents à un poil de la gorge de la bête, afin de lui envoyer un message sans ambiguïté.

Bouge et tu es mort.

Le jeune lion inexpérimenté haletait furieusement. Soudain immobile, il se soumit aussitôt.

Tu es qui, bordel ? aboya Cruz.

La plupart des métamorphes pouvaient communiquer d'esprit à esprit, et bien qu'il soit plus difficile d'entendre les pensées d'un métamorphe inconnu, les espèces similaires parvenaient souvent à se faire comprendre.

Il a intérêt à se rendre intelligible, grogna le tigre intérieur de Cruz.

Ne me fais pas de mal, cria le lion, terrorisé. *Ne me tue pas.*

La collerette autour de son cou n'avait pas encore pris la consistance d'une véritable crinière tant il était jeune.

Jeune et stupide, pensa Cruz.

Et certainement étranger à l'île. Il ne connaissait pas un seul métamorphe lion sur Maui.

Qu'est-ce que tu fous ici ?

Juste, euh... euh...

Ouais, le gamin mijotait un sale coup, c'était sûr. Cruz se pencha encore et grogna d'un ton plus grave tout en dressant les oreilles. Il doutait que ce lionceau ait parcouru tout ce chemin tout seul. Y avait-il d'autres métamorphes là-bas ?

Avec qui tu es venu ici ? demanda-t-il. *Qu'est-ce que tu prépares ?*

Rien ! glapit le lion avant de capituler quand Cruz grogna à nouveau. *Tout ce que je suis censé faire, c'est observer de là-haut. Je jure que je ne vais même pas m'approcher. Je suis juste censé regarder et apprendre...*

Le lion referma la bouche, conscient qu'il en avait trop dit.

Cruz dénuda entièrement ses crocs.

Apprendre ? De qui ?

Le lion hésita jusqu'à ce qu'il lui agite les griffes de sa patte gauche devant le visage.

Mon oncle. Je suis juste censé le regarder. Je jure que je n'allais rien faire d'autre.

L'esprit de Cruz tournait à plein régime. Une troupe de métamorphes lions était-elle en train de s'installer à Maui ? Travaillaient-ils pour Moira ou essayaient-ils de saboter la séance photo ? Sa famille avait-elle déjà croisé le chemin d'une troupe de lions qui pourrait à présent vouloir lui causer des problèmes ?

Rien de tout cela n'avait de sens, qu'il essaie d'assembler les morceaux dans un sens ou dans l'autre.

Un hélicoptère revint dans la vallée et il relâcha son souffle. Si Kai était de retour, il pourrait l'aider à aller au fond des choses.

Levant la tête, il prit une profonde inspiration. Et juste à ce moment-là, pendant cette fraction de seconde d'inattention, le jeune métamorphe lion se jeta dans les broussailles.

Cruz grogna, mais ne prit pas la peine de s'élancer à sa poursuite. Avec Kai en renfort, un lion en fuite ne constituait pas une grande menace. La question était de savoir quels autres métamorphes pouvaient se tapir là, à l'affût.

Il eut beau flairer, il ne parvint pas à distinguer autre chose que l'odeur du lionceau qui décampait à toute allure.

Cruz redescendit en trottinant, orientant ses oreilles selon le bourdonnement de l'hélicoptère. Le son était plus aigu qu'avant. Kai était-il pressé ? Il sauta sur un rocher pour bien voir l'appareil se poser.

Attends un peu, grogna son tigre.

L'hélicoptère de Kai était marron, rayé de bandes rouges et jaunes, mais celui qui descendait à présent en piqué était un grand A-Star bleu. Cruz grogna en voyant cinq gros malabars en sortir. Immenses, baraqués, des espèces de mercenaires, sauf le chef, qui était plus grand et plus maigre. Des métamorphes lions ?

Quand Cruz prit une nouvelle inspiration et son sang se glaça. Une odeur singulière se mêlait aux autres. Enfin, moins une odeur qu'une absence de celles censées être là.

Quel genre de créature ne sentait rien ? Quelle bête repoussait les odeurs au lieu de porter les siennes ?

Soudain, la réponse le frappa et il jura. Un vampire. Cette absence d'odeur était la marque d'un vampire.

Il ne s'attarda pas une seconde de plus ; comme il avait chassé le jeune lion loin vers le haut de la montagne, les nouveaux arrivants étaient beaucoup plus proches de Jody que lui.

Merde ! jura-t-il avant de dévaler la pente, le cœur serré. *Jody. Jody...*

Chapitre 17

— Lève le menton plus haut. Tourne-toi un peu plus.

Guy était accroupi près des genoux de Jody, dirigeant la caméra vers le haut pour capter l'eau ruisselant en cascade sur son corps.

Elle fit de son mieux pour canaliser la « diablesse » qui était en elle, mais sans succès. Se tenir sous la cascade aurait dû être agréable et rafraîchissant, pourtant elle se sentait sale et utilisée, surtout avec Richard qui la reluquait comme ça en arrière-plan.

— Qu'est-ce que tu as aujourd'hui ? se plaignit-il. Où est passée la magie de la dernière séance ?

Elle dissimula une grimace. La magie, c'était Cruz qui l'avait fait naître, mais elle l'avait renvoyé. Pire, elle l'avait contrarié. Ne comprenait-il pas pourquoi elle ne voulait pas qu'il regarde ? Elle s'était totalement dévoilée à lui la veille et elle souhaitait qu'il chérisse la personne qu'elle était vraiment, et non pas qu'il pollue sa mémoire avec cette caricature d'elle-même. Et merde, elle l'aidait aussi de cette façon. Ne lui en était-il pas reconnaissant ?

Mais après un premier coup d'œil, Cruz avait à peine regardé le saphir. Peut-être que ce n'était pas le saphir qui les intéressait, Silas et lui, au bout du compte.

Le doute lui obscurcit l'esprit. Et si Cruz ne s'en souciait pas ? Et s'il était seulement intéressé par un bijou, un autre bijou, et pas vraiment par elle ? Et s'il l'avait utilisée depuis le début ?

Sans réfléchir, elle porta l'ongle de son pouce à sa bouche pour le ronger, puis en arracha un bout avant que Richard

puisse commenter. Avait-elle été trop confiante, trop impa-
tiente ? Avait-elle été trop envoûtée par le guerrier sombre et
maussade, si mystérieux ?

— Centre le collier et penche-toi en avant, ordonna Guy.

Quand elle se cambra, le saphir s'éloigna de sa poitrine.
Elle l'attrapa et le stabilisa, puis regarda vers le bas. Malgré
la température fraîche de l'eau, la pierre précieuse semblait plus
chaude qu'au début. Était-ce dû à la chaleur de son corps ?

Elle fronça les sourcils. Sa chaleur corporelle n'était plus si
élevée, maintenant que Cruz était parti.

— Essaie de soulever le pendentif, dit Guy. On va voir si
tu arrives à lui faire attraper la lumière.

Elle tint la pierre plus haut. Les nuages s'amoncelaient dans
le ciel pendant qu'il parlait, mais les rayons du soleil perçaient
encore la vallée ; pour le moment, du moins.

— Juste là. Superbe. J'adore la manière dont il réfléchit la
lumière, commenta Guy.

Jody l'examina. *Waouh !* Le bijou la reflétait vraiment
bien.

— Mets-toi sous la cascade. Renverse ta tête en arrière,
comme si tu prenais une douche.

Lâchant le saphir, elle obtempéra. Un point chaud sur sa
poitrine lui indiquait où reposait la pierre précieuse, cependant
son attention fut détournée par un hélicoptère qui passa au-
dessus d'elle. Ce n'était pas l'appareil marron à rayures de Kai.
Quelques instants plus tard, plusieurs hommes apparurent sur
la colline d'où elle était descendue.

— Qui c'est ? demanda-t-elle, quittant sa pose.

Richard écrasa sa cigarette contre un rocher et la jeta dans
le bassin à ses pieds.

— Sans doute les gars du bureau de la société *Éléments* que
j'ai invités.

Il se frotta les mains.

— Quand ils verront ces photos et qu'ils les rapporteront
au patron, on deviendra l'équipe de publicité principale, c'est
sûr.

Tu as invité qui ? eut-elle envie de glapir, mais avant de
se retenir... in extremis. La dernière chose qu'elle voulait,

c'était que d'autres personnes la regardent se pavaner à moitié nue. Bien sûr, les photos finiraient par être publiées, mais que des gens la voient poser en chair et en os semblait violer encore plus sa vie privée.

— Concentre-toi, grogna Richard.

Jody fit de son mieux, toutefois l'eau qui sautillait sur son corps arrivait en fines rafales irrégulières et les hommes qui la contemplaient depuis le sommet de la pente lui donnaient la chair de poule. Où était Cruz ?

— J'aimerais avoir un peu plus d'eau, demanda Guy.

Jody savait exactement ce qu'il voulait dire. La chute d'eau se divisait en six torrents séparés, chacun tenant davantage du filet que d'une douche. Elle imagina le bassin de pierre chez Cruz. Exactement la bonne quantité.

Une seconde plus tard, elle cria en recevant sur la tête ce qui lui fit l'effet d'un seau d'eau. Guy recula d'un bond et se détourna pour protéger sa caméra des éclaboussures. Jody cligna des yeux, levant les yeux vers la cascade.

— Hé, faut faire gaffe à ce qu'on souhaite ici, ma belle, plaisanta Guy. Maintenant, vite, pendant que ça coule. Regarde de ce côté et tiens le saphir contre ton cœur.

Elle s'attendait à ce que le bijou soit froid et dur, pourtant il s'avéra étonnamment agréable, presque comme s'il voulait qu'elle le garde contre elle.

— Parfait ! Tiens-le juste là pour que la lumière s'y reflète.

Elle ne put s'empêcher d'y jeter un coup d'œil. Ce n'était pas seulement la lumière. Le saphir étincelait.

— Viens, ma puce. Retrouvons un peu de la magie de l'autre jour.

Elle n'avait pas une once de magie en elle, pas sans Cruz dans les parages. Mais, bordel, peut-être que le saphir en avait, lui, parce que la lumière qui s'en dégageait s'intensifiait. Les facettes ne se contentaient pas de refléter les rayons du jour, elles semblaient projeter leur propre luminescence.

— Bien. Maintenant, ferme les yeux...

Elle obéit et se retrouva à dériver dans des images d'eau de toutes sortes. Eau de rivière impétueuse. Ressac rugissant du bord de mer. Murmure de la pluie. Ruisseaux qui babillaient.

Toutes ces scènes se confondaient comme dans l'une de ces vidéos de relaxation que les citadins utilisaient pour retrouver leur paix intérieure.

Des bruits de pas retentirent à proximité. Au début, elle pensa que cela faisait partie du menu aquatique qui bouillonnait dans sa tête. Mais Richard interpella bientôt les arrivants pour les saluer :

— Messieurs, messieurs, heureux que vous ayez pu venir !

Jody rouvrit aussitôt les yeux et ses mains se portèrent à sa poitrine. Elle s'était habituée à Guy et Richard... plus ou moins, disons. Mais cinq nouveaux venus étaient apparus, de grands types aux cheveux longs et léonins. L'idée qu'ils la reluquent eux aussi...

— Oh, ne vous dérangez pas pour nous, répondit le plus grand en la regardant.

Guy l'encouragea à continuer :

— Allez, chérie, encore une série. Lève le menton...

Jody frissonna. Les nuages continuaient d'arriver avec régularité et la température baissait. Elle balaya les environs du regard, en quête de Cruz, avec l'impression d'être nue et vulnérable. Serrer le saphir lui donnait cependant la sensation d'être plus ancrée. Plus puissante, en quelque sorte. Lentement, elle redressa ses épaules.

Je peux le faire. Je peux le faire...

— Bien. Maintenant, incline-toi de cette façon...

Elle fit de son mieux, mais c'était difficile avec ces hommes, là, qui la déshabillaient du regard.

— Bien. Continue comme ça. Porte-le jusqu'à ton visage, ordonna Guy.

Elle cligna des yeux, le bijou au creux de ses deux mains. La lumière dansa et scintilla dans les facettes, s'animant d'une vie propre.

Guy marmonnait pour lui-même, comme il le faisait toujours. Richard bavardait avec l'un des types qui encadraient le grand et maigre. Soudain, malgré tout ce chambardement et le bruit de la cascade, elle entendit le géant prendre une forte inspiration. Ses yeux vinrent se poser sur le saphir et ses lèvres remuèrent.

Un frisson parcourut l'échine de Jody, qui serra le bijou plus fort.

— J'aime la façon dont la lumière se reflète dans cette pierre, commenta Richard.

Le tonnerre gronda au sommet des montagnes, incitant tout le monde à lever les yeux.

— Putain ! On doit se dépêcher de prendre les dernières photos, constata Guy en effectuant des réglages sur son objectif.

L'homme grand et maigre s'avança, sautant d'un rocher à l'autre avec une vitesse et une grâce incroyables. Alors qu'une seconde plus tôt, il se trouvait loin d'elle, il était maintenant beaucoup trop près. Chaque pas qu'il effectuait faisait reculer Jody, la poussant contre la cascade.

— Mademoiselle Monroe ? lança-t-il, d'une voix profonde et autoritaire.

Ses yeux étaient noirs, d'une impassibilité sinistre ; le blanc était d'un jaune sale. Ses cheveux luisaient de gomina.

— Ne bougez pas, Vasco, lui demanda Richard. Laissez Guy finir ses clichés.

Elle vit la colère s'allumer dans les yeux du nouveau venu. Vasco. Qui était-ce ?

— C'est moi qui dis quand les clichés sont terminés, répliqua-t-il d'un ton monocorde et effrayant.

Ses yeux se rivèrent à ceux de Jody, tels un prédateur entièrement concentré sur sa proie.

— On a un planning serré, objecta Richard en secouant la tête.

Richard, voulut-elle chuchoter. *Tais-toi. Ne le pousse pas à bout.*

Elle percevait en Vasco le frémissement d'une force sous-jacente, un peu comme chez Cruz. Mais contrairement à ce dernier, il dégageait la sensation effroyable d'un être sans pitié. Diabolique, presque. Elle détacha son regard de lui pour chercher vers les collines. Merde, où était Cruz ?

— Moira LeGrange est peut-être la grande patronne, fanfaronna Richard, mais je suis le chef de produit sur ce shooting photo, et je dis. . .

Vasco tordit la main que Richard avait placée sur son épaule et le repoussa si fort que le « chef de produit » tomba à la renverse dans une eau à hauteur de genoux. Il se releva en postillonnant, pour se retrouver empoigné et immobilisé par les autres hommes.

Guy, qui ne se rendait compte de rien, réglait son zoom. Il tenait son appareil si près de ses yeux qu'il n'avait pas remarqué l'altercation.

— Très bien, maintenant je voudrais que tu...

Le cœur de Jody battait la chamade tandis qu'elle reculait de quelques centimètres le long de la cascade. Le grand et maigre était clairement capable de se montrer impitoyable. L'envie de courir lui transperça les os.

— Vous êtes Jody Monroe, la fille de Ross Monroe ?

— Attendez une minute ! glapit Guy au moment où Vasco entrait dans le cadre.

Elle était tellement terrifiée qu'elle ne pouvait plus parler. Des images horribles défilaient dans son esprit. Ce voyou avait-il fait quelque chose à son père ou à ses sœurs ?

— Maintenant, écoutez-moi bien, intervint Richard.

Vasco ne se retourna même pas. Il leva simplement une main et claqua des doigts. Les hommes qui tenaient le chef de produit lui prirent la tête en étau avant de la tourner d'un coup sec.

Les yeux toujours écarquillés et paniqués, il mourut dans la seconde.

— Richard ! s'écria Jody.

Ils lui avaient brisé la nuque comme une brindille et laissèrent son corps tomber par terre sans manifester la moindre émotion.

— Doux Jésus ! s'exclama Guy en se retournant.

Vasco ne prêta pas la moindre attention à la fuite du photographe, qui fut rattrapé par ses hommes de main.

Jody chercha frénétiquement quelque chose pour se défendre. Un bâton. Une pierre. Mais elle pouvait à peine bouger, et encore moins réfléchir.

— Vous êtes Jody Monroe, n'est-ce pas ? répéta Vasco d'une voix effroyablement calme.

— Que voulez-vous de moi ?! s'écria-t-elle en agrippant le saphir.

L'eau lui éclaboussa les épaules quand elle traversa le mince rideau de la cascade.

Vasco se fendit d'un sourire.

— Une gorgée. Juste une petite gorgée, chuchota-t-il en regardant son cou. Que je goûte votre sang.

Ses canines étaient beaucoup trop pointues. Ses ongles aussi. Jody se figea, horrifiée.

« Il y a toutes sortes de mauvais esprits dans le monde », avait coutume de répéter sa grand-tante. « Des fantômes. Des démons. Des vampires... »

Elle avait envie de crier qu'il devait y avoir une erreur. Qu'il existait une autre Jody Monroe dans le monde qui avait attiré l'intérêt de ce monstre sans qu'elle sache comment.

— Laissez-moi partir, protesta Guy dans son dos.

Il grogna une seconde plus tard quand l'un des hommes le frappa en plein ventre.

Cruz ! cria silencieusement Jody. *À l'aide ! Cruz !*

Le sourire de Vasco s'étira.

— D'accord, je veux peut-être plus qu'une gorgée. Mais ne vous inquiétez pas, je ne vous viderai pas. Quelqu'un d'aussi unique que vous...

Unique ? Elle n'était pas unique. Elle était juste elle.

Les yeux du vampire tombèrent sur le collier qu'elle portait et il gloussa pour marquer son approbation.

— Quelle belle pierre vous avez là ! Moira sera ravie de ce cadeau inattendu.

Elle referma instinctivement les doigts autour du saphir et une poussée d'énergie pulsa à travers son bras.

« C'est moins le bijou lui-même que ce qu'il représente », avait dit Silas. « Mais plus vous en saurez, plus vous entrerez dans un monde dont vous ne souhaiterez peut-être pas faire partie. »

Elle avait le vague pressentiment qu'elle venait d'atterrir dans ce monde, quel qu'il soit. Des meurtriers ? Pire, des vampires ? Existaient-ils vraiment ?

Vasco se jeta sur elle si rapidement que le mouvement devint flou. Elle réussit tout juste à reculer d'un bond pour échapper à son emprise. L'un des ongles longs et pointus de Vasco lui parvint malgré tout à lui griffer l'avant-bras et elle glapit en couvrant la blessure.

— Ah, fit-il avec un sourire. Une petite mise en bouche. Juste ce dont je rêvais.

Il leva le doigt et en lécha lentement la goutte de sang comme un enfant savourant une sucette. Il ferma les yeux, se délectant du goût tandis qu'elle faisait un mouvement de recul, dégoûtée.

— Merde, vous êtes qui ?! cria Guy.

Les yeux jaunâtres de Vasco s'ouvrirent et ses lèvres remuèrent pour mieux appréhender le goût.

— Attendez une minute...

Quand il bondit et l'attrapa, Jody se figea devant ses canines pointues.

Vasco lui entailla l'avant-bras, y laissant une incision de huit centimètres. Alors seulement à cet instant elle se dégagea, le regardant lécher son sang une seconde fois. Il sortit la langue pour goûter. Tester. Et soudain, son visage s'assombrit.

— Une humaine ? Vous êtes une simple humaine ?

Jody eut envie de crier. Que pourrait-elle bien être d'autre ?

Des yeux sombres et sans remords la scrutaient.

— Vous êtes bien Jody Monroe, la fille de Ross Monroe ?

Son esprit tournait à plein régime. Quel que soit l'intérêt porté à son sang par ce fou, il était mal placé s'il cherchait un parent de Ross Monroe, le meilleur père qui soit... mais pas son père biologique. Non pas qu'elle ait osé le mentionner. Et si ce monstre le traquait ensuite ? Ou peut-être sa jeune sœur, qui était vraiment du sang de leur père ?

Jody tenta de s'enfuir, mais tout ce qu'elle parvint à faire, ce fut traîner les pieds sur un gros rocher plat.

Une voix retentit soudain au-dessus d'elle et une ombre se profila. Elle plongea, poussa un cri aigu, puis un autre de soulagement :

— Cruz !

Il sauta du haut de la cascade, atterrissant accroupi dans un mouvement sinistrement silencieux. Et bordel, elle n'avait jamais été aussi heureuse de voir quelqu'un. Même... bordel, même si ce quelqu'un était nu. Qu'est-ce que c'était que ce cirque ?

— Bas les pattes, grogna-t-il à l'attention de Vasco.

Alors qu'il se redressait, il leva un bras en arrière pour la protéger. Elle tendit la main afin de lui toucher le dos, aspirant désespérément à un sentiment de sécurité. Au moment où ils entrèrent en contact, une explosion d'énergie la traversa et elle haleta, clignant des yeux. La peur avait ralenti son esprit et ses membres, mais elle se sentait soudain revigorée et parfaitement alerte. Comme si elle venait de se brancher sur une nouvelle source d'énergie : Cruz. La chaleur provenant du saphir semblait se démultiplier, elle aussi.

« Il est possible que le bijou, s'il s'agit de celui que nous redoutons, finisse par atterrir entre de mauvaises mains », avait dit Silas.

Elle tint fermement le saphir. Vasco était définitivement les mauvaises mains en question. Mais merde, que pouvait-elle entreprendre pour protéger le collier ?

— Ça va ? grommela Cruz sans quitter Vasco des yeux.

Jody essuya la coupure sur son bras, laissant la cascade nettoyer le sang.

— Ouais, répondit-elle en cachant le tremblement dans sa voix.

Parce que, putain, même avec Cruz à ses côtés, comment allait-elle échapper à cinq hommes ?

— Prenez le bijou si vous voulez, mais laissez-nous tranquilles ! cria Guy.

Vasco ne cilla pas. Il se contenta d'examiner Cruz de la tête aux pieds.

— Alors, qui avons-nous là ? Cette tête brûlée de monsieur Khala, je présume ?

Cruz grogna.

— Ne présumez rien de moi, connard.

Jody garda la main sur son dos, dans l'espoir qu'il ne perde pas son calme. D'où Vasco le connaissait-il ? Et qu'est-ce qui se passait, bordel ?

Soudain, les rouages de son esprit se mirent en place et elle le pointa du doigt.

— Vous étiez là, le soir de la fête. Vous avez essayé de me tuer.

La rage bouillonnait si fort en elle que ce fut bientôt Cruz qui lui tint la main, pour tenter de la calmer.

Vasco eut un petit claquement de langue réprobateur.

— Moi, je n'essaie pas, ma chère. Je réussis. Le tireur était l'un de mes associés.

Il jeta un regard furieux à l'un de ses hommes.

— Un associé qui aurait pu être puni pour son incompétence si ses actes n'avaient pas révélé qui tu étais vraiment.

Elle le fixa du regard. Qu'est-ce que cela signifiait ?

Les yeux de Vasco se plissèrent et il pinça les lèvres.

— À moins, bien sûr, que vous ne soyez pas aussi spéciale qu'on me l'a laissé croire. Ou votre lignée s'est-elle tellement diluée que sa saveur a disparu ?

Ses mots n'avaient aucun sens, mais ils lui retournèrent tout de même l'estomac.

— Écoutez, intervint Guy, je ne sais pas ce qui se passe ici, mais...

Son glapissement fut suivi d'un claquement à glacer le sang et d'un bruit sourd de liquide qui jaillissait.

— Oups, gloussa un grand costaud en laissant tomber le corps de Guy.

Comme Richard, Guy flottait à plat ventre dans le bassin. Mort.

— Vous... Vous..., haleta Jody.

Cruz se tourna légèrement pour la protéger. Leurs yeux se rencontrèrent, flamboyant d'indignation, toutefois ceux de Cruz cherchaient aussi à lui donner du courage.

Vasco soupira devant l'assassin de Guy.

— Et comment tu vas te débrouiller pour couvrir nos traces, maintenant ?

Elle n'en revenait pas de sa désinvolture.

— Aucun problème, lâcha le meurtrier. On va s'arranger pour que ça ait l'air d'un crime commis par des humains.

Jody marqua un temps d'arrêt. Et rebelote. « Des humains ». Ces hommes, ils étaient quoi alors ?

Cruz se raidit, un grognement sourd et menaçant s'échappant de ses lèvres.

L'un des hommes désigna Jody avec un ricanement dédaigneux.

— Personne ne croira qu'elle les a tués.

Elle en resta bouche bée. Ils voulaient lui faire porter le chapeau ?

— On n'a pas besoin de grand-chose, répliqua le premier. Place une petite preuve, bâtis une petite histoire...

Le visage de Cruz afficha une effrayante nuance de rouge.

— Placer des preuves ? Où est-ce que vous avez déjà fait ça ? En Inde, peut-être ?

Vasco esquissa une petite révérence.

— Un véritable aficionado parcourt le monde pour en goûter les meilleures saveurs, mon cher tigre.

Jody le dévisagea. Son cher quoi ?

— C'est vous. C'est vous qui avez tué ma famille.

Cruz serra les poings et sa voix devint un grognement meurtrier.

Jody renoua les fils dans son esprit. La famille de Cruz avait été tuée au cours d'un événement horrible dont il refusait de parler. Par Vasco et ses hommes ?

— Vous les avez assassinés et vous avez maquillé le crime.

Une veine pulsait sauvagement dans son cou alors qu'il avançait d'un pas vers Vasco.

Jody s'agrippa à ses épaules pour essayer de le retenir.

— Et vous, à ce que je vois, vous avez gobé toute l'histoire, constata Vasco avec un sourire.

— Pourquoi avez-vous tué ces gens ?! s'écria Jody. Quel genre de monstre êtes-vous ?

Le sourire de Vasco s'élargit, dévoilant de nouveau les pointes de ses dents.

— Je ne suis pas un monstre. Je suis un connaisseur, voyezvous. Un collectionneur de goûts rares.

Elle blêmit. Il parlait de sang avec autant de désinvolture que certaines personnes parlaient de vin.

Il regarda au loin.

— Une fois qu'on a goûté au sang de métamorphe, on ne revient plus jamais en arrière.

Jody resta bloquée sur un mot. « Métamorphe » ?

— Sale enflure, siffla Cruz.

Mais Vasco n'en avait pas fini.

— Du sang de tigre. De loup. Et même de sirène, ou alors on m'a induit en erreur.

Ses yeux se posèrent sur Jody.

— Vous êtes cinglé ! cria-t-elle en cherchant autour d'elle un moyen de s'échapper.

Cet homme délirait. Un fou de première classe dont elle devait s'éloigner.

Le tonnerre gronda dans un long roulement de tambour furieux et des nuages sombres balayèrent le ciel. La température baissa encore de dix degrés, malgré tout le saphir restait chaud contre sa poitrine. Jody leva les yeux, vérifiant s'il n'y avait pas un moyen d'escalader la cascade. Mais le débit était trop régulier et les rochers trop glissants.

L'eau dans le bassin rocheux tourbillonnait à toute allure autour de ses pieds et une image se forma dans son esprit. Celle de flots agités entraînant ses ennemis au loin.

« Impossible de prévoir la survenue d'une crue », avait dit Kai.

Elle secoua la tête, essayant de garder l'esprit clair au lieu de se raccrocher à n'importe quoi. Cruz serra sa main pour lui signaler quelque chose. Il inclina l'épaule gauche et il la tira en avant. Que prévoyait-il exactement de faire ?

Un moteur vrombit dans le ciel et, pendant un instant, Jody espéra que c'était Kai qui revenait avec son hélicoptère. Mais il ne s'agissait que d'un petit avion regagnant sa base avant la tempête qui ne saurait guère plus tarder.

— Jody, chuchota Cruz sous le bruit du moteur, tout en l'attirant contre lui. À la seconde où je te dis de courir, cours. Tu comprends ? Cours et ne regarde pas en arrière.

Elle l'avait vu habité par une dizaine d'humeurs sombres, mais jamais aussi sinistres. Ses yeux vert-jaune étincelaient et un muscle tressaillait dans sa mâchoire.

Il avisa la pierre précieuse autour de son cou.

— Utilise-la.

Elle remua les lèvres sans qu'aucun son n'en sorte. Quelle était l'utilité de ce caillou dans une situation comme celle-ci ?

— Ne te retourne pas, insista-t-il pendant la fraction de seconde où Vasco et les autres furent distraits par l'avion. Et fais-moi confiance. Quoi qu'il arrive, fais-moi confiance.

Le cœur de Jody battait la chamade et pas simplement parce qu'elle appréhendait la suite des événements. Cruz n'était pas seulement en train de lui parler. Il la suppliait.

S'il te plaît, fais-moi confiance.

— Bien sûr, je te fais confiance, chuchota-t-elle.

Cruz n'en eut pas l'air tout à fait persuadé. Qu'avait-il exactement à l'esprit ?

Elle n'eut pas le temps de l'interroger à ce sujet, parce que Vasco reporta son attention sur elle.

— Je ne suis pas cinglé, murmura-t-il en s'avançant. Juste affamé.

Il fit signe à ses hommes de se rapprocher et plongea son regard dans celui de Jody.

— Affamé de nouveaux goûts, et c'est là que Melle Monroe entre en jeu. Mais vous ferez aussi très bien l'affaire, monsieur Khala.

Chapitre 18

Jody ne put s'empêcher de crier à Vasco :

— Vous êtes un monstre !

Un cinglé aussi, mais elle laissa cette partie de côté.

Il haussa les épaules.

— Nous sommes tous des monstres, n'est-ce pas ? Les humains font la guerre. Ils mutilent et volent. Les métamorphes changent d'allégeance selon les saisons.

— Certains seulement, marmonna Cruz en lançant des regards meurtriers à ses interlocuteurs. D'autres connaissent la différence entre le bien et le mal.

Jody les regarda fixement. De quoi parlaient-ils ?

Vasco continua, imperturbable :

— Même mon espèce. Nous traquons. Nous sélectionnons. Nous suçons le sang de nos proies. Eh oui, confirma-t-il en voyant l'horreur sur le visage de Jody. Les vampires. Vous pensiez que nous étions des histoires à dormir debout ?

Il s'esclaffa, dénudant ses dents.

— Alors, laissez-moi vous montrer la vérité.

Les nuages balayèrent les montagnes et un autre roulement de tonnerre secoua l'air.

— Jody, siffla Cruz. Ne l'écoute pas. Nous ne sommes pas tous comme lui.

Elle écarquilla les yeux. « Nous » ? Qu'est-ce que Cruz voulait dire par « nous » ?

— Hubner, Smith, appela Vasco en claquant des doigts. Montrez-lui.

L'un d'eux sourit et ôta sa veste. L'autre grimaça, moins heureux d'obtempérer. Mais ils enlevèrent tous deux leur chemise, révélant de larges torses d'acier. Ils baissèrent ensuite le menton, courbèrent le dos et...

— Oh, mon Dieu, chuchota Jody en reculant.

Ce n'était pas possible. Elle devrait rêver. Ces hommes n'étaient pas en train de se transformer en bêtes sauvages sous ses yeux.

Sauf que si. Une fourrure fauve leur poussait sur le dos pendant qu'ils tombaient à quatre pattes. Des crocs sortirent de museaux qui doublaient de longueur et noircissaient. Elle avait beau secouer la tête, elle ne parvenait pas à chasser l'illusion de son esprit.

— Non...

Cruz avança d'un pas pour la protéger de son corps.

— Les métamorphes, Jody. Certains sont mauvais. Certains sont bons.

Vasco gloussa.

— Le mal est dans l'œil de celui qui regarde, mon ami. Pourquoi ne pas lui montrer vos vraies couleurs ? Ou, devrais-je dire, vos rayures ?

Cruz tenait si fermement la main de Jody qu'il lui faisait mal. Sa voix était un chuchotement bourru :

— Ne l'écoute pas, Jody. Quand je te dirai de partir, cours et ne regarde pas en arrière.

Vasco éclata de rire.

— Oh, je pense qu'elle devrait plutôt rester et regarder, n'est-ce pas ? Ou vous ne voulez pas découvrir qui est vraiment votre garde du corps ? Mais attendez... pas seulement un garde du corps. Un amant. Je me trompe ?

Jody était trop occupée à regarder les bêtes qui rôdaient au bord du bassin rocheux pour répliquer que sa vie amoureuse ne le concernait pas. D'une certaine manière, les mouvements lents et furtifs des lions lui rappelaient Keiki. Non, une seconde. Pas Keiki. Cruz. Pourquoi lui faisaient-ils penser à Cruz ?

Elle lui jeta un coup d'œil, essayant de chasser le doute qui envahissait son esprit.

Il serra les poings et tourna son regard vers elle. Les taches vertes de ses yeux étaient devenues plus sombres, plus menaçantes.

— Ne l'écoute pas, Jody.

— Il veut vous laisser dans l'ignorance, mademoiselle Monroe ! s'esclaffa l'autre. Savez-vous pourquoi ?

Jody avait envie de se plaquer les mains sur les oreilles.

— Tout ce qu'il veut, c'est le collier. Connaissez-vous son passé ? C'est un tueur. Un sniper.

— Jody, insista Cruz. S'il te plaît, fais-moi confiance. Quoi qu'il arrive, fais-moi confiance.

Elle n'eut pas le temps de répondre. Elle en fut incapable, parce que Cruz tomba à genoux devant elle et laissa échapper un faible gémissement.

— Cruz..., réussit-elle tout juste à dire tout en tendant la main vers ses épaules.

— Par ici, minou, minou, s'esclaffa Vasco.

Elle voulait frapper cet homme, mais elle ne pouvait laisser Cruz. Quelque chose clochait chez lui. Une crise d'épilepsie ? Il avait le torse qui tremblait et ses mains se cramponnaient à la roche.

— Fais-moi confiance, grogna-t-il d'une voix étranglée.

— Cruz ! cria-t-elle en lui touchant le dos.

Soudain, elle se figea, parce qu'il avait la peau plus douce qu'à l'accoutumée. Plus poilue. Il tendit les jambes en arrière pour s'étirer et ne former qu'une longue ligne, et puis...

Jody tomba à la renverse et atterrit sur les fesses, pétrifiée par le spectacle d'un homme se transformant en bête à quelques centimètres d'elle.

— Cruz... ?

Mais il était parti, et à sa place, il y avait un tigre. Un véritable tigre du Bengale aux rayures orange et noires. Elle ouvrit de grands yeux, se demandant quand elle se réveillerait de cet horrible cauchemar. Les iris vert-jaune de la bête tourbillonnaient et se concentraient sur elle.

Fais-moi confiance, disaient-ils.

Elle regarda fixement l'animal.

— Cruz ?

Le museau du tigre tressaillit, alors que ses yeux étaient consumés par le chagrin. Tout à coup, la rage prit la place quand il se retourna pour faire face à Vasco.

— Ah, tant de courage mal placé, ironisa ce dernier en agitant une main. Quelle futilité ! Dans tous les cas, je vous tuerai, M. Khala. Je la tuerai aussi et je prendrai la pierre. Moira sera si heureuse. Et je suis sûr qu'elle me paiera le prix que je demanderai. C'est drôle, n'est-ce pas, la façon dont le destin arrange les choses ?

Jody se força à se lever, malgré ses genoux flageolants. Le tigre faisait les cent pas devant elle, grognant contre Vasco, les trois hommes restants et... merde ! Deux lions. La fourrure drue des flancs du tigre frôlait ses tibias alors qu'il faisait deux pas à droite puis à gauche, balançant sa queue sans relâche.

— Tuer vous amuse ? cracha-t-elle à Vasco.

— Faire des affaires m'amuse, répliqua-t-il avec un sourire. Tout a commencé par un petit boulot. Un petit coup de feu lors d'un événement mondain. Juste ce qu'il fallait pour faire un peu de publicité à la nouvelle entreprise de cette chère Moira.

Jody grimaça alors qu'elle poussait un grognement de son cru.

— Quel genre de personne fait assassiner quelqu'un pour de la publicité ?

— Vous ne connaissez clairement pas Moira, ricana Vasco.

Le tigre grogna. Ou, plus précisément, Cruz grogna. Jody l'observa, essayant de se rentrer ça dans le crâne.

Les buissons se séparèrent et un autre lion surgit. Un peu plus petit, plus jeune en apparence.

— Ah, cher neveu, soupira Vasco. Ne fais pas attention à lui.

Jody regarda autour pour compter leurs ennemis, tandis que Vasco continuait :

— La chouette partie du plan, c'était l'idée de tout mettre sur le dos de M. Khala, grâce à quelques fausses informations judicieusement délivrées. Tout le monde y aurait cru, évidemment. Vous savez, le vétéran de guerre déséquilibré qui n'a pas su gérer le retour à la vie civile.

Cruz grogna et Jody verbalisa les mots contenus dans son ton :

— Que savez-vous du retour à la vie civile ?

Vasco ignora sa question et continua à divaguer :

— Bien sûr, la boulette de mon associé n'a fait qu'ouvrir la porte à une opportunité. Pour moi, pas pour Moira. Je vais avoir la chance de goûter à une nouvelle saveur et la pierre est la cerise sur le gâteau.

Ses yeux se posèrent sur le saphir puis glissèrent vers Cruz avec un dédain total.

— Peut-être que c'était tout autant une opportunité pour M. Khala.

Jody serra les poings.

— Vous êtes fou.

— Ah bon ? dit Vasco en haussant un sourcil. Tout ce qu'il avait à faire, c'était prétendre venir à votre secours et vous ramener dans sa belle propriété. Un endroit parfait pour vous courtiser et vous séduire.

Cruz laissa échapper un grognement féroce qui fit reculer les lions.

Jody en resta bouche bée. Qu'insinuait Vasco ?

Le vampire désigna le saphir.

— Après quoi, il vous a utilisée pour obtenir une Pierre d'Esprit. Ah, M. Khala, vous êtes plus intelligent que je ne l'imaginais.

Jody recula aussi loin qu'elle le pouvait sans tomber dans une eau plus profonde. Elle se retrouvait abandonnée sur une dalle rocheuse avec un tigre, à se demander si les accusations portées par Vasco étaient vraies.

Cruz leva une patte et griffa l'air, non sans cesser de grincer des dents. Sa queue fouetta d'avant en arrière et ses épaules se voûtèrent, à deux doigts d'une attaque en règle.

— Ça feule beaucoup, mais ça ne mord pas, lâcha Vasco avec un geste dédaigneux.

Jody fronça les sourcils. Elle ne savait pas quoi croire, mais une chose était claire : si Cruz n'avait pas encore arraché la gorge de l'homme, c'était uniquement parce qu'elle se trouvait dans les parages. Il continuait à la faire reculer, la mettant à l'abri des autres. Il croisa alors une fois de plus son regard, de ses yeux douloureux et sincères.

Ne l'écoute pas. Fais-moi confiance. S'il te plaît, fais-moi confiance.

Elle retint son souffle, puis abaissa le menton dans un faible hochement de tête. Elle était peut-être en train de devenir folle, mais oui, elle allait suivre son cœur sur ce coup-là.

Il fit claquer sa queue une fois, l'avertissant ainsi d'être prête à courir.

Les dents de Jody claquaient trop pour qu'elle puisse hocher la tête, sauf qu'en effet, fuir semblait être une option géniale en cet instant. Partir loin de Vasco, loin des hommes qui se transformaient en bêtes. Elle hocha encore la tête et plia les genoux, prête à filer.

Cruz pivota pour affronter Vasco et l'enfer se déchaîna avec un puissant rugissement qui se répercuta sur les montagnes environnantes.

Jody regarda juste assez longtemps pour comprendre pourquoi il lui avait conseillé de ne pas regarder en arrière. De la salive s'écoulait des mâchoires du tigre. Des griffes massives entaillèrent la poitrine de Vasco en quatre longues lacérations sanguinolentes dessinées en lignes parallèles. Le vampire le repoussa avec une force incroyable, montrant des crocs allongés de plusieurs centimètres.

Jody fit volte-face et fonça.

Cours ! Cours ! Cours !

Elle n'arrivait même pas à digérer tout ce qu'elle avait vu et entendu jusqu'à présent. Mais avec des pas qui martelaient le sol à sa poursuite, elle n'avait pas besoin de beaucoup réfléchir.

Cours, merde ! s'ordonna-t-elle. *Cours !*

Elle avança dans l'eau jusqu'aux genoux, utilisant toutes les leçons qu'elle avait apprises enfant, ayant grandi sur une plage. Lever haut les genoux fonctionnait mieux que traîner les pieds, cependant les hommes derrière elle semblaient ignorer ce précepte. Elle chercha une branche pour s'en servir comme d'une massue, mais il n'y avait rien à part le corps sans vie de Guy, flottant à quelques mètres en aval. Sa poitrine se serra alors qu'elle courait vers lui. Elle ne portait pas tant que ça le photographe dans son cœur, mais sa mort la dévastait. Celle de Richard, aussi. Tous les deux assassinés de sang-froid.

Tu seras assassinée de sang-froid, toi aussi, répétait une voix sombre au fond de son esprit. *Presse-toi !*

Cruz. Et Cruz ? voulait-elle protester.

— Je la veux vivante ! cria Vasco.

Le grognement d'un tigre retentit pour lui rappeler que Cruz était en mesure de prendre soin de lui-même. Ou du moins l'espérait-elle. Elle jeta un coup d'œil en arrière, mais impossible de dire qui avait le dessus entre le tigre et Vasco qui se battaient dans l'ombre de la cascade. De l'eau volait partout, des grognements ponctuaient les coups et les grondements. Le tonnerre rugit et des gouttes de pluie commencèrent à tomber, lui éclaboussant le visage. Mon Dieu, ça ne pouvait pas être pire.

— Enfin, on va pouvoir chasser. Une vraie chasse.

L'un des hommes qui la traquaient sourit.

— Ça fait un moment qu'on n'en avait pas eu l'occasion.

Le second type ricana, se déplaçant vers la rive opposée du ruisseau.

Jody n'avait d'autre choix que de courir. Le saphir cognait et rebondissait contre sa poitrine, et une foule d'images lui traversa l'esprit. Des visions d'eau sous toutes les formes possibles : des chutes d'eau attrapant des arcs-en-ciel. Des tempêtes diluviennes. De petites pluies. Des gouttes de rosée. Des rivières tourbillonnantes et impétueuses... Tout un éventail d'options, en quelque sorte.

Des options pour quoi ? eut-elle envie de crier.

Elle faillit passer devant le corps de Guy, mais après réflexion, elle tendit la main et arracha l'appareil photo de son épaule.

Je suis désolée, Guy. Tellement désolée.

Elle voulait s'arrêter et pleurer.

Mais j'en ai besoin.

Elle fit trois foulées supplémentaires, le halètement devenait plus fort dans son dos. Plus proche. À la dernière seconde possible, elle effectua une pirouette.

— Laissez-moi tranquille ! hurla-t-elle, balançant l'appareil photo.

— Hé ! cria l'homme.

L'appareil s'écrasa dans un bruit sourd contre sa tempe gauche et l'objectif se brisa. L'homme grogna et trébucha sur le côté. Jody récupéra l'appareil photo cassé avant de reprendre son sprint. Il y avait d'autres types à sa poursuite. Ou plutôt un, et ce qui ressemblait à un lion. Ils se déplaçaient le long du rivage et l'homme cria à son complice :

— Va par là-bas ! Je passe par ici !

Comme si un lion pouvait comprendre ! Apparemment, oui, car l'animal obéit.

— Merde, grogna le type qu'elle avait cogné en dérapant sur les rochers pour revenir à la charge.

La pluie s'intensifia, frappant l'eau d'innombrables fléchettes. Des nuages bleu foncé et tourbillonnants glissèrent au-dessus de leurs têtes, assombrissant la vallée.

« Écoutez, s'il commence à pleuvoir, nous devrons rapidement déguerpir, avait dit Kai. Impossible de prévoir la survenue d'une crue. »

Jody grimaça, éprouvant une sensation de brûlure sur la poitrine. Était-ce le saphir ? Elle l'écarta de sa peau pour y jeter un coup d'œil.

« Sers-t'en », avait dit Cruz.

Sers-toi de moi, sembla lui dire en écho l'inquiétante lueur bleue.

Comment ?! voulait-elle crier. *Comment ?!*

La lueur se fit plus vive et l'eau autour de ses jambes s'éleva de quelques centimètres, tourbillonnant et affluant. Pas haut au point pour la déséquilibrer, mais suffisamment pour projeter des images sauvages dans son esprit. Elle vit une vague jaillir et se précipiter à travers un paysage luxuriant. Assez pour créer un tourbillon qui balayait tout.

Jody fixa le saphir. Pas étonnant que Silas ait déclaré redouter la pierre. Elle avait l'air de posséder un esprit à elle.

Un pouvoir, sembla-t-elle lui dire, son éclat s'intensifiant. *J'ai vraiment un pouvoir. Pas seulement un éclat agréable.*

Ce qui était fou, mais... si des hommes pouvaient se faire pousser des crocs de vampire et se transformer en animaux sauvages, pourquoi un caillou ne pourrait-il pas avoir des pouvoirs spéciaux, lui aussi ?

Putain, Silas n'avait pas exagéré, en tout cas. « Plus vous en saurez, plus vous entrerez dans un monde dont vous ne souhaiterez peut-être pas faire partie. »

Sans blague, avait-elle envie de ricaner.

Un autre grognement félin fendit l'air et elle se retourna pour se retrouver nez à nez avec un lion.

Elle laissa tomber le saphir sur sa poitrine, juste à temps pour lancer l'appareil photo à deux mains, atteignant le lion en plein museau. La bête rugit et recula, puis avança de nouveau en poussant un faible grognement. Jody recula d'un pas, essayant de ne pas paniquer. Et merde, quelle ironie ! Des tas de gens l'avaient avertie de la présence des requins lorsqu'on faisait du surf, et voilà qu'elle faisait face à un lion adulte, plus proche de la mort que jamais. Le félin se déplaçait maladroitement cependant, relevant les pattes et contournant les hauts-fonds avec dégoût.

— Arrête de faire ta mauviette ! lui lança l'un des hommes. Attrape-la, putain !

Elle pensa au bassin dans la roche près de la cabane dans les arbres de Cruz. Pour autant qu'elle sache, les tigres aimaient l'eau. Les lions... pas tellement ? Pourtant, elle doutait que cet obstacle le retienne longtemps.

Je peux le retenir, parut lui souffler la chaleur piquante du saphir.

Elle regarda autour d'elle, craignant de lui tourner le dos. Si elle perdait pied, ils bondiraient et lui arracheraient la gorge... ou pire, ils la garderaient pour Vasco.

Nous traquons. Nous sélectionnons. Nous suçons le sang de nos proies.

Elle eut la chair de poule lorsque la pierre pulsa dans sa main.

Jody. Sers-t'en.

Elle n'aurait su dire si elle se souvenait des mots de Cruz ou si elle les entendait à nouveau dans son esprit. Mais cela n'avait pas d'importance. Plus elle essayait de réfléchir, plus le processus la ralentissait.

« Parfois, il vaut mieux ne pas réfléchir », lui avait enseigné son père au cours de ses premières leçons de surf, il y avait si longtemps. « Contente-toi de faire. Suis ton cœur et fais confiance à tes capacités. »

Jody prit une profonde inspiration, puis relâcha lentement son souffle.

Écoute… Fais confiance…

Une seconde plus tard, elle s'élança, jusqu'à un rocher en surplomb au milieu du ruisseau. Elle se hissa dessus, ignorant les ennemis qui la poursuivaient. Depuis son sommet, elle plissa les yeux pour voir à travers la pluie, à l'endroit où Cruz et Vasco s'empoignaient.

Ne réfléchis pas. Contente-toi de faire.

Elle retira le collier et tendit le saphir. Le soleil avait été chassé depuis longtemps par les nuages de pluie, cependant les derniers rayons de lumière s'accrochaient aux facettes de la pierre. Elle l'inclina dans tous les sens afin d'amplifier son scintillement.

— Merde, marmonna l'un des hommes qui la poursuivaient. Putain de Pierre d'Esprit. On ne plaisante pas avec ça.

Jody tint le bijou plus haut et leur lança un regard furieux.

— Reculez.

Elle n'avait aucune idée de ce qu'elle faisait, mais tant pis. Le saphir ressemblait de plus en plus à une arme et elle utiliserait toute l'aide possible.

Le lion grogna et l'homme ricana.

— Vas-y. Viens te battre contre moi.

La colère montait en elle, transformant ses pensées en un tourbillon furieux. Et au lieu de contrôler ce désordre, elle le laissa se déchaîner.

Oui, semblait dire le saphir, qui brillait de plus en plus fort. *Oui…*

Jody ferma les yeux, se concentrant sur les gouttes de pluie qui ruisselaient sur sa peau, bloquant les sons émis par les hommes autour d'elle, y compris celui qui marmonnait :

— Mais attrape-la, putain.

Crues soudaines. Rapides d'eau vive. Vagues déferlantes. Comme il lui était arrivé d'être aspirée sous quelques-unes d'entre elles, elle pouvait imaginer la scène avec précision. La façon dont l'eau s'écrasait contre les rochers, puis se divisait et se reformait autour des obstacles, continuant sans relâche. Un tourbillon tournait dans un sens, tandis qu'un autre virait dans l'autre. Elle sentait la traction de la corde nouée autour de sa cheville qui la reliait à sa planche de surf. La force des vagues qui les tiraient, sa planche et elle, dans des directions opposées, avant de les relâcher. Parfois, la puissance de l'eau l'effrayait. La plupart du temps, elle l'hypnotisait. Elle avait passé des années à apprendre à maîtriser cette puissance. C'était une certitude, elle pouvait l'exploiter maintenant.

— Vas-y, attrape-la ! cria quelqu'un.

— Saleté de courant..., grommela un autre.

Ouvrant les yeux, elle regarda Cruz. Peu importait les lacérations, les morsures ou les coups qu'il avait infligés à Vasco, le vampire ripostait. Un lion soutenait le vampire, bondissant pour frapper sournoisement chaque fois que Cruz était en difficulté, avant de rapidement se mettre à l'abri. Un combat inégal, injuste... et tout ça pour elle.

Sa main tremblait autour du saphir. Il fallait que ça se termine. Elle devait y mettre fin.

Elle serra les dents quand sa main la brûla alors qu'elle imaginait des courants puissants. Des crues soudaines. Des vagues déferlantes.

— Merde, ça s'accélère, observa l'un des hommes.

Il se trouvait non loin de son rocher, avec de l'eau à hauteur de poitrine.

De la lumière jaillit d'entre les doigts de Jody, luttant pour se libérer. Elle continuait à suivre du regard l'eau qui montait autour de la dalle rocheuse sur laquelle se battait Cruz. Les hommes n'avaient aucune idée de la vitesse à laquelle l'eau était sur le point de grimper. Et franchement, elle l'ignorait tout autant. Tout ce qu'elle savait, c'était que le saphir brûlait de plus en plus à mesure que sa force augmentait. Le ciel crépitait d'une énergie supérieure à celle des nuages d'orage.

Laisse-moi me libérer, semblait lui dire le saphir. *Maintenant. Laisse-moi libérer mon pouvoir.*

C'était tellement, tellement tentant. Mais merde, elle n'avait jamais été du genre colérique et vengeur. Il était difficile de convoquer ce genre de haine... à moins, bien sûr, qu'elle ne pense à Vasco et à son horrible quête de « saveurs ». Elle n'avait peut-être pas le sang qu'il recherchait, mais s'il s'en prenait à sa petite sœur...

Son ventre se serra et la colère la submergea. Il fallait arrêter cet homme.

À l'instant où elle leva un doigt, découvrant davantage la pierre, un grondement retentit dans les montagnes.

— Je me casse d'ici, marmonna l'un des sbires qui fonça vers la terre ferme.

Jody leva un autre doigt, libérant un nouveau rayon de lumière bleue.

S'il te plaît, s'il te plaît, ne fais pas de mal à Cruz, pria-t-elle, se demandant comment contrôler exactement une crue une fois qu'elle l'aurait déclenchée.

Elle eut beau prêter l'oreille ou le souhaiter avec ferveur, le saphir ne lui fournit aucune réponse. Le lion sauta sur un rocher à proximité et regarda vers elle, évaluant la distance pour bondir.

Maintenant, ordonna le saphir. *Maintenant !*

Jody élargit sa posture et ouvrit les doigts, laissant le saphir exposé dans sa paume. Une explosion d'énergie la secoua, toutefois elle se concentra sur les images dans son esprit. Les vagues qui s'abattaient. Les tourbillons. L'eau se divisant et se réunissant, écrasant tout sur son passage.

Le gargouillement du ruisseau devint un sifflement, puis un rugissement. Les affluents séparés de la cascade enflèrent et se rejoignirent, pour se transformer en un torrent unique qui jaillissait de la paroi rocheuse et s'écrasait dans le bassin en dessous.

— Cruz..., chuchota-t-elle, même s'il était trop loin pour entendre. Reste là. Ne bouge pas.

Mais il était tout sauf immobile. Il sautait dans les airs, écorchant ses ennemis. Tantôt il était face à l'amont du courant, tantôt il se tenait de côté à la rivière. La dalle rocheuse disparaissait sous la vague qui se refermait autour de ses pieds.

— Non..., marmonna-t-elle, effrayée par ce qu'elle avait déclenché.

— Putain ! cria l'un des hommes en levant les yeux.

Jody retint son souffle alors qu'un mur d'eau balayait une courbe de la rivière et passait par-dessus les chutes. Un mur d'eau de deux étages, se précipitant vers elle.

— Cruz ! cria-t-elle.

Le tigre s'était jeté sur Vasco, couché sur le dos, qui essayait de se débarrasser de la bête. Mais il ouvrit ses mâchoires en grand et...

Jody détourna le regard quand le sang gicla.

— Oh bon sang, Cruz..., chuchota-t-elle.

Le déluge était sur le point de frapper. Il n'aurait jamais pu l'entendre dans de telles conditions, pourtant il tourna la tête.

— Ne bouge pas, lui souffla-t-elle.

Chaque muscle de son corps était contracté. Il bougea pourtant, assez pour faire basculer le corps de Vasco par-dessus le rebord rocheux. Il s'accroupit ensuite, observant le mur d'eau. Ses griffes de tigre se recourbèrent sur la roche dure pour tenter désespérément de s'y cramponner.

— Ne bouge pas, chuchota Jody.

Le seul mouvement qu'elle s'autorisa, ce fut d'incliner le saphir le plus légèrement possible.

Sépare-toi en deux, putain, ordonna-t-elle à l'eau. *Écarte-toi. Contourne-le.*

Elle cria presque quand le mur d'eau engloutit la position de Cruz, mais elle se força à se concentrer. Comme l'eau rugissait dans sa direction, elle imagina une puissante montagne en face de lui. Une paroi assez grande et solide pour résister à la crue la plus grosse qui soit. Assez haute pour s'opposer à l'eau et la forcer à suivre un nouveau chemin.

— Cours ! hurla un homme.

Le lion déguerpit, lui aussi. Trop tard. Une seconde après, la crue les emportait. Ils se débattirent et crièrent tandis que l'eau les charriait. Soudain ils disparurent, aspirés pour de bon.

Jody se pencha comme si elle s'appuyait contre la porte d'une grange et non sur la mince couche d'air qui la séparait de l'eau qui déferlait. Mais la lame d'air tint bon et l'eau se précipita de chaque côté, ne la touchant pas. Les flots l'éclaboussaient et s'agrippaient avidement à ses cheveux et à ses pieds. Pourtant, elle repoussa l'assaut en gardant le saphir bien haut et en imaginant un chemin que l'eau pourrait suivre afin de descendre la vallée et s'évacuer.

Vasco, voulut-elle psalmodier. *Prends Vasco et les autres. Fais d'eux ce que tu veux. Mais laisse Cruz.*

Je prends qui et ce que je veux, sifflait l'eau.

Jody tint bon.

Prends le mal. Laisse le bien. Laisse Cruz.

Elle n'osa pas lui dire de la laisser tranquille elle aussi.

Le rugissement alla tellement crescendo qu'elle eut la certitude d'être emportée également. Mais le saphir se ternit peu à peu à mesure que sa concentration faiblissait. Épuisée, elle baissa la main. Le niveau de l'eau descendit également, passant d'un déferlement à un jaillissement pour terminer par un babillage alors que les rochers du lit de la rivière réapparaissaient. Jody tomba à quatre pattes, incapable de regarder. Et si Cruz n'était plus là ? Que faire si la crue l'avait épargnée elle, mais l'avait emporté lui ?

La pluie martelait ses épaules. Le vent agitait ses cheveux. Ces deux forces étaient en train de s'éteindre, elles aussi. Tout devenait plus calme, tout sauf ses nerfs. Son cœur battait à tout rompre tandis qu'elle empoignait le bijou. Qu'avait-elle fait ?

Une minute s'écoula, puis une autre. La forêt environnante, trop silencieuse, se fit bourdonnante de vie cachée. L'eau qui bouillonnait autour du rocher s'écoulait de façon régulière, jusqu'à ce que quelque chose perturbe son cours. Quelque chose de grand, et quadrupède, réalisa Jody après une minute à reprendre son souffle. La hauteur des éclaboussures indiquait une eau peu profonde, ce qui n'était pas bon signe. Le fossé qui s'était creusé pour la protéger était en train de se résorber.

Elle ouvrit un œil et regarda le saphir. Le feu s'était éteint et elle fut tentée de tout rejeter sur le compte d'une hallucination. Jusqu'à ce qu'un grognement doux retentisse à côté d'elle.

Elle se figea, de nouveau crispée, les yeux fermés. Le grognement se fit entendre de nouveau, plus proche, et les bras de Jody se mirent à trembler. Elle n'aurait pas dû être une telle mauviette, cependant, étrangement, elle ne trouvait pas le courage de regarder.

Tout devint silencieux, même le grognement, jusqu'à ce que le seul indice d'une présence soit le souffle profond et rauque d'un animal en train de traverser une lourde épreuve.

Un animal. Merde. Un animal.

Quelques instants plus tard, deux bruits sourds, très doux, retentirent contre le rocher. Jody prit une profonde inspiration, ouvrit les yeux et...

Des yeux vert-jaune étonnamment clairs se rivèrent aux siens à une quinzaine de centimètres de distance. Les yeux d'un tigre dressé sur ses pattes arrière, tandis que celles de devant étaient posées sur le rocher, non loin des orteils de Jody.

Il souffla une fois et remua le nez. *S'il te plaît,* disaient ces yeux. *S'il te plaît, fais-moi confiance...*

Jamais une créature aussi puissante n'avait eu l'air si égarée ou si seule. Jamais un moment de triomphe n'avait été si muet et si triste, comme si ce vainqueur avait perdu une bataille.

— Cruz, chuchota-t-elle.

Un par un, les muscles de Jody se relâchèrent, tous sauf sa langue, parce qu'elle était toujours incapable de prononcer un mot. Lentement, elle avança une main jusqu'à toucher son menton. Le tigre ferma les yeux et soupira. Il soupira vraiment, comme s'il venait de remporter sa plus grande victoire : être accepté par elle.

Elle gratta sa fourrure étonnamment douce jusqu'à ce qu'il ronronne de plaisir.

— Tu as dit que les tigres ne ronronnaient pas, murmura-t-elle d'une voix frémissante.

Ses mains tremblaient dans sa fourrure, mais elle continua quand même à le gratter.

Le tigre cligna des yeux. Une fois. Deux fois. Et puis, il se pencha pour en demander plus.

— Tu aimes ça ?

J'adore ça, disait son air rêveur. Du moins, Jody était presque sûre qu'il s'agissait d'un air rêveur. Elle n'était pas exactement une experte en tigres.

— Et... euh... Si je descends de ce rocher, tu promets de ne pas me mordre, d'accord ?

Il cligna des yeux comme s'il n'avait jamais entendu une question aussi absurde.

Elle sourit en dépit de sa peur. C'était Cruz, merde. Elle se déplaça et glissa du rocher, sautant au sol à pieds joints du côté du tigre. Il se posa sur ses quatre pattes et s'y ancra fermement, ne lui laissant pas d'autre choix que de s'approcher.

— Est-ce vraiment toi ? demanda-t-elle en s'accroupissant.

Les yeux étaient bien ceux de Cruz. Mais les points noirs autour de ses moustaches, la ligne orange centrale, les coups de pinceau formant des rayures... Eh bien, il lui faudrait un certain temps pour s'habituer à tout ça.

Il cligna des yeux.

Oui. C'est moi.

Elle décida qu'il s'agissait d'un autre de ces moments où il fallait agir et ne pas réfléchir, et le serra dans ses bras. L'énorme câlin d'une humaine à un tigre fonctionna étonnamment bien. Cruz resta parfaitement immobile, malgré tout elle entendait son cœur marteler à l'intérieur. Un peu comme le sien, devina-t-elle.

— Cruz...

Elle l'étreignit plus fort alors qu'ils étaient tous les deux allongés sur le sol. Elle se mit alors à pleurer, puis à rire, à mesure que ses nerfs se détendaient. Elle s'appuya de plus en plus sur lui, abandonnant sans cesse plus de peur, jusqu'à rouvrir finalement les paupières et se retrouver les yeux dans les yeux avec un homme. Son homme. Cruz.

Ses cheveux noirs étaient en désordre, et ses yeux aussi profonds et mystérieux que jamais. Mais ses bras étaient fermes autour de ses épaules et son front était froncé selon un motif qui rappelait les rayures tout juste disparues.

— Tu vas bien ? chuchota-t-il en lui effleurant la joue.

Le soleil perça le ciel après l'orage, projetant des rayons à travers les nuages épais et bas.

Jody ravala la boule dans sa gorge.

— Je me sens bien, mais je suis peut-être en train de devenir folle. Tu pourras le supporter ?

Son regard, elle le remarqua, se posa brièvement sur le saphir, et une partie d'elle craignit que Vasco ait eu raison. Mais il n'y avait aucune avidité dans les yeux de Cruz. Plus comme un soulagement et une bonne dose de respect. Une seconde plus tard, il la contempla et un sourire se dessina sur ses lèvres.

— Je pourrai le supporter si tu peux supporter...

Il chercha ses mots avant d'en essayer deux :

— Ça. Moi.

Elle jeta un coup d'œil autour d'elle. La pluie avait cessé et une esquisse de soleil commençait à transparaître derrière la couverture nuageuse.

— Toi, je pourrai supporter. Mais les autres...

Il lui toucha les épaules avant qu'elle se remette à trembler.

— Ils sont partis. La crue les a emportés. Nous sommes en sécurité.

Elle se mordilla la lèvre.

— Alors, je ne deviens pas folle ?

— Juste assez folle pour me faire confiance.

Elle éclata de rire et se laissa tomber sur son torse. Peut-être que la vérité n'avait pas à être terrifiante. Peut-être qu'elle pourrait l'affronter si elle suivait son cœur.

— Alors, tu es un tigre, c'est ça ?

— Un métamorphe tigre.

Elle réfléchit quelques instants.

— Silas et Kai, aussi ? Ou ce sont des lions ?

Cruz grimaça.

— Pas des lions. Ce sont des...

Un moteur rugit non loin et tous deux levèrent les yeux en voyant un hélicoptère décoller : celui dans lequel Vasco et les autres étaient arrivés. Ce qui signifiait...

Cruz se redressa d'un bond et l'entraîna avec lui.

— Vite. L'un d'eux s'est échappé. Nous devons nous mettre à l'abri.

Le cœur de Jody tambourinait dans sa poitrine. Et maintenant ?

L'appareil effectua un lent virage puis se précipita droit sur eux.

— Il faut que..., commença Cruz avant de s'arrêter net quand une ombre obscurcit le ciel.

Jody esquiva.

— Waouh ! Qu'est-ce que... ?

— À plat ventre !

Cruz la poussa au sol et couvrit son corps du sien.

Jody leva les yeux, pour regarder l'hélicoptère qui effectuait un demi-tour serré. Son moteur rugissait à pleine puissance alors qu'il s'élançait vers le sommet des montagnes ; le chasseur était soudain devenu le chassé.

— Vas-y, Silas, souffla Cruz en la laissant se relever.

Jody n'était pas sûre de le vouloir. Pas quand elle découvrit la créature que l'appareil fuyait. Une bête gigantesque avec des ailes épaisses et...

Le dragon se précipita sur l'hélicoptère, crachant du feu jusqu'à ce que tous deux disparaissent au-dessus de la crête.

— C'est Silas ? lâcha-t-elle d'une voix aiguë.

Cruz hocha la tête.

— Silas est un... un...

Elle n'arrivait pas à prononcer le mot.

— Un dragon, termina Cruz, afin de l'aider.

Jody prit une profonde inspiration et regarda le saphir.

— Et c'est...

— Une Pierre d'Esprit.

— Une Pierre d'Esprit, répéta-t-elle avec une neutralité prudente. Mon garçon, tu vas avoir beaucoup d'explications à me donner.

Cruz hocha solennellement la tête et elle noua les bras autour de lui.

— Mais pas maintenant, supplia-t-elle sans le lâcher. Pour l'instant, tout ce dont j'ai besoin, c'est toi.

Chapitre 19

Deux jours plus tard...

Cruz se réveilla lentement, progressivement. Sans hâte et totalement détendu. Deux jours étaient passés depuis leur combat dans les montagnes et Jody était dans ses bras. Deux jours après avoir découvert combien il s'était trompé sur les humains, et deux jours après avoir confirmé la profondeur de son amour pour elle.

Comme si je ne le savais pas depuis le début, grommela son tigre.

Il la serra plus fort dans ses bras. Elle allait bien. Il allait bien. Tout allait bien. Assez pour qu'il laisse ses paupières s'ouvrir avec lenteur et non pas brusquement comme il le faisait d'ordinaire. Il n'y avait pas de cauchemar dans son esprit ni de fantôme faisant grincer ses chaînes dans sa tête. Au contraire, la paix régnait assez profondément en lui pour qu'il sache : sa famille serait heureuse pour lui, elle aussi.

La lumière du matin filtrait doucement à travers les bois où chaque oiseau chanteur de Maui semblait gazouiller et pépier à pleins poumons. Sifflant la beauté de la vie et de l'amour parce qu'ils y croyaient. Il sourit et laissa ses yeux se refermer, puisque c'était ce que faisaient les civils. Ils roupillaient, une chose pour laquelle il était devenu étonnamment doué, ces deux derniers jours. Jody appelait ça « dorminou », riant à chaque fois de sa plaisanterie.

De dormir et minou. Tu piges ? avait-elle dit en souriant.

— J'ai pigé, chuchota-t-il en embrassant son épaule dénudée.

— Hmm ? marmonna-t-elle, encore à moitié endormie.

— Rien.

Il prit une profonde inspiration, tout en frottant son menton contre sa peau.

Bon, d'accord, sa version de la grasse matinée faisait encore quelques heures de moins que celle de la plupart des gens, mais ce n'était pas grave. Il pourrait rester allongé et blotti contre Jody pendant des heures.

Son tigre exulta, ridiculement fier de lui.

Je peux faire bien plus que de me blottir contre ma compagne pendant des heures.

Il sourit. Jody et lui avaient passé la majeure partie des derniers jours dans et aux abords du lit, mais sans trop fermer l'œil. Pourquoi dormir quand il pouvait faire l'amour à sa compagne ?

Faire l'amour ? s'esclaffa son tigre. *C'est ce que tu lui as fait quand tu l'as soulevée contre le mur ? Ou quand tu l'as allongée à côté de la cascade du bassin dans la roche ?*

Cruz fit taire la bête, même s'il devait admettre que Jody et lui avaient parfois versé dans le « sexe désespéré ». Elle avait son côté sauvage, elle aussi, et son appétit se synchronisait au sien. Parfois cependant, ils faisaient l'amour lentement, doucement, sans se quitter du regard. Et chaque fois, l'expérience le rapprochait de la femme qu'il aimait. Chaque fois, il se sentait plus complet.

Ma compagne, fredonna son tigre.

Sans réfléchir, il fit glisser la main du ventre de Jody à ses seins.

— Mmh, murmura-t-elle en se blottissant contre lui.

Au cours des deux derniers jours, il avait fait de son mieux pour lui expliquer ce qu'étaient les métamorphes, et même si ses mots étaient de temps en temps maladroits, tout s'était passé beaucoup plus facilement qu'il ne l'avait imaginé. Jody lui avait demandé de se transformer plusieurs fois. Elle avait dégluti et était restée pétrifiée la première fois, toutefois elle n'avait pas tardé à le caresser partout ensuite.

Les rayures te vont bien, avait-elle plaisanté lorsqu'il était sorti nu d'une de ses métamorphoses. *Mais j'aime bien ce look aussi.*

Et ils s'étaient lancés dans une autre partie de jambes en l'air frénétique, juste parce qu'ils en avaient la possibilité.

Ce qui était passé le plus facilement, ça avait été le topo sur les compagnons prédestinés. Elle avait tout de suite acquiescé, comme si elle avait su depuis le début.

— Tu savais que tu étais ma compagne ? avait-il demandé, abasourdi.

— Bien sûr.

Elle avait haussé les épaules.

— Tout comme mon père et ma mère. Ils savaient, tout simplement. Enfin, il m'a fallu un peu de temps pour le réaliser, mais je crois que je l'ai senti, au plus profond de mon cœur. Pas besoin d'être un métamorphe pour le sentir.

Les humains étaient de drôles de créatures, décréta-t-il. Imprévisibles, irrationnelles. Parfois, de la meilleure façon possible.

— Mmh, murmura-t-elle en posant sa main sur la sienne. C'est l'heure de se réveiller ?

La seule chose qu'elle portait, c'étaient ses bracelets, tiédis par sa chaleur et qui touchaient la peau de Cruz. Il lui glissa une mèche de cheveux derrière l'oreille et déposa un nouveau baiser sur son épaule.

— Seulement si tu en es capable.

Elle gloussa, encore ensommeillée, et pressa sa main contre la sienne, guidant sa paume sur ses seins.

— J'ai vraiment envie de me réveiller. Mais j'aurais besoin d'aide.

Oh, il allait l'aider, ça oui. Il passa la main sur sa chair délicate tandis que son tigre ronronnait d'approbation.

— Qu'est-ce que tu as dit ? marmonna-t-elle.

Cruz s'éclaircit la gorge. Ils n'avaient pas encore échangé de morsures d'union, un sujet qu'il n'avait pas abordé de façon directe. Mais il aurait juré qu'elle était déjà tout près de lire dans ses pensées.

Voici un petit test, déclara son tigre.

Il se mit à émettre toutes sortes d'idées cochonnes, comme la prendre en levrette tout en lui donnant la morsure d'union.

Cruz prit une brusque inspiration parce que, merde, une érection aussi brutale, ça faisait mal.

— J'aime ce son-là, murmura Jody en se frottant contre lui.

Vu qu'elle était encore à moitié endormie, il fit de son mieux pour ne pas se laisser emporter à cette pensée. Il lui mordilla cependant le cou, ce qui provoqua un autre ronronnement de plaisir.

— C'est la meilleure façon de se réveiller, commenta-t-elle dans un soupir.

Il glissa sa jambe entre les siennes et une main de sa poitrine à son ventre, avant de remonter.

— Je pense que le reste de ton corps a aussi besoin d'être réveillé.

Elle se cambra, tendant la main au-dessus la tête pour toucher ses cheveux.

— Tu sais ce que je pense ?

— Dis-moi, murmura-t-il en lui passant la main entre les jambes.

— Je pense que nous sommes parfaitement assortis.

Le dernier mot se transforma en ronronnement quand il effleura ses replis.

Elle écarta les jambes et se pressa contre lui, afin de lui prouver ce qu'elle avançait. Toujours avide de son contact, elle adorait se situer sur la ligne entre la soumission à son tigre dominant et l'affirmation de ses propres désirs. Elle tendit la main pour tâtonner, à la recherche de son sexe qu'elle caressa en suivant la cadence de ses mouvements.

— Cruz…, murmura-t-elle, avant de commencer à se balancer.

— Diablesse, répliqua-t-il, serrant les dents.

Il avait supposé qu'ils démarreraient la journée de façon lente et douce, mais elle le poussait rapidement vers une étreinte dure et torride.

Elle gémit quand il insinua un doigt en elle et commença à lui faire décrire des cercles.

— Ce n'est pas ma faute si tu as des mains magiques de métamorphe.

Cruz pressa la bouche contre son épaule pour étouffer son propre gémissement. Elle était si lisse, si serrée. Son membre allait exploser, surtout si ses fesses parfaites continuaient de se presser contre lui de cette façon.

Il passa les dents dans son cou, puis suçota l'endroit pendant que son doigt décrivait encore des cercles dans le sexe de Jody. Il allait avoir un mal de chien à résister à la morsure de l'accouplement.

Son tigre gémissait intérieurement.

Comment je vais pouvoir attendre ?

Jody ronronna, se tortilla et gémit, puis croassa :

— Attends.

Cruz se figea, le cœur battant.

— Je me suis promis..., commença-t-elle avant de s'arrêter, prenant de profondes inspirations. Merde, je me suis promis de ne pas m'emporter de nouveau.

Elle lui saisit l'avant-bras avec force pour le serrer contre sa poitrine, puis roula entre ses bras afin de se retrouver face à lui, un doigt accusateur pointé dans sa direction.

— Toi, le tigre, tu es trop irrésistible pour ton propre bien.

Il relâcha un peu son souffle. *Ouf.* Peut-être n'avait-il aucune raison de s'alarmer. Il haussa un sourcil en essayant d'ignorer son érection brûlante.

— Euh... Désolé ?

Pas désolé, grogna son tigre. *Pas le moins du monde.*

Elle secoua la tête et leva la main pour lui demander d'attendre. Comme sa poitrine se soulevait et s'abaissait, la pointe de ses tétons lui chatouillait le torse. Bon Dieu, elle allait le tuer. Devrait-il recommencer la respiration Ujjayi ?

— OK, marmonna-t-elle en s'éloignant légèrement. Elle est quand, déjà, cette réunion ?

Il se hissa sur un coude. S'inquiétait-elle de rencontrer les autres métamorphes de Koa Point ? Boone, Nina, Hunter et Dawn les avaient tous rejoints à Maui la veille, donc Silas avait convoqué une réunion générale.

— À dix heures. On a bien assez de temps.

Jody sentit sa gorge se serrer un peu.

— À dix heures ? Et tout le monde sera là ? Les dragons...
les ours... les loups...

Il la serra plus fort.

— Tout le monde sera là. Ne t'inquiète pas. Tu t'en sortiras
très bien.

Elle posa les yeux sur le collier accroché à un montant du
lit.

— Je suppose qu'on va parler de ça, alors...

Il hocha la tête, attendant qu'elle termine, car elle s'était
tue et se mordillait la lèvre.

— Alors, peut-être..., recommença-t-elle, hésitante. Peut-
être que toi et moi, on devrait d'abord parler.

Il sentit son torse se soulever involontairement : le moment était arrivé, la discussion qu'ils avaient repoussée depuis
le début. Et c'était une bonne chose, car il devenait de plus
en plus difficile de retenir son tigre intérieur. L'instinct de la
faire sienne avec une morsure d'union était si puissant...

Il s'éclaircit la gorge et ordonna à son tigre, et à son sexe,
de se calmer.

— Ouais, sans doute, murmura-t-il, la laissant commencer.

Si c'était lui qui entamait la discussion, il allait tout lâcher
d'un seul coup.

*Je t'aime. J'ai besoin de toi. S'il te plaît, s'il te plaît,
laisse-moi te marquer de la morsure d'union et ne me quitte
jamais, jamais. C'est d'accord ?*

Toutes ces pensées se précipitaient dans son esprit. Mais
en apparence, il demeura parfaitement immobile.

Jody pinça les lèvres et lui prit le visage dans ses mains.

— Je t'aime, Cruz. Je t'aime et je veux être avec toi.

Son tigre effectua une petite danse.

Elle m'aime ! Elle veut de moi !

— Mais...

Il sentit son cœur s'arrêter de battre. Merde. Elle allait lui
dire qu'elle ne pouvait pas rester. Qu'elle était un esprit libre
et qu'elle devait continuer à bouger. Ou bien qu'elle devait
rester en Californie pour aider son père à gérer le magasin. Ou
qu'elle avait changé d'avis sur cette histoire de métamorphe.

— Il y a deux ou trois choses que je dois mettre à plat avant que nous passions à l'étape suivante, chuchota-t-elle.

Son sang semblait à peine circuler dans ses veines. Parlait-elle de faire une pause ? Les humains étaient en mesure de le faire, mais les compagnons prédestinés, non. Ils ne se quittaient pas après avoir trouvé le grand amour. Ils se consacraient l'un à l'autre pour le restant de leur vie.

— Comme quoi ? réussit-il à lâcher.

— J'ai besoin de rendre visite à ma famille. Après tout ce qui s'est passé...

Elle ferma les yeux et le serra fort.

— Et je veux vraiment finir les compétitions. Juste pour cette saison. Tu sais, pour mettre un terme à ce que j'ai commencé et tout. Tu crois que tu pourras t'en accommoder ?

Il prit une profonde inspiration et tenta de trouver la force de répondre qu'il s'en accommoderait très bien, même s'il n'en était pas sûr, en fait.

— Bien sûr, continua-t-elle, il se peut que j'aie besoin d'un garde du corps.

Elle passa les mains sur ses épaules. Le sang de Cruz s'emballa, chassant le froid de son âme.

— Tu veux dire...

Elle resserra son étreinte.

— Tu crois que je pourrais te quitter ?

Elle secoua résolument la tête.

— Pas du tout. Mais j'espérais que ça ne te dérangerait pas de prendre la route pendant un petit moment avant qu'on revienne s'installer ici. Je veux dire, si la solution te convient.

Évidemment que la solution lui convenait.

— Carrément, répondit-il en la serrant contre lui.

Les mots qu'elle prononça ensuite furent étouffés, mais heureux.

— Il ne me reste plus que trois mois sur le circuit professionnel. Trois mois pour essayer d'entrer dans le top 10. Même si je n'y arrive pas, je saurai que j'ai essayé, comme mon père le dit toujours. J'avais de plus en plus de mal à me motiver, mais si tu es là...

Merde, oui, il serait là. Elle devrait l'enchaîner à la porte du domaine pour l'empêcher de la suivre.

— J'irai partout où tu iras.

Elle lui toucha le nez et feignit un air sévère.

— Mais pas de grognement sur chaque surfeur torse nu qui croise mon chemin. Je ne suis intéressée par personne d'autre que toi.

— Je ne peux pas te le promettre, gronda-t-il.

Elle s'esclaffa puis redevint plus sérieuse.

— C'est bizarre. Tout ce à quoi je pensais, ces dernières semaines, c'était à gagner de l'argent pour aider ma famille. Et maintenant qu'il est sur mon compte...

Cruz sourit, se rappelant la tête qu'elle avait faite en vérifiant ses relevés. Elle n'avait pas reçu le versement supplémentaire pour la séance photo finale... Après tout, le photographe et l'appareil photo avaient disparu dans la crue. Mais le premier paiement était suffisamment important pour qu'elle pousse un cri et entreprenne de planifier comment annoncer la nouvelle à sa famille. Le magasin de son père serait sauvé, et avec un peu de chance, le plus grand souhait de sa sœur serait exaucé.

C'était drôle, comme il ne lui semblait plus criminel de mettre un enfant au monde.

« Ma sœur sera mère et mon père sera grand-père », avait-elle dit en regardant au loin, les yeux brillants et pleins d'espoir.

Et nous deviendrons tontons, avait ajouté son tigre en silence, ridiculement heureux à cette idée.

— Maintenant que l'argent est sur mon compte, je peux enfin réfléchir à ce qui se passera après que j'aurai quitté le tournoi. Je pensais peut-être trouver un apprentissage chez Teddy Akoa. Tu sais, pour façonner des planches personnalisées.

Elle regarda autour d'elle.

— Mais je ne suis pas sûre de pouvoir vivre de nouveau dans une maison normale.

Il prit ses mains dans les siennes.

— Tu n'auras plus jamais à vivre dans une maison normale. Tu peux vivre ici.

— Tu es sûr ? Je veux dire, le propriétaire du domaine...

Cruz grimaça. Il ne cessait d'oublier que l'endroit n'était pas réellement le sien.

— Qui est-il, de toute façon ? Tu peux me le dire maintenant ? demanda-t-elle.

— Non. Enfin, je te le dirais si je le savais, mais je l'ignore.

— Sérieusement ?

— Sérieusement. Je ne sais pas.

Elle réfléchit pendant une minute.

— Je parie que c'est Silas.

— Chaque fois que j'en viens à cette conclusion, quelque chose se passe et me fait dire que ce n'est pas le cas, répondit-il en secouant la tête. Et avec cette requête, là-bas...

— Quelle requête ?

— Une rumeur qui circule, comme quoi quelqu'un aurait approché le comité de zonage pour développer cette propriété et celle d'à côté. Silas affirme ne rien savoir à ce sujet, mais je n'en suis pas si sûr.

Jody frotta son nez au sien pour l'aider à calmer l'inquiétude qui lui nouait les tripes.

— Je suppose que personne ne sait vraiment ce que l'avenir nous réserve. Et c'est ce qui est beau.

Il l'embrassa, gardant ses lèvres pressées contre les siennes pendant un long, long moment. C'était bien sa compagne. Toujours à voir le bon côté des choses.

— Et tu sais ce qui est beau aussi ? gloussa-t-elle, glissant les mains dans son dos.

Son tigre dressa les oreilles.

— Quoi ?

— Dix heures, c'est très loin. On a tout le temps.

Il sourit et descendit les mains vers ses seins.

— Il y a encore une chose, ajouta-t-elle, le retenant doucement.

Tout ce que tu veux, répondit son tigre en agitant la queue. *Tes désirs sont des ordres.*

— Tu m'as parlé de... eh bien...

Ses joues avaient rosi. Il inclina la tête.

— De ?

La réponse fut si inaudible qu'il dut se pencher plus près pour entendre.

— Quoi ?

Elle poussa un son exaspéré et lui tapa sur le torse.

— La morsure d'union.

Il lui toucha la joue, espérant ne pas l'avoir effrayée quand il lui avait expliqué la veille.

— Pas avant que tu sois prête. On attendra aussi longtemps que tu le souhaites.

Elle fit courir une main de son torse à son cou, allumant chacune de ses terminaisons nerveuses.

— Et si je ne veux pas attendre ?

Il sentit son cœur, qui battait régulièrement, se mettre à tambouriner sourdement. Parlait-elle sérieusement ?

— Tu dois être sûre, Jody.

Son tigre feula.

Ne la dissuade pas, idiot !

Il ne voulait pas l'en dissuader. Mais il ne pourrait pas vivre avec elle en sachant qu'elle avait des regrets.

— Tu es si nouvelle dans tout ça...

Elle lui adressa un sourire en coin.

— Ce sera une aventure.

— Sérieusement, Jody..., commença-t-il en prenant ses mains dans les siennes.

— Je suis sérieuse. Et tu devrais savoir maintenant que quand je m'engage, je suis à fond. Je tiens ça de mon père, je suppose.

Il lissa ses cheveux pour les remettre en place. Un jour, il allait serrer la main de son père. Et un jour, il espérait de tout cœur qu'il aurait la chance d'être un aussi bon père que Ross Monroe. Mais pour l'instant...

— Tu es sûre ? croassa-t-il d'une voix rauque.

— Sûre et certaine.

— Le changement initié par la morsure d'union prendra un certain temps, mais au bout du compte, tu deviendras une métamorphe, toi aussi.

Elle plongea ses yeux dans les siens, l'air méfiant, mais résolu.

— Tu m'aideras ?

Il hocha la tête si vivement qu'il en eut mal au cou.

— Évidemment.

Elle lui examina le cou et passa les doigts sur sa peau. Imaginait-elle la morsure en cet instant même ?

Il n'y a qu'une seule façon de le savoir, murmura son tigre.

Il se pencha lentement, parsemant de baisers la peau qui séparait l'oreille de Jody et son cou pour inhaler l'odeur de son désir. L'air était chargé de cet arôme doux, encore plus fort que celui des bois environnants et des fleurs tropicales.

— Mmh, murmura-t-elle, s'allongeant pendant qu'il lui effleurait la poitrine.

Il embrassa sa mâchoire, sa clavicule, son cou, s'enivrant de son parfum.

Elle ronronna et se cambra lorsqu'il atteignit ses seins.

Elle est prête. Elle est sûre, lui assura son tigre.

Il attrapa un téton et le fit rouler entre ses lèvres. Son goût raffiné lui embrouilla l'esprit jusqu'à ce qu'il ne puisse plus voir clair. Quand il glissa une main entre ses jambes, pour la caresser à nouveau, il poussa un gémissement presque aussi fort que le sien.

— Encore…

Elle souleva les hanches, si bien que la main de Cruz s'enfonça plus profondément. Écartant les jambes, elle les enroula autour des siennes, afin d'en avoir plus.

Ma compagne, fredonna son tigre. *Ma magnifique compagne.*

Il effleura le contour de sa vulve, puis glissa un doigt à l'intérieur, tout en continuant à lui pétrir le sein de sa main gauche. Mordillant et suçant avec plus d'insistance. Perdant lentement le contrôle.

— Oui… Oui…

Elle posa sa main sur la sienne et l'incita à aller plus profondément. Plus vite.

Son sexe, dur comme la pierre, pulsait contre sa hanche. Lorsqu'elle le saisit, l'esprit de Cruz s'échauffa. Et quand elle en tapota le bout, elle le mit à la torture.

— Jody, râla-t-il, à deux doigts de perdre toute maîtrise de lui-même.

Elle riva son regard au sien, le fixant de ses grands yeux bleu ciel, puis se redressa pour l'embrasser avec virulence. Après quoi, elle roula sur le ventre et se hissa sur ses coudes comme sur sa planche de surf, prête à dompter la vague la plus sauvage.

— Comme ça. S'il te plaît. Comme ça...

Avant même qu'elle ait remué les fesses, il s'était agenouillé derrière elle, devinant exactement ce qu'elle avait en tête. Il plaqua son bassin contre ses hanches, disposant de tout juste assez de contrôle pour insinuer son sexe entre ses replis tout lisses. Une fois. Deux fois...

— S'il te plaît...

Elle reculait pour venir à sa rencontre, lui montrant ainsi qu'il n'était pas le seul à être sur le point d'exploser.

Lorsqu'il lui prit fermement les hanches pour la pénétrer, Jody rejeta la tête en arrière et cria. Et quand ensuite il se retira, elle gémit en laissant retomber le menton.

— J'ai besoin de toi...

Il avait envie d'elle, lui aussi. Désespérément. Mais il n'était pas tout à fait un animal, et il continuerait ses lents va-et-vient jusqu'à ce qu'elle soit absolument prête. Elle était encore serrée à l'intérieur, délicieusement étroite, et chacune de ses poussées lui offrait la meilleure expérience possible de plaisir-douleur.

— Bientôt, haletait-il, s'arrêtant juste assez longtemps pour repousser ses cheveux du chemin.

Il scruta son cou nu d'un regard attentif.

Ma compagne, scanda son tigre. *Fais-la mienne.*

— Oui..., haleta-t-elle quand il recommença à la pénétrer.

De plus en plus profondément. Tout s'estompa : la lumière tachetée du soleil autour de la cabane, l'odeur des bois, le chant des oiseaux. Son monde se résumait à Jody, point. Il avait des œillères, une pure extase alors qu'il ruait.

— Oui ! cria Jody en se redressant sur ses bras.

Leurs sueurs luisaient sur le dos de sa compagne, arrachant des grognements à son tigre.

Oui. Marque notre compagne de notre odeur.

Il plongea de plus en plus fort jusqu'à ce que ses bourses se compriment…

— S'il te plaît, s'écria-t-elle, tournant la tête pour lui offrir son cou.

Il passa la langue sur ses dents, laissant ses canines sortir. Le cœur martelant dans les oreilles, il lui renifla le cou, se laissant guider par son instinct.

Là ! hurla son tigre. *Juste là !*

Il inspira et poussa plus profondément encore, puis expira, savourant la brûlure dans son sexe. Et à la respiration suivante…

Jody émit un son étranglé lorsqu'il enfonça les dents dans son cou. Pendant un bref instant, il paniqua ; et s'il s'était trompé ? Mais un instant plus tard, les pensées de Jody explosèrent dans son esprit. Un flot d'extase, une jouissance qui l'envahit et déferla sur son corps à lui. Il vit onduler des vagues tropicales et briller des couchers de soleil. Il entendit des rires et plissa les yeux sous la lumière du soleil qui rayonnait dans l'âme de sa compagne. Il sentit ses narines se dilater quand tous les parfums qu'elle préférait l'entourèrent et il lui agrippa plus fermement les hanches à mesure que son extase montait et montait encore.

Accroche-toi, grogna son tigre.

Il garda les lèvres bien serrées sans cesser d'aller et venir furieusement en elle.

— Ouiii…, gémit Jody en une longue syllabe.

Elle se contractait violemment. Chaque muscle de son corps le revendiquait.

Cruz s'enfonça encore une fois en elle puis, dans un ultime sursaut, son sperme se déversa. Il vit des arcs-en-ciel danser sur les vagues. Le soleil scintillant sur l'océan. Un ciel si bleu et si clair que son cœur gonfla.

Marque-la pour toujours, scandait sauvagement son tigre.

Ils avaient déjà renoncé aux préservatifs et cette friction peau à peau rendait son fou tigre. Mais il ne relâcha pas la morsure avant que la tête de Jody s'enfonce dans l'oreiller.

Lentement, prudemment, il retira ses dents, tout en passant la langue sur les marques de morsure. La peau se referma sous son contact et un instinct venu du fond de son âme lui souffla qu'il pouvait lâcher prise. Il sema des baisers dans le cou de sa compagne alors qu'une lassitude satisfaite se répandait dans ses muscles, le laissant enfin se détendre.

Jody frissonna, aspirant dans les derniers spasmes de son orgasme les ultimes gouttes de son sperme, puis se laissa lentement retomber sur le ventre. Il se coucha sur elle, la plaquant sur le matelas avec juste assez de pression pour qu'elle murmure une fois de plus, avant de s'abandonner dans les draps :

— C'est tellement bon...

— Tellement bon, répéta-t-il en la serrant fort.

Il ferma les yeux pour mieux inhaler son parfum. La chaleur qui irradiait de son corps, ses soupirs de satisfaction. Chacun lui rappelait que la vie était belle. Que l'amour était beau. Il suffisait d'y croire.

Et merde, il y croyait. Il y croirait tous les jours pour le restant de ses jours.

Ils s'allongèrent l'un contre l'autre, comptant les battements de leurs cœurs, en paix. Finalement, Jody se retourna face à lui, les yeux étincelants de béatitude, puis lui sourit et tenta un petit rugissement.

— Pas mal, s'esclaffa-t-il.

— Pas mal ?

Elle fronça les sourcils.

— Tu ferais mieux de faire attention. Je vais te dépasser en tigrerie, très bientôt. J'ai juste besoin d'un peu d'entraînement.

Il n'en doutait pas. Pas le moins du monde.

— Tu peux t'entraîner sur moi autant que tu veux.

Elle gloussa, avant de lui mettre un doigt sous le menton.

— Dis donc, tu ne serais pas en train de développer le sens de l'humour ?

Il haussa les épaules.

— Ce n'est pas ma faute. On dirait que tu m'as infecté.

Ils se sourirent comme un couple d'adolescents qui venait de s'embrasser pour la première fois, mais ils redevinrent peu à peu sérieux. Un genre de sérieux approprié, celui d'adultes qui, ayant fini de s'amuser, regardaient l'avenir et aimaient ce qu'il y voyait.

Il lui lissa les cheveux pour les remettre en place. Ses mèches étaient ébouriffées et sauvages, probablement comme les siennes. Il huma l'air et sourit : leurs odeurs étaient si étroitement liées qu'il pouvait à peine les distinguer l'une de l'autre. Lorsqu'ils rejoindraient les autres métamorphes de Koa Point, personne n'aurait le moindre doute sur la façon dont Jody et lui avaient passé la matinée.

Bien, déclara fermement son tigre. *Que tout le monde sache qu'elle est à moi.*

Il repensa au jour où Kai et Tessa étaient venus à une assemblée du même genre, après le duel de dragons au cours duquel ils avaient obtenu la Pierre de Vie. Boone et Nina étaient venus main dans la main à leur première rencontre officielle, véhiculant l'odeur caractéristique du sexe et de la joie. Hunter et Dawn s'étaient mutuellement couverts de leurs fluides après trois jours passés dans le cottage du métamorphe ours, et qui aurait pu les en blâmer vu toutes les années pendant lesquelles ils s'étaient retenus ?

Eh bien, maintenant, c'était son tour, un tour qu'il n'aurait jamais pensé voir arriver. Et il avait bien l'intention d'exhiber sa compagne. Il allait se faire charrier, c'était sûr, surtout après tout ce qu'il avait dit contre les humains. Il n'arrivait toujours pas à croire que Vasco ait fait passer les villageois locaux pour les responsables de la mort de sa famille et que lui, Cruz, avait gobé ce mensonge pendant si longtemps. Il réalisait maintenant que les humains étaient comme les métamorphes : il y avait du bon et du mauvais chez les uns comme chez les autres. Il ferait attention à identifier les méchants, cependant il ferait aussi de son mieux pour ne pas devenir fou de colère ou de haine.

La vie est faite pour être vécue, convint son tigre. *Pour aimer. Rire.*

Jody se rapprocha afin de lui effleurer les lèvres. Il ferma les yeux lorsque ce contact se mua en un baiser aussi long que profond. Un baiser qu'il ne voulait jamais voir se terminer. Elle se colla contre lui, et quand leurs poitrines se touchèrent, il sentit sa température interne grimper à nouveau.

— Heureusement que la réunion n'est pas avant dix heures, murmura-t-elle en s'écartant légèrement pour incliner la tête vers la droite. Parce qu'il y a un bassin taillé dans la roche avec ton nom dessus pas très loin.

Il l'embrassa plus profondément, pour l'exciter tout autant qu'elle le provoquait.

— Tu as encore des pensées cochonnes ?

Elle hocha la tête sans rompre leur baiser.

— Tu vas devoir me laver comme il faut. Vraiment, vraiment bien. Mais d'abord...

Il arqua un sourcil.

— D'abord ?

Elle lui offrit un large sourire.

— D'abord, il va falloir qu'on se salisse encore une fois.

<h1 style="text-align:center">Chapitre 20</h1>

Jody ne cessait de faire tourner ses bracelets dans tous les sens alors qu'elle suivait Cruz sur le pont qui séparait son monde privé et le reste du domaine. Dix heures, cela lui avait semblé loin, mais une fois de plus, le temps lui avait échappé. Ils avaient dû finalement se dépêcher de s'habiller.

— Tu es sûr que je suis bien ?

Elle tira sur la main de Cruz pour l'obliger à s'arrêter. Il la reluqua des pieds à la tête, lui donnant toutes sortes de mauvaises pensées, si bien qu'elle le repoussa.

— Oublie ce que j'ai demandé. Je ne suis pas sûre que tu aies les idées claires.

— Bien sûr que non. Qu'est-ce que j'y peux si tu es magnifique ?

Honnêtement, elle se sentait magnifique, même si c'était uniquement grâce à lui. Elle se sentait même radieuse, au sens littéral. Les marques de morsure sur son cou avaient déjà cicatrisé, mais son corps picotait encore de la jouissance qu'elle avait éprouvée. À la première occasion qui se présenterait, elle demanderait à Cruz de répéter cette morsure, juste pour s'assurer que ça n'avait pas été le fruit de son imagination débridée.

— Tu connais déjà Kai et Tessa, lui rappela-t-il.

C'était au moins ça. Tessa était super sympa et Kai aussi, qui en plus avait été incroyablement inquiet ce jour terrible dans les montagnes. Dès qu'il avait aidé à localiser les marins perdus, il s'était précipité vers la cascade. Trop tard pour participer au combat des métamorphes, mais juste à temps pour les ramener, Cruz et elle, à Koa Point.

— Quelle journée, *hein ?* avait-il soupiré quand ils avaient atterri.

L'euphémisme de l'année, qui était l'une des raisons pour lesquelles Jody avait passé si longtemps à se terrer avec Cruz. Elle ne pouvait cependant pas se cacher éternellement dans la cabane au milieu des arbres. Et si tout le monde était aussi gentil que Cruz le disait...

Il s'avéra qu'ils l'étaient et Tessa força même Silas à reporter la réunion jusqu'à ce que tout le monde ait mangé.

— Je suis sûre que ça peut attendre une heure, Silas. Nous avons tous besoin de reprendre un peu nos marques d'abord. En plus, Dawn m'a donné une nouvelle recette géniale que je veux essayer.

Cette dernière sourit.

— Des pancakes à l'hawaïenne.

Même Cruz se lécha les babines, et en quelques minutes, tout le monde était réuni dans la cuisine, à papoter. Dawn et Hunter venaient de rentrer de ce qui semblait être une belle lune de miel en Alaska et ils n'avaient pratiquement d'yeux que l'un pour l'autre. Nina, une brune pleine de douceur, et son compagnon, Boone, rentraient tout juste de la côte est, et tout le monde se montrait amical et bavard. Enfin, Hunter, le métamorphe ours, ne causait pas beaucoup, toutefois il hochait la tête et écoutait chaque mot. Ils interrogèrent Jody sur le surf et racontèrent des anecdotes à propos de Cruz, que celui-ci faisait semblant de ne pas apprécier. C'était comme une grande réunion de famille et le cœur de Jody se réchauffa. Les hommes étaient tous des militaires durs à cuire, mais ils avaient à l'évidence des côtés plus doux aussi. Les femmes étaient intelligentes, extraverties et savaient faire valoir leur point de vue si les hommes dépassaient les bornes.

— Bas les pattes, le loup, gronda Tessa en éloignant la main de Boone des ananas qu'elle avait coupés en dés.

— Hé, quelqu'un doit bien se charger du contrôle qualité, protesta-t-il.

Jody eut beau regarder attentivement, elle ne détecta pas le moindre soupçon de loup chez Boone. Il ressemblait plutôt à un maître-nageur joyeux ou à un fan de ski insouciant. Ce fut seulement lorsque ses cheveux ébouriffés lui tombèrent sur les yeux qu'elle entrevit en lui un soupçon de canidé. Et quand il regardait sa compagne, Nina, ses yeux s'illuminaient tellement qu'il était facile de l'imaginer en train de remuer la queue.

Jody relâcha son souffle et observa autour d'elle. D'accord, peut-être que les métamorphes n'étaient pas tous effrayants, après tout. Pas cette bande, en tout cas.

Soudain elle se souvint de la scène dans la vallée et se corrigea. Elle avait de la chance d'en être sortie indemne. Et merde, ses nouveaux amis pouvaient être carrément effrayants quand ils le voulaient.

— Tu as vu ça ? demanda Boone à Kai en brandissant un journal.

« Crash d'hélicoptère dans les montagnes de West Maui », titrait le quotidien. « La foudre met le feu à l'appareil. »

— La foudre, mon cul ! s'esclaffa Kai en regardant Silas.

Jody tenta de ne pas s'attarder sur l'article qui faisait la une : « Sept personnes noyées dans une crue éclair ». Même si elle n'arrivait pas à éprouver de compassion pour Vasco et ses hommes, elle était sincèrement triste pour Richard et Guy.

« Les dommages matériels sont minimes », poursuivait l'article. Au moins, aucun citoyen innocent de Maui n'avait été touché par le combat entre métamorphes.

— Je peux t'aider ? demanda-t-elle à Tessa afin de chasser de son esprit les souvenirs désagréables.

Même avec quatre poêles à frire sur le feu en même temps, Tessa avait tout sous contrôle ; elle laissa néanmoins Jody s'occuper de l'une d'elles tout en discutant. Une petite conversation qui calma d'ailleurs les nerfs de Jody. Nina insista pour faire le service, prétendant qu'elle avait ça dans le sang, et finalement, tout ce que Jody eut à faire, ce fut manger.

— Oh mon Dieu, ils sont si bons ! s'exclama Dawn en mordant dans une bouchée de pancake noix de coco-ananas.

— Tout ce que cuisine Tessa est bon, convint Kai.

— Nous devrions vraiment commencer à organiser des brunchs du dimanche spécial pancakes, soupira Nina. Je veux dire, maintenant que tout le monde est rentré à la maison et que les choses se sont apaisées.

Jody pinça les lèvres. « Nous » était un bien grand mot. Pouvait-elle réellement s'intégrer à Koa Point ? Ce lieu était-il vraiment chez elle ?

Le sourire amical de Nina la rassura et Cruz soutint la proposition avec un grondement guttural qui avertit tout le monde qu'ils feraient mieux d'accepter Jody… Non pas qu'ils aient besoin de ce rappel ; comme il l'avait promis, tout le monde s'avéra aussi accueillant que possible.

Ce fut seulement lorsque les piles de pancakes devinrent plus basses et que chacun s'appuya sur son dossier en tapotant son ventre de satisfaction qu'ils abordèrent l'inévitable discussion.

— Alors, tu es à moitié sirène, c'est ça ? demanda Nina en débarrassant la table avec Boone.

Jody secoua la tête.

— Pas vraiment. Mon père l'est apparemment, mais je suis sûre qu'il l'ignore.

Autrement dit, sa jeune sœur était à moitié sirène, elle aussi. Cela signifiait-il que sa vie était en danger ?

Cruz lui passa une main sur la jambe pour lui rappeler que les vampires étaient partis. Mais que faire si un autre suceur de sang se présentait ?

Lentement, elle relâcha son soupir. Tôt ou tard, elle trouverait une manière d'annoncer la nouvelle à sa sœur et de la garder en sécurité. Mais elle aurait d'abord l'occasion de partager de bonnes nouvelles avec sa famille, ce qui la fit sourire une fois de plus. Ses sœurs et son père seraient si excités. Fiers, même. Comme elle aimait à penser que sa mère l'aurait été.

— Personne dans ma famille n'a jamais parlé de sirènes. Enfin, sauf ma vieille tante foldingue…

Elle s'interrompit et regarda ses bracelets. Peut-être que Tilda n'était pas aussi cinglée que tout le monde le prétendait. Elle devrait certainement lui rendre une petite visite très bientôt.

Tessa eut l'air compatissante.

— J'ai passé la majeure partie de ma vie sans savoir que j'avais du sang de dragon.

Dawn réfléchit au-dessus de sa tasse de café.

— Tu peux imaginer ma surprise quand je me suis transformée en hibou au lieu d'un ours lors de ma troisième métamorphose ?

Ses yeux pétillèrent en se posant sur Hunter.

— Tu fais un super hibou et une super ourse.

Ses yeux brun intense brillaient en se posant sur sa compagne.

Jody soupira et jeta un coup d'œil à Cruz. Et bon sang, il avait les yeux qui brillaient tout aussi intensément en la regardant. Elle relâcha longuement et lentement son souffle. Comment pouvait-elle être si chanceuse ?

Nina éclata de rire.

— Je n'ai jamais été plus qu'une bonne vieille humaine ordinaire.

Boone lui prit la main pour y déposer un baiser.

— Il n'y a rien d'ordinaire chez toi.

Une brise océanique traversa l'espace ouvert, transportant la rumeur des déferlantes depuis le récif. Jody aurait pu supposer que le « koa » de Koa Point signifiait « lieu paradisiaque d'amour et de tranquillité » si Cruz ne lui avait pas expliqué une fois ce dont il s'agissait.

« Koa, c'est une classe de guerriers d'élite, baptisée ainsi en hommage à un type d'acacia au bois le plus résistant. »

Eh bien, ça collait aussi, se dit-elle en regardant les hommes et les femmes réunis autour de la table. Leur amour était à la fois tendre et féroce.

Tessa tripota le pendentif autour de son cou.

— Peut-être que tes bracelets sont un truc de sirène. Tu as dit qu'ils étaient un héritage familial, non ? Si ça se trouve, ils te transmettent eux aussi certaine des qualités des sirènes.

Jody baissa les yeux et suivit le motif du bout des doigts.

— Non, coupa Cruz. Jody a toutes les qualités dont elle a besoin par elle-même.

Ses joues devinrent chaudes et elle ne put résister à la tentation de lui caresser la joue. Qui aurait cru qu'un tigre grognon pouvait être aussi doux ?

— Alors, qu'est-ce qui s'est passé avec les lions ? demanda Hunter, les sourcils froncés pour la première fois.

— Vasco était un mélange rare, expliqua Silas. Moitié vampire, moitié lion. La partie lion semblait récessive et la vampire dominait. D'où son goût pour le sang et les voyous qui l'entouraient.

— Des lions, marmonna Cruz avec dégoût.

— Et ils en avaient après Jody parce que... ? demanda Dawn, révélant la policière qui se trouvait en elle.

Jody passa un doigt sur la nappe, essayant de ne pas se crisper à nouveau.

Silas remua son café.

— D'après ce que nous avons compris, Vasco n'en avait pas après Jody à l'origine. Un de ses hommes a été engagé pour lui tirer dessus...

— Pour la tuer, grommela Cruz, se penchant vers elle.

— Histoire de créer le buzz pour la campagne publicitaire. Silas secoua sa tête, blasé.

— C'est une bonne chose que Toby ait été blanchi de toutes les accusations.

— Toby ?! s'exclama Dawn. Le voiturier ? Il ne ferait pas de mal à une mouche.

— J'espère que personne ne l'a malmené, ajouta Hunter. Dawn grimaça.

— La police de Maui ne malmène pas les gens.

— Ne t'inquiète pas, la rassura Kai avec un sourire. J'ai trouvé un moyen de le réconforter : je l'ai laissé conduire la Rolls-Royce hier.

Silas releva brusquement la tête.

— Tu as laissé Toby conduire quoi ?

Kai haussa les épaules.

— Allez, Silas. Laisse donc ce pauvre gosse tranquille. Il a été ravi. Et prudent, s'empressa-t-il d'ajouter en regardant tantôt Hunter, tantôt son cousin. Très prudent.

— Attends. Quelqu'un a voulu tuer Jody pour se faire de la publicité ? Qui serait capable d'une ignominie pareille ? s'enquit Nina, atterrée.

Silas regardait le sol. Kai regardait Cruz et Cruz regardait Silas.

— Moira, lâcha enfin Cruz.

— Moira ?! glapit Tessa avant de se couvrir la bouche.

Silas resta aussi immobile qu'une pierre, de même que tous les occupants de la pièce. Jody également, parce que Cruz lui avait parlé de Moira, la femme qui avait brisé le cœur de Silas.

Jody plissa le nez. Elle détestait Moira autant que tout le monde, mais tout ce qu'elle ressentait pour Silas, c'était de la tristesse. Cela expliquait beaucoup de choses, cependant. Son style de vie solitaire. Le désir ardent dans ses yeux. Elle n'aurait jamais pensé qu'un dragon montrerait des éclairs de vulnérabilité, pourtant elle avait entrevu plusieurs fois ce côté chez lui.

— Le tireur que Vasco a envoyé au départ était un vampire, lui aussi, grogna Cruz, sauvant Silas du silence gênant qui s'était installé. Cela expliquerait pourquoi je n'ai pas pu repérer son odeur au club de golf.

— Mais comme la tentative d'assassinat de Jody a échoué, Vasco est entré en scène, ajouta Silas d'un ton las. Apparemment, il a effectué quelques recherches et découvert qu'il y a du sang de sirène du côté du père de Jody.

— Il s'agit de mon beau-père, au sens strict, expliqua-t-elle aux autres. Donc il n'y a rien dans mon sang. Le pauvre Vasco était si déçu.

Sa voix dégoulinait de sarcasme.

— On n'a pas observé de sirènes depuis des décennies, pas même parmi les métamorphes, déclara Silas. Raison de plus pour qu'un vampire veuille...

Cruz grogna avant que Silas arrive à la partie « sucer le sang de Jody ».

— Ce gars était un malade, même pour un vampire.

Ses yeux flamboyaient de haine.

Jody serra la main de Cruz. Il ne pensait pas seulement à elle ; il pensait aussi aux membres de sa famille, assassinés par Vasco pour leur riche sang de tigre.

— Il ne collectera plus la moindre saveur, lui rappela-t-elle. Tu as veillé à ce que ça ne se reproduise plus.

— Toi aussi, chuchota Cruz.

— Tous les deux, en fait, conclut Kai.

Il y eut une minute de silence, pendant laquelle tout le monde afficha un air sombre. Les couples se blottirent plus près, au souvenir des épreuves qu'ils avaient tous traversées. Cruz avait raconté à Jody quelques-unes de leurs histoires, elle savait donc qu'elle n'était pas la seule à avoir survécu à un cauchemar.

Un cauchemar avec une fin heureuse, nuançait-elle, enchantée d'avoir les muscles rassurants de Cruz à ses côtés.

— Tous les deux, aidés de ceci, précisa-t-elle en tirant le saphir de sous son chemisier pour le poser sur la nappe blanche.

— Le Pierre d'Eau, murmura Tessa d'une voix étouffée. Waouh !

— Ton intuition était bonne, confirma Cruz à Silas. C'était bien une Pierre d'Esprit.

L'expression douloureuse de Silas disait qu'il regrettait d'avoir eu raison.

— Elle me fait un peu peur, chuchota Jody en la regardant.

Même à présent, la pierre projetait toutes sortes d'images aqueuses dans son esprit. Des images calmes, comme des lacs placides et brumeux et des rivières aux méandres tranquilles, mais quand même, qui savait quand la pierre exigerait qu'elle invoque un raz-de-marée ?

— Toutes les pierres sont effrayantes d'une certaine façon, convint Nina.

— Toutes ?

Jody observa les autres. Cruz avait mentionné d'autres Pierres d'Esprit, mais elle avait eu tellement à absorber en si peu de temps qu'elle n'avait pas demandé de précisions.

Une par une, les autres femmes retirèrent des colliers ou des gemmes de leurs poches. Dawn exhiba une améthyste scintillante, Nina un rubis d'un rouge brillant, le visage attendri par les souvenirs. Tessa ajouta une émeraude brillante à la collection et garda la main sur un pendentif similaire qu'elle portait autour du cou.

— Les Pierres d'Esprit, annonça Silas dans le silence qui suivit. Un trésor de dragon perdu depuis longtemps et doté de pouvoirs magiques.

Il les désigna tour à tour.

— La Pierre de Vie. La Pierre de Terre. La Pierre de Feu...
Et maintenant, la Pierre d'Eau. Entre de bonnes mains, leurs
pouvoirs peuvent être contrôlés, ou du moins utilisés à fins
utiles.

Jody fronça les sourcils en regardant le saphir.

— Je ne suis pas sûre d'avoir contrôlé grand-chose.

Silas secoua la tête.

— Peu de gens pourraient diriger un flot de cette force,
mais tu l'as fait.

Tessa lança un clin d'œil plein de fierté à Jody, tandis que
Dawn et Nina hochaient la tête, ce qui fit remonter son humeur.
Une boule se forma dans sa gorge lorsqu'elle vit les hommes
se joindre à leurs compagnes, hochant le menton en signe de
respect pour ce qu'elle avait accompli. Elle, celle qui n'était
même pas une sirène.

Elle regarda Cruz, qui lui sourit, accélérant les battements
de son cœur. Augmentant sa fierté. La Pierre d'Eau étincela
avant de projeter un faible faisceau de lumière bleue dans sa
direction.

— Entre de bonnes mains, le pouvoir des Pierres d'Esprit
n'est pas à craindre, mais plutôt à respecter, continuait Silas.
En revanche, entre de mauvaises mains...

Personne n'ouvrit la bouche. Personne ne songea même à
chasser Keiki de la table. La petite chatte se pavanait, de personne en personne, perdue dans ses propres pensées, snobant
béatement chacune de leurs caresses.

— Donc, c'est terminé, fit Jody en regardant autour d'elle.
Tout va bien maintenant, n'est-ce pas ?

Le silence dans la pièce fut retentissant et tout le monde
eut l'air peiné.

— Quoi ? demanda-t-elle, dévisageant les membres de
l'assemblée à tour de rôle.

Qu'est-ce qui n'allait pas ?

Personne ne semblait désireux d'être le porteur de mauvaises nouvelles jusqu'à ce que Tessa prenne la parole :

— Il en reste encore une.

Silas tapota des doigts sur le plateau de la table.

— La Pierre de Vent.

Jody resserra sa prise sur la main de Cruz. Pourquoi était-ce inquiétant ?

— Les Pierres d'Esprit s'appellent entre elles, expliqua-t-il d'une voix basse et rauque. Quand l'une se réveille, elle appelle les autres.

— Elles appellent aussi les métamorphes. De puissants métamorphes, ajouta Kai.

Jody serra le poing avant que ses doigts ne tremblent.

— Comme ?

Il haussa les épaules, mais le geste ne masquait pas son inquiétude.

— Toutes sortes de métamorphes. Mais surtout les dragons.

Jody jeta un coup d'œil à Silas. Elle n'oublierait jamais la taille de l'ombre du dragon ni le rugissement tonitruant qu'il avait poussé en même temps qu'il crachait des flammes crépitantes. Sous forme humaine, il semblait maîtrisé, sophistiqué, alors qu'en tant que dragon, il avait été terrifiant.

— De bons dragons ? hasarda-t-elle.

Après tout, Kai, Tessa et Silas étaient tous des métamorphes dragons, et ils étaient gentils. C'était de bon augure pour leur espèce, non ?

Tessa secoua la tête.

— Les mauvais dragons sont aussi en quête des Pierres d'Esprit.

— Notamment Drax, cracha Kai.

Jody s'adossa à son siège. Qui que soit ce Drax, elle ne voulait jamais s'embrouiller avec lui.

— Et maintenant Moira, marmonna-t-il. Désolé, Silas. Il faut le dire. Peu importe qui elle était par le passé... Elle a changé.

Silas pianotait sur la nappe, frottant un endroit comme pour en effacer une tache. Si la chatte n'était pas venue y mettre des coups de patte elle aussi, il aurait fini par percer un trou dans le tissu.

— Tiens, Keiki, chuchota-t-il en se penchant pour prendre une pelote de laine.

Il la jeta sur le sol, regardant la pelote s'effilocher.

Jody examina la scène aussi. Quelque chose dans le long fil rouge lui rappelait la queue d'un dragon, et pas dans le bon sens. Soudain Keiki bondit et l'attrapa.

Kai parla d'une voix forte et claire, comme s'il espérait que les autres dragons, où qu'ils soient, puissent l'entendre :

— En tout cas, ils n'ont pas été assez arrogants pour venir ici nous affronter directement. Notre pouvoir grandit, Silas. Ils le respectent.

C'était un discours d'encouragement, comprit Jody, même s'il ne semblait guère fonctionner sur lui.

— Peut-être, murmura-t-il, toujours concentré sur la nappe.

— Sûr et certain, renchérit Tessa en faisant reculer Kai. Nous possédons quatre pierres. Drax, aucune. La Pierre de Vent sommeille, et tu sais quoi ?

Son ton provocateur fit se redresser toutes les têtes.

— Nous avons beaucoup de choses à célébrer. Une autre pierre mise en sécurité. Une nouvelle amie et alliée.

Elle leva son verre à l'attention de Jody puis sourit malicieusement à Cruz.

— Et surtout, nous pouvons célébrer le fait que Cruz n'ait pas creusé des sillons dans le sol ni ne se soit plaint des humains pendant une heure entière.

Tout le monde s'esclaffa, avant que Boone ne conclue :

— Amen !

Cruz semblait prêt à protester, mais Kai lui tapa dans le dos pour le taquiner.

— Alors, qu'est-il arrivé à ces humains si… c'était quoi, déjà ?

— Imprévisibles, acheva aussitôt Tessa.

Cruz pointa un doigt vers Jody.

— Elle est imprévisible.

— Hé ! protesta-t-elle.

— Et pourquoi pas irrationnelle ? plaisanta Boone.

L'esquisse d'un sourire se dessina sur les lèvres de Cruz, malgré tout Jody le vit le réprimer.

— Elle est irrationnelle.

Elle ricana.

— Dixit l'homme qui vit dans une cabane au milieu des arbres.

— Et dangereuse ? Je crois me souvenir de quelque chose à ce sujet, s'esclaffa Kai.

— Tu l'as vue surfer ? Elle est dangereuse.

— Absolument pas ! répliqua Jody, hilare, en lui passant un bras autour des épaules.

Cruz attrapa sa main libre et la regarda, les yeux pétillants.

— Tu es toutes ces choses, et plus encore. C'est pour ça que je t'aime.

Tessa soupira. Kai sourit d'une oreille à l'autre et Nina renifla. Enfin, Jody pensa que le reniflement venait d'elle, mais elle n'en était pas sûre, car sa vision était concentrée sur Cruz. Le monde extérieur s'effaçait à nouveau, plongeant tout dans le flou, à l'exception d'eux deux.

Elle hocha la tête pour elle-même. Il était facile de se retrouver prisonnier de pensées effrayantes. Mais la vérité, c'était que la vie était belle. Et l'amour, magnifique.

— J'y crois, chuchota-t-elle à personne en particulier.

Cruz sembla savoir exactement ce qu'elle voulait dire parce qu'il murmura, lui aussi :

— J'y crois.

Tout à coup, il sortit de sa transe et regarda autour de lui, l'air déçu. Un instant plus tard, il était sur ses pieds et l'attirait à sa suite.

— Vous croyez à quoi ? demanda Boone.

— Je crois que ma compagne et moi avons... Qu'est-ce que c'était ? Des affaires pressantes à réglerr, annonça Cruz en se dirigeant vers le sentier qui menait chez lui.

Le cou de Jody lui picotait et ses joues rougirent, alors que des dizaines de scénarios torrides défilaient dans son esprit.

— Merci pour les pancakes ! lança-t-elle par-dessus son épaule. Ils étaient délicieux.

Elle avait été à deux doigts de se montrer impolie envers ses nouveaux... amis ? Voisins ? Sa nouvelle famille ? Oui, « famille » sonnait bien. Elle se précipita ensuite sur les traces de son homme.

— Je vais te montrer ce que « délicieux » veut dire, grogna Cruz en s'élançant au trot.

Elle gloussa quand ils prirent le virage, et au moment où ils arrivèrent à la passerelle, elle défit le bouton supérieur de son chemisier, histoire d'anticiper. Ses pensées repartirent aussi en arrière, vers tout ce qui s'était passé depuis cette folle nuit au club de golf. Cruz était passé d'ennemi potentiel à allié, garde du corps et amant.

Compagnon, grommela une voix dans son esprit. Une voix féline, gutturale et féminine à la fois.

Bordel, c'était vraiment en train de se produire. Un jour, elle serait capable de se transformer comme Cruz. Mais pour le moment… elle était une humaine pleine de désirs humains.

Elle l'arrêta fermement, l'enveloppa dans une étreinte surprise et couvrit ses lèvres des siennes. Soudain, elle était insatiable, habitée de plus que des désirs humains.

— Des désirs de tigre, marmonna Cruz, qui lisait dans son esprit.

Il fit courir une main à l'intérieur de son chemisier et l'autre sur ses fesses.

Elle pressa son corps contre le sien, avide de le toucher partout à la fois.

— Faites attention, monsieur. Quand j'aurai maîtrisé cette histoire de tigre, vous aurez droit à ma propre morsure d'union.

Elle lui mordilla le cou.

— Je ferai attention, alors, gloussa-t-il.

— Tu ferais mieux de me croire.

— J'y crois.

Devenu sérieux, il lui prit le visage dans ses deux mains.

— J'y crois, ma compagne.

Chapitre 21

Silas regarda autour de l'*akule hale*. Peu de temps après que Cruz et Jody aient fait leur sortie précipitée, tous les autres couples les avaient imités. Un peu plus subtilement, peut-être, mais tous plus ou moins avec la même intention : « Si tu veux bien m'excuser, je dois vraiment aller baiser mon incroyable compagne que j'adore. »

La brise marine jouait avec une serviette sur la table et l'horloge faisait entendre son tic-tac tandis qu'il regardait au loin. Une éternité plus tard, le tic-tac était toujours là. Merde, si une minute était si longue, comment ferait-il pour se traîner à travers toutes les années qui lui restaient jusqu'à la fin de sa vie ?

Il fit glisser un talon sur le sol en natte tissée, observant les ombres des palmiers à l'extérieur. Le soleil inondait le monde entier, sauf à l'endroit qu'il habitait. Il y avait une exception, cependant : Keiki. Elle sautait, gambadait et bondissait, poursuivant la pelote de laine sur le sol comme un ennemi mortel, l'éviscérant de ses petites griffes.

Silas plia les doigts et examina ses ongles. Sous sa forme de dragon, ils s'allongeraient pour former d'énormes griffes. Des griffes qu'il aimerait enfoncer dans Drax, le seigneur dragon qui lui avait tout volé. Tout. Une longue liste défilait dans son esprit.

Ses trésors familiaux.

Ses trésors personnels.

Moira, ajouta son dragon intérieur, crachant mentalement un panache de feu.

Son cœur avait mal rien qu'en pensant à elle. Il refusait de croire que son ex-fiancée était au cœur des récentes attaques.

Mais bon, il n'avait pas voulu croire qu'elle le quitterait, pourtant elle l'avait fait. Pour Drax.

Drax, qui remuait chaque fois le couteau dans la plaie. Drax, qui semblait vouloir dominer le monde des métamorphes. Drax...

Il coupa court à cette pensée. Drax ne méritait pas de prendre autant de place ni d'avoir le contrôle de ses émotions. Moira non plus. Ils étaient les perdants, alors qu'il était le gagnant : celui qui vivait à Koa Point avec un groupe d'hommes et de femmes qu'il respectait et admirait. Un groupe joyeux, surtout ces derniers temps, avec l'amour qui fleurissait partout. Il était heureux pour eux. Vraiment. Ses amis méritaient leur bonheur, même ce râleur de Cruz, qui avait trouvé une femme étonnante pour lui faire voir le côté ensoleillé de la vie. Petit à petit, chacun de ses frères d'armes avait gagné une existence plus calme, dotée de plus de sens.

Tous, sauf lui.

Keiki ronronna et se pressa contre ses jambes jusqu'à ce qu'il ramasse la pelote et la rembobine. Elle l'attaqua alors, lançant son corps poilu dans tous les sens, perfectionnant ses compétences en matière de combat.

— Des compétences que tu n'auras jamais à utiliser, j'espère, ma petite, chuchota-t-il en lui jetant à nouveau le fil.

Elle courut après, fonçant tête baissée dans sa propre bataille.

Il sourit. Cette chatte avait le cœur d'un dragon. Dommage qu'elle ne soit pas une métamorphe.

Le lave-vaisselle bourdonnait en arrière-plan. Grâce aux efforts combinés de chacun, l'endroit était propre, bien rangé et prêt pour le prochain repas commun. Il n'avait vraiment aucune raison de s'attarder maintenant que la réunion était terminée, pourtant il n'avait aucune envie non plus de rentrer chez lui. La maison où il vivait, celle du propriétaire, en haut de la falaise, était immensément spacieuse. D'une certaine façon, le repaire parfait pour un dragon. Mais d'un autre côté, c'était une prison bâtie de ses propres mains. Un confinement solitaire pour un dragon qui avait été rejeté par la femme qu'il aimait.

Nous ne l'aimions pas, déclara fermement son animal. *Pas vraiment.*

Si c'était le cas, pourquoi avait-il tant de mal à respirer quand il pensait à Moira ? Pourquoi tous ses rêves tournaient-ils autour de ce qui aurait pu être ?

Nous ne l'avons jamais aimée, insista son dragon. *Nous nous l'étions juste imaginé.*

Il ricana devant la fierté de la bête. L'amour, c'était dans la tête de toute façon.

L'amour, c'est dans le cœur, et le sien est fait de pierre. Il l'a toujours été.

Son dragon intérieur déploya ses ailes et fouetta l'air de sa queue.

Keiki revint en trottinant et sauta sur ses genoux, ronronnant jusqu'à ce qu'il la caresse de la manière qu'elle préférait. Depuis que ses deux camarades les plus proches, Cruz et Hunter, avaient trouvé leur compagne, elle recherchait sans cesse davantage sa compagnie. Comme si c'était sa mission que d'apporter un peu de gaieté aux célibataires grognons et balafrés dans son genre.

Elle miaulait si fort qu'elle devait être en train de revendiquer tout Koa Point comme étant à elle. Quelle insolente petite boule de poils !

Il fronça les sourcils en caressant sa douce fourrure. Koa Point était peut-être le royaume de Keiki pour l'instant, mais ce ne serait peut-être pas pour longtemps. Les échos concernant le développement immobilier voisin n'étaient pas que des rumeurs et il n'était pas sûr d'avoir le pouvoir d'écarter la menace.

Keiki s'amusa à donner un coup de patte sur sa manche, comme pour insister sur le point que les autres soulevaient de temps en temps.

Qui est le propriétaire du domaine ? Toi ? Qui a le pouvoir ici ?

En vérité, c'était une longue histoire, et une histoire compliquée. Et une fois qu'il l'aurait racontée jusqu'à la fin, tout le monde en resterait bouche bée. Mais il n'était pas encore prêt à la révéler. Pas avant d'en savoir plus sur les menaces que le monde extérieur faisait peser sur Koa Point. Le danger n'était pas imminent. Que ses amis profitent de leur repos bien mérité avant que ça ne recommence à merder.

Quant à lui, il resterait attentif. Vigilant. Et par-dessus tout, sans émotion. Il serait celui sur lequel ils pourraient tous compter quand les choses se gâteraient. Une bonne unité reposait sur son chef, et un chef ne pouvait pas se permettre d'être distrait par des détails insignifiants comme l'amour.

— Coucou !

Une voix le tira de ses pensées. C'était Tessa qui revenait dans l'*akule hale*.

Il s'obligea à cesser de froncer les sourcils. Il n'avait vraiment pas envie qu'on lui fasse la leçon sur la nécessité pour lui de se détendre.

— Coucou, murmura-t-il en retour.

— J'avais oublié ça.

Elle toucha la Pierre de Vie, puis s'esclaffa.

— Je sais, je sais. Ce n'est pas quelque chose que je devrais oublier. Mais parfois...

Ses joues devinrent roses, et il fut facile de deviner les mots qu'elle avait ravalés.

Parfois, on est tellement attiré par son dragon que tout le reste s'efface pour devenir un bruit de fond.

Le téléphone sonna ; ce n'était définitivement pas un bruit de fond. Silas y jeta un coup d'œil, agacé. Il avait déjà eu une longue conversation avec Ella, leur informatrice, et réglé tous les détails liés à la Pierre d'Eau. Ou du moins le pensait-il. Ella avait-elle trouvé un autre élément d'information ou quelque autre surprise étonnante ? Ou bien était-ce le promoteur qui appelait encore une fois pour essayer de l'amadouer et de l'amener à conclure un marché qu'il n'appuierait jamais ?

— Tu veux que je réponde ? demanda Tessa.

Non, il voulait que le monde extérieur le laisse tranquille pendant un petit moment. Juste assez longtemps pour remettre sa tête, et son cœur, à l'endroit afin qu'il puisse continuer sans montrer sa tension. Il savait que Tessa repérait les failles de son armure, mais s'il pouvait faire en sorte de nier leur existence, elle n'avait qu'à l'imiter.

Il hocha la tête, histoire de libérer la tension de ses épaules.

— Koa Point, bonjour ? répondit-elle, aussi vive et joyeuse qu'à son habitude.

Une seconde plus tard, son sourire s'effaça et ses sourcils se froncèrent.

— Qui dois-je annoncer ?

Silas grimaça. Donc, ce n'était pas Ella. Sans doute le promoteur ou les avocats dont il n'avait pas réussi à se débarrasser.

Le visage de Tessa devint blanc comme neige et elle se figea avant de s'approcher de lui d'un pas raide.

— C'est pour toi, lâcha-t-elle d'une voix tremblante tout en lui tendant le téléphone.

Il s'en saisit, prêt à en finir avec cette désagréable affaire, quelle qu'elle soit.

— Allô ?

Tessa recula lentement, pour lui laisser un peu d'espace. La ligne resta silencieuse pendant une ou deux secondes avant de reprendre vie avec une voix qui lui transperça le cœur :

— *Silas.*

C'était une affirmation, pas une question. La femme à l'autre bout de la ligne paraissait un peu essoufflée. Ou bien faisait-elle semblant d'être émue comme elle avait feint tant d'autres choses ?

Il resta parfaitement immobile. À l'exception de la veine qui palpitait sur sa tempe. Finalement, il grogna sa réponse, s'efforçant d'empêcher la douleur de transparaître dans sa voix. La trahison. Et le pire de tout, l'espoir. L'espoir qui le tuerait s'il ne faisait pas attention.

— Moira, murmura-t-il, se demandant ce qu'elle allait dire ensuite.

Aperçu: L'amour du dragon

Des dragons, l'appel du devoir, des compagnons prédestinés et un rival mortel...

Silas Llewellyn, le dernier d'un clan de dragons autrefois puissant, n'a pas de temps à consacrer à autre chose que le travail et le devoir. Et certainement pas à l'amour... Du moins, pas tant que son ennemi impitoyable complote pour détruire tout ce qui lui est cher. Lorsqu'un diamant d'une valeur inestimable, l'une des légendaires Pierres d'Esprit, refait surface à New York, Silas comprend que ce bijou ne lui apportera que des ennuis... tout comme la femme séduisante qui refuse de s'en séparer.

La barmaid Cassandra Nichols n'a jamais demandé à hériter d'un mystérieux diamant, et encore moins à se retrouver entre deux dragons ennemis. Pourtant, après avoir frôlé la mort, elle va devoir choisir son camp. Avant même de s'en rendre compte, elle est emmenée en jet privé à Hawaï, dans une propriété en bord de mer, soi-disant pour sa protection. L'énigmatique M. Llewellyn n'est-il qu'un énième dragon milliardaire qui pense pouvoir prendre possession de tout ce qu'il désire ? Ou bien cet inconnu au caractère bien trempé a-t-il plus à offrir qu'il n'y paraît ?

Par Anna Lowe

Aloha Shifters : Les Joyaux du cœur

L'appel du dragon (Tome 1)

L'appel du loup (Tome 2)

L'appel de l'ours (Tome 3)

L'appel du tigre (Tome 4)

L'amour du dragon (Tome 5)

L'appel du renard (Tome 6)

Aloha Shifters : Les Perles du désir

Dragon rebelle (Tome 1)

Ours rebelle (Tome 2)

Lion rebelle (Tome 3)

Loup rebelle (Tome 4)

Cœur rebelle (Tome 5)

Alpha rebelle (Tome 6)

Les Veilleuses du feu : Milliardaires et Gardiens

Les Veilleuses du feu : Paris (Tome 1)

Les Veilleuses du feu : Londres (Tome 2)

Les Veilleuses du feu : Rome (Tome 3)

Les Veilleuses du feu : Portugal (Tome 4)

Les Veilleuses du feu : Irlande (Tome 5)

Les Veilleuses du feu : Écosse (Tome 6)

Les Veilleuses du feu : Venise (Tome 7)

Les Veilleuses du feu : Grèce (Tome 8)

Les Veilleuses du feu : Suisse (Tome 9)

The Wolves of Twin Moon Ranch

Desert Hunt (Tome 1)

Desert Moon (Tome 2)

Desert Blood (Tome 3)

Desert Fate (Tome 4)

Desert Yule (Tome 5)

Desert Heart (Tome 6)

Desert Rose (Tome 7)

Desert Roots (Tome 8)

Sasquatch Surprise (Tome 9)

Blue Moon Saloon

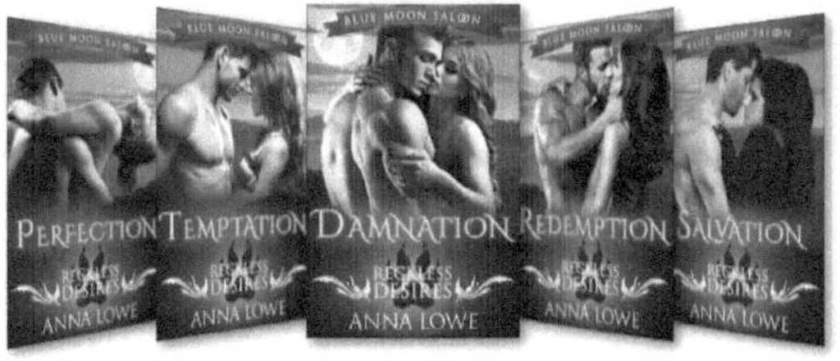

Perfection (Tome 0)

Damnation (Tome 1)

Temptation (Tome 2)

Redemption (Tome 3)

Salvation (Tome 4)

Deception (Tome 5)

Celebration (Tome 6)

Shifters in Vegas
Paranormal romance with a zany twist

Gambling on Trouble

Gambling on Her Dragon

Gambling on Her Bear

Gambling on Her Panther

Serendipity Adventure Romance

Off the Charts

Uncharted

Entangled

Windswept

Adrift

Travel Romance

Veiled Fantasies

Island Fantasies

www.annalowe.fr

À propos d'Anna Lowe

Anna Lowe, auteure de best-sellers aux classements USA Today et Amazon, adore rappeler que les héroïnes sont des héros au féminin et faire naître des histoires d'amour passionnées dans des décors enchanteurs. Elle aime les chiens, le sport et les voyages – où elle puise ses inspirations. Si elle n'est pas concentrée sur son ordinateur, à travailler sur sa toute dernière histoire, vous la trouverez en randonnée dans les montagnes ou à vélo sur les routes de campagne. Et sa journée se terminera toujours par un carré de chocolat noir et une bonne lecture.

Visitez **www.annalowe.fr**.